娘子不給吃豆腐 3 完

風文創 889

秋水痕 著

目錄

第五十七章　催生禮祭拜兄弟

從初五開始，黃家豆腐坊又開始營業了。

正月間各家各戶都在走親戚，只要家裡來了客人，定然都要買豆腐的。除了外頭去賣豆腐，仍舊有許多人上門來買，甚至有成板成板的來訂。

家裡少了黃茂源，父子兩個感覺又和以前一樣人手緊張了起來。好在元宵節之前不用上街，慢慢適應，也就習慣了。

黃茂源才是真正忙碌了起來，他每日天矇矇亮就出門，天黑了才回來。東奔西跑，卻樂此不疲。

他知道自己想脫離父兄，必須要吃些苦頭。在外頭受了委屈也罷、被人刁難了也罷，他回家後都隻字不提。

有時候夜裡睡覺時，黃茂源翻來覆去，他在想怎麼和人打交道，怎麼處理別人講價的問題，怎麼讓別人覺得他是最可靠的，怎麼在一群老車夫裡頭脫穎而出。

這一、兩年間，黃茂源時常跟著父兄一起出門賣豆腐，跟他們學了許多人情世故。他雖然憨厚，並不是個傻子。但跟在別人身後打雜和自己獨自挑大梁完全是兩回事，他第一次真正體會到了生活的艱辛。

黃茂源原來覺得楊氏沒必要為了家業和大哥為難，如今他理解了楊氏。正因為這份理解，黃茂源暗自發誓，一定要堅持下去，自己做出一番事業來，阿娘就不用夾在中間做惡人。他翻來覆去的，紅蓮自然也睡不著。紅蓮時常從言語上安慰，或是一個擁抱，用她自己的方式讓黃茂源相信，家人都在支持他。

整個正月，黃茂源把平安鎮各個村子的角落都跑遍了，往縣城裡也走了兩趟，周邊幾個鎮子他也去過。他雖然年紀不大，因長相憨厚，容易贏得別人的信任。他努力記得黃炎夏的囑咐，腿勤、眼勤、嘴勤，多幫人家拿東西，多替人家著想，時間久了，自然會有更多的人信任。

一個正月跑下來，黃茂源掙得二兩多銀子。

正月三十的晚上，他把所有的錢都給了黃炎夏。

黃炎夏掂著手裡的碎銀和銅錢，老懷欣慰。「不錯不錯，你這個年紀能一個人出去跑，本來就很不容易。我原想讓你多在家裡幫兩年忙，可我看你對磨豆腐並不是很上心。這幹一樣事情，若是不喜歡，頂了天也只能幹個不好不壞。」

黃茂源聽見阿爹誇他，嘿嘿笑了。

黃炎夏又繼續給他敲警鐘。「正月間走親戚的人多，大過年的，主家為了臉面，也願意花幾個錢雇車。接下來拉人就不容易了，你要及時改變路子，驛站很快會來許多外地人，你幫著拉貨也行，給外地客商供應草料也行。什麼都去試一試，慢慢的你就能琢磨出你自己的路了。」

黃茂林靜靜的在一邊聽著，他仔細想了想，自己喜歡磨豆腐嗎？從他十一歲開始，他想早些掌握家裡的這門手藝，他想將來承接阿爹衣缽，完成他嫡長子的責任。

他是不是要一輩子在豆腐坊裡磨豆腐呢？豆腐好像已經成了他生命裡的一部分，讓他和豆腐隔開，實在太難了。但他難道要一輩子都這樣早起磨豆腐？他還沒想那麼遠。

黃炎夏的一席話，讓黃茂林陷入了沈思。他對於自己的未來，漸漸開始有些不滿意。但他也說不上哪裡不滿意，這個想法像一粒種子一樣埋在他的心頭。他看了看梅香的肚子，他有了妻兒，他以後的人生路上，多了牽掛，他要為梅香和孩子們思考。

黃茂林在思緒飄飛，黃茂源正點頭如搗蒜。「阿爹放心，我會用心幹的。」

黃炎夏把其中的兩成收益又退給了黃茂源。「好好幹。」

二月初，天氣漸漸暖和了一些。

初六那天，黃茂林沒有趕集，在家裡陪著梅香，葉氏忽然來了。

楊氏本來在淑嫻屋裡指導她做針線，立刻出來迎接葉氏。

葉氏後頭還跟著明盛和蘭香，娘兒三個手裡全是東西，洗澡盆、尿布、衣裳、帽子、襪子、剪子。

楊氏一看就明白，葉氏這是來送催生禮了。

葉氏笑著和楊氏打招呼。「親家在忙呢。」

楊氏笑著把她們往堂屋引。「閒著無事，和孩子們一起做做針線，我才剛讓梅香把她給孩子預備的東西清理清理，該曬的拿出來曬曬。」

到了堂屋之後，葉氏幾個人把手裡的東西放下，楊氏讓她們母子坐下，忙著搬凳子倒茶。

黃茂林和梅香聽見動靜，丟下手裡的東西就趕了過來。

梅香如今不能跑，站立或者走的時間久了，還得扶著腰。黃茂林扶著她進了堂屋，一起給葉氏打招呼。

葉氏起身扶著梅香坐到自己身邊，目光溫柔的看了看梅香。

楊氏見葉氏送來這麼多東西，在一邊不停的誇讚葉氏。「親家真是有心了，這些東西都備得齊齊的，我都不用操心了，白得個孫子。」

葉氏忙跟著客氣。「我不過是偶爾來一回，平日裡還是親家你們精心照顧她。」

婦人們說話，明盛兄妹和黃茂林兄妹都坐在一邊安安靜靜的，一句話沒插嘴。

楊氏和葉氏客氣了一陣子之後，對梅香說道：「梅香，帶妳阿娘去看看妳自己給孩子準備的東西，妳阿娘養了四個孩子，比我有經驗多了。」

楊氏這是讓娘兒兩個說私房話去，她是主家，總不好自己找地方退出去，索性讓她們到西廂房去說。

話。

葉氏客氣了兩句之後，跟著梅香去了西廂房，蘭香也跟去了，黃茂林留在堂屋陪明盛說話。

明盛性子更活潑一些，與黃茂林說話時都是想到什麼說什麼。他第一次來黃家，還特意到豆腐坊裡看了半天。

西廂房裡，葉氏仔細看了梅香準備的東西，小衣裳、棉布包、褥子樣樣不缺。

葉氏一邊看一邊和梅香說閒話。「前兒明岳成親了。」

梅香聽到後，先沈默了一下，又對葉氏說道：「明岳這樣也不錯，我聽說他岳家好得很，媳婦也很不錯。」

葉氏點頭。「是呢，我看過那姑娘一回，真不錯，長得不差，大大方方，懂禮得很，不怯場，還識字。」

梅香問葉氏。「敬杰叔父和嬸子如今如何了？」

葉氏把娃兒的尿布又疊好了放一起。「他們兩個剛開始自然是捨不得明岳，誰家的長子不是花費心思養的。好在明岳是個有心腸的好孩子，就算去了別人家，以後也不會就把父母拋在腦後。」

梅香低聲對葉氏說道：「阿娘，敬杰叔父家裡得了銀錢，以後還會種咱們家的地嗎？若是他不種了，一時半會哪裡能找到這麼好的人家呢。」

葉氏笑了。「妳莫要操心。我問過了，他們還種。如今明朗名下有五十畝免稅田地，咱們家本來就有二十七畝地，我預備過一陣子再買十多畝地，再把妳的嫁妝田掛上，湊個五十畝地。」

梅香這才放心。「阿娘，我就那幾畝地，就不掛了。」

葉氏心裡想著以後多給女兒送些吃喝，暗地裡補貼便成。「那也行，茂林如今還沒分家，光掛妳的嫁妝田也不好看。去年秋收，妳嫁妝田收成有沒有給妳？」

梅香輕輕點頭。「扣除掉了糧稅和人工費，其餘都給我了。茂林哥的田出息都給了家裡，這是當初說好的。」

葉氏聞言又輕輕點頭。「這是應該的，他們兄弟沒分家，不管田地寫在誰名下，都要給家裡。你們家小叔子跑車跑得如何？給了家裡多少？」

梅香一一說了黃茂源跑車的事情，葉氏也跟著高興，黃茂源能自己找份營生，以後分家時親家就不會偏向哪一個了。

娘兒兩個在屋裡絮絮叨叨說了許多私房話，葉氏又囑咐了梅香許多產期臨近的事情，梅香聽得點頭如搗蒜。

等說完了，葉氏就起身。「時辰不早了，我得趕緊回去了。」

娘兒三個又一起到了堂屋，葉氏和楊氏告別後，帶著一兒一女又回去了。

葉氏走後，楊氏讓梅香把葉氏送來的東西都拿回她自己屋裡。

黃茂林把葉氏送來的東西仔細看了看，疑惑的問梅香。「阿娘為甚還送一把剪子？剪子不是兇器？」

梅香笑著跟他解釋。「這剪子是剪臍帶用的，有些小娃兒到了日子遲遲不落地，送把剪子，就是讓他別磨蹭，該出生的時候早些出生。」

黃茂林聽得直點頭。「原來是這樣，我還是頭一回聽說。這養個孩子這麼多道理，若是不養孩子，一輩子都不曉得。」

梅香點頭。「可不就是，這是頭一個，養得精細些。我聽人說，等孩子多了，就是隨便瞎糊弄。」

黃茂林哈哈笑了。「胡說，都是自家的孩子，怎麼能瞎糊弄。」

葉氏回去後，立即著手買地的事。

多方打聽後，終於買到了二十畝地，花了葉氏近一百兩銀子。她前頭剛買過田地，後腳韓敬杰和柴氏就來鎮上找她了。

夫妻倆進門的時候，葉氏正在準備晌午學堂裡的飯菜，見到他們後，忙熱情的出來迎接。

韓敬杰恭敬的叫了一聲三嫂，柴氏也熱情的和葉氏打招呼。

韓敬杰把手裡的麻袋放下了，柴氏笑著對葉氏說道：「三嫂，這開了春，菜園裡的萵筍菜苔一下子全部長了出來，也不是什麼好東西，我給三嫂帶了一些來，三嫂別嫌棄，留著炒個盤也好。」

葉氏忙請他們在倒座房坐下了，又讓蘭香給他們倒水。「你們也太客氣了，還給我帶這麼多菜來。」

柴氏笑了。「三嫂總是照應我們，我們也沒有什麼能回報給三嫂的。」

葉氏客氣道：「說什麼照應不照應，敬杰兄弟也總是幫我們幹活。咱們兩家關係好，我就不跟你們說客氣話了。蘭香，把妳嬸子送來的菜收起來。」

韓敬杰聽她們妯娌說了一會話之後，開始說出了自己今日來的目的。「三嫂，妳家裡忙碌，我也不和妳兜圈子。我聽說三嫂家的房子想賣了，不知道三嫂想出個什麼價錢？」

葉氏立刻反應了過來。「你們不準備蓋新房子？」

韓敬杰搖頭。「三嫂，蓋新房子成本大得很。明岳懂事，給家裡掙下這一筆銀子，我家裡還有三個孩子呢，若是蓋新房，得花不少錢。我們合計過了，三嫂家的房子大，兩個院子足夠住人，西院裡豬圈、柴房什麼都有。當初三哥蓋房子的時候我一路跟著幹，用什麼料子我一清二楚。原來我以為三嫂那房子要留著的，如今既然要處理，我就想來跟三嫂商議，看能不能先緊著我們家。三嫂放心，妳給旁人家什麼價格，我也出什麼價格。」

葉氏聽了後心裡很感動，韓敬杰就是韓敬杰，從來不會仗著兩家關係好想來占便宜。明岳的聘銀豐厚，他也沒想過風風光光蓋房子。

葉氏給夫妻二人續了茶水。「既然你們想要，等明朗晚上回來了，我跟他說一聲。他也大了，家裡的事情我不好越過他單獨作主。」

柴氏點頭。「這是應該的。三嫂，聽說妳家又買了田地，三嫂能不能還給我家種，我們仍舊按照原來的租子給三嫂。」

葉氏看向柴氏。「弟妹，這樣下來，你們可要辛苦了。」

柴氏笑了。「三嫂，明岳這孩子為了家裡，自己去給人家做上門女婿。我們做父母的，不能躺在那裡全部指望孩子，說出去人家不戳我們的脊梁骨。」

葉氏仍舊說要徵求明朗的意見，韓敬杰夫婦坐了一會就走了。

等夜裡明朗回來後，葉氏仔細和他說了韓敬杰夫婦的要求。

明朗對韓敬杰夫婦很是信任，一來這是韓敬平的好友，二來，韓敬杰的人品確實值得人敬佩，明岳因為去做上門女婿，韓敬杰反而比以前更加賣力幹活。

過了幾日，韓敬杰夫婦再次上門。葉氏母子頭先對董氏說十二兩銀子並不是蒙董氏的，因董氏摳搜，明朗還特意往低了說，反正董氏又不會真的買。如今賣給韓敬杰，明朗與葉氏商議後，仍舊只收了十二兩銀子。

雙方簽了契約，約定好時間去過戶，韓敬平蓋的房子就歸韓敬杰了。

韓敬杰收好了契約之後對葉氏說道：「三嫂，這房子當初我跟著三哥一起蓋的，三哥當時給了我厚厚的工錢。如今，三嫂和明朗賣房子又少要了錢。我家裡孩子還小，住不了那麼多屋子，三嫂回來了只管去住。」

葉氏有些感慨，眼眶有些紅。「這是你三哥蓋的房子，交給你我最放心不過了。家裡的那些傢具物事，你們要是看得上，都留著用。」

兩口子客氣了一陣子後，和葉氏母子告別，又回韓家崗去了。

韓家崗族人聽說葉氏把宅子轉給了韓敬杰，那些想打主意的頓時偃旗息鼓了。有些沒占到便宜的，就跑到韓敬杰面前來說風涼話。

有說韓敬杰終於過上好日子，有刻薄的說韓敬杰賣了兒子也能住磚瓦房了。

如董氏這樣的蠢人，只知一味咒罵。三房的房子沒了，她心疼肝疼肉疼，就好似葉氏把她的房子賣了似的。

韓敬杰並不去管外頭的風言風語，搬家之前，他還帶著香燭紙炮去看了韓敬平。韓敬平生前和他關係好，並未因為他家貧而看不起他，反而處處照顧他，若不是韓敬平慷慨解囊，他連媳婦都娶不到。

韓敬杰在韓敬平的墳頭喝了一些酒，借著酒勁，對著墳頭絮絮叨叨說了許多話。他讓韓敬平放心，他會好生照看屋子，不會動一甎一瓦。想到明岳以後不在他身邊，他又哭了一場。

這個平日裡不多言多語的漢子，在逝去的好兄弟的墳頭上，倒是把自己軟弱的內心都暴露了出來。

哭過之後，韓敬杰感覺自己內心的鬱氣發洩出來許多。他又燒了些紙錢，磕了兩個頭之後，回家去了。

韓敬杰搬家搬得靜悄悄，不請客不放炮。住下後立刻開始忙碌，他如今種的田地更多了，一刻也不能歇下。

明岳聽說家裡搬家後，帶著媳婦回來看了一趟。明岳媳婦很有禮貌的給韓敬杰夫妻見禮，一進門就挽起袖子幫柴氏幹活。

明岳在岳家勤快懂事，有活跑在前頭，有吃的先緊著媳婦和岳父、岳母。他媳婦見他貼心，對他也越來越好，知道明岳心裡記掛父母，主動提出來看望公婆。

岳父母見女兒女婿關係好，想著一般人家娶媳婦也時常會回娘家看看，遂備了一份厚厚的禮品，打發小夫妻一起回來看看。

明岳回來後仍舊如以前一樣幫韓敬杰幹活，媳婦把帶來的吃食都交給婆母，還呈上了兩雙鞋，是她自己動手做給公婆的。

柴氏當場差點掉下眼淚，這麼多年了，從她進門開始，從來沒人給她做鞋。如今兒子去給別人做上門女婿了，她居然還能穿到媳婦做的鞋。

晌午，柴氏做了一頓豐厚的飯菜招待明岳夫婦，一家人親親熱熱吃了頓飯。

葉氏賣了房子之後，一心開始靜候梅香的消息。

梅香把孩子的衣裳什麼的都洗了洗，曬了好幾天。又把木盆什麼的準備好，方便隨時能用。

楊氏找了一個家裡的舊籮筐，洗乾淨曬乾，每日都會裝許多草木灰放裡頭，隨時準備能用上。

婦人生產，惡露多。梅香做了幾個大布包，到時候把裡頭裝滿草木灰，墊在身下，省得弄髒床單。

孩子這幾日忽然動得少一些，梅香嚇了一跳。

楊氏安撫她。「如今他長得太大了，裡頭裝不下，他蜷著身子呢，動起來不方便。動得少一些無妨，只要每天還會按時動就行。」

日子挨著挨著，很快就到了梅香生產那一日。

第五十八章　得長子全家歡喜

三月初五早上，吃過早飯後，黃家父子三個都出門了。

黃茂林走的時候梅香還在被窩裡，他悄悄進來看了她一眼，輕輕摸了摸她的頭髮，在她臉上親了一口。

梅香其實早就醒了，黃茂林才出廂房門，她忽然蹙了蹙眉頭。從半夜開始，她就感覺到肚子偶爾一陣陣發緊，略微帶些疼，雖不是很厲害，總是沒斷過。

她算算日子，也就是這幾天了。

梅香在被窩裡躺了很久，等家裡人都起來之後，她也起來了。

淑嫻幫她打來一盆熱水，她就著熱水洗漱過，隨意把頭髮盤一盤，整理了一下衣裳就出來了。

早上只有稀飯，炒了一個新鮮菜，一點油炸花生米，單獨給梅香煎了個蛋。

梅香也不挑剔，就著幾樣菜吃了一碗稀飯。

吃了飯之後，她開始在院子裡溜達。才溜達了一小會兒，梅香就想上茅房。等她一去茅房，發現褻褲上有紅色血印，梅香心裡清楚，這大概是要生了。

她平靜的整理好衣裳，然後去找楊氏。

見梅香來了，楊氏忙問她。「妳怎的來了？是不是哪裡不舒服？」

梅香面色平靜的跟楊氏說了她肚皮發緊和見紅的事情。

楊氏立刻把鐵鍬往地上一扔。「跟我回去，還能走不？」

梅香點頭。「阿娘，我還好，能走，您把鐵鍬帶上吧。」

楊氏又從地上撿起鐵鍬。「咋不叫妳妹妹來跟我說呢。」

梅香笑了笑。「我怕嚇著她。」

婆媳一前一後慢慢往家裡去，一進家門，楊氏立刻就開始喊人。「紅蓮，妳去把鍋洗乾淨，燒一鍋熱水。淑嫻，去隔壁看看妳大伯娘在不在，就說妳大嫂要生了。」

聽說梅香要生了，淑嫻和紅蓮都嚇了一跳，然後立刻跑去忙碌。

唐氏很快就過來了，她摸了摸梅香的肚皮，又問了一些情況，判斷這是要生了。

三個人一起把梅香扶進西耳房，這是早先已經佈置好的產房。

西耳房裡放了一張小床，床上面鋪了厚厚的稻草，稻草上面鋪了一層舊床單，旁邊放了一床舊棉被。

有唐氏在，大家都有了主心骨。別看唐氏只生了一個孩子，但她以前時常跟著黃家老太太給人接生，經驗豐富，如今四鄰八鄉誰家生孩子，都會請她過去。

黃家老太太以前是這一帶的穩婆，唐氏算是接下了婆母的衣缽。

楊氏問唐氏。「大嫂，要不要叫茂林回來？」

唐氏也猶豫了，梅香在一邊搖頭。「阿娘，這都半晌午了，等會估計就回來了，不用去叫了。」

唐氏聽了之後也點頭。「叫他回來也無用，到時候他自己就回來了。」

唐氏又安撫梅香。「妳身子骨好，想來生孩子比旁人容易些。這剛開始的痛有人受得了，一般就不會叫喚，有些人天生怕疼，那真是，從一開始叫喚到孩子落地。」

唐氏摸了摸梅香的肚子，見她好像不是特別疼的樣子，立刻吩咐楊氏給梅香打水洗頭洗澡。

紅蓮剛燒好熱水，眾人一起動手，很快把梅香洗乾淨了，又幫她把頭髮擦乾淨，換上乾淨寬大的衣裳，讓她坐在那裡歇息。

漸漸的，梅香感覺到疼痛比之前更強一些。剛開始，她只是皺眉頭，等快到晌午飯時刻，她開始攥拳頭。

唐氏一直在觀察她的動靜，唐氏知道梅香早晨起得晚吃得晚，讓紅蓮給梅香單獨做些吃的。

紅蓮在廚下給梅香做了六個雞蛋，加了兩根油條和兩勺糖，唐氏看著梅香把一大碗吃食全部吃光了。

紅蓮又趕緊操持中午的午飯，等到飯快做好了，黃炎夏父子兩個先後回來了。

黃炎夏先進門，一進門他就發現異常，見到唐氏之後，略微問幾句，和唐氏說了兩句客套話之後，他就進豆腐坊忙碌去了，一邊幹活一邊聽著耳房裡的動靜。

黃茂林回來後，還沒放下擔子，立刻就警覺的發現異常，頓時嚇得腿都有些發軟。

黃炎夏讓他放下擔子，洗手洗臉換衣裳。

黃茂林依言都做了，黃炎夏又讓他去給唐氏打招呼，看看梅香。

唐氏本來不想讓黃茂林進產房，但還沒等她開口，黃茂林就衝了進去，拉住梅香的手問她怎麼樣了。

梅香笑著安撫他。「我無事，有大伯娘和阿娘在呢，我好得很，你去跟著阿爹，這裡你也幫不上忙。」

唐氏趕著把他攆了出去，黃茂林一邊幹活一邊胡思亂想，黃炎夏知道他這會必定沒心思幹活，也不點破他，只讓他幹一些簡單的事情。

紅蓮做好晌午飯之後，楊氏招呼大家吃了飯。

黃茂林端著碗坐在耳房門口，隔著門一聲一聲的安慰梅香。「梅香，妳別怕，我就在門口呢，妳要是疼得厲害了，就叫我，罵我也行。等孩子生出來了，我帶孩子，妳只管好生坐月子。」

梅香正疼得厲害，聽他這樣一說，頓時又笑了。

過了晌午後，梅香感覺到疼痛開始變得劇烈起來，且越來越密集。她額頭上開始有了汗珠子，床單也被她揪得亂七八糟。

唐氏一再安撫她，讓她別喊，省省力氣。

就這樣，梅香一直忍著疼痛，中途好幾次，她痛過之後馬上就睡著了。

一家子都掛心，誰也沒心思去做別的。

疼痛越來越劇烈，梅香開始忍不住偶爾哼哼兩聲。等熬到整個大黃灣都安靜了下來，唐氏讓梅香開始發力。

梅香已經疼得眼前有些發黑，寂靜的黑夜裡，劇烈的疼痛讓梅香雙耳變得特別敏銳，她彷彿能聽見周遭所有細碎的聲音，似乎連外頭微弱的風聲都能捕捉到。

梅香在疼痛之餘也很驚奇，這是一種從未有過的體驗和狀態。

到半夜子時，梅香歷經煎熬，終於生下了個六斤六兩的男孩。

子時初，一日元始。

楊氏把孩子洗乾淨，用包被包好，唐氏幫梅香擦了擦身子。孩子剛哭過，洗乾淨之後，閉著眼睛拱了拱，然後睡著了。

孩子剛出生，一般婆母都要幫著照顧。楊氏咬了咬牙，在西耳房打了個厚厚的地鋪，照看梅香母子兩個。

孩子睡了一會後，忽然哭了。梅香立刻醒了，抱起他輕輕拍拍。楊氏起來一看，知道孩子餓了，讓梅香給他餵奶。

前幾天梅香就發現自己胸前總會溢出些淡淡的水。當時唐氏就告訴她，有一些婦人奶水來得快，娃還沒生，就有奶了。這樣倒好，娃有福氣。

梅香雖然有些羞，仍舊解開衣襟開始給孩子餵奶。小娃兒吃不了多少，嘬了幾口之後就睡著了。

後半夜，梅香一共醒了三回，餵了三次奶，楊氏也給她換了兩次灰包。

天大亮了之後，黃茂林進來了，他抱著孩子輕輕晃了晃，笑得跟個傻子一樣。放下孩子後，他又去看梅香，摸了摸她的臉。「妳受苦了。」

梅香問他。「你今兒沒出去賣豆腐？」

黃茂林笑了。「阿爹說讓我吃了早飯挑擔子去賣，街上的事情就交給他了。」

梅香低頭看了看兒子，輕輕摸了摸他的小手。她才把食指放進孩子的手掌裡，孩子立刻一把抓住了。

梅香和黃茂林都笑了，孩子似乎感覺到熟悉的聲音，砸吧了一下小嘴。

黃茂林輕輕摸了摸他的小臉，孩子的皮膚比水豆腐還滑嫩，眼睛緊閉著，小嘴一動一動的，彷彿在吃奶一樣。

孩子皮膚白得很，眼睛細長細長的，楊氏說眼線細長，眼睛大。

小夫妻正湊在一起像傻子一樣看孩子，淑嫻忽然進來了。她用托盤端來了早飯，讓大哥大嫂吃飯。

紅蓮給梅香單獨下的肉絲麵，裡頭加了兩個白水煮蛋。梅香感覺餓得很，很快就把一碗麵吃光了。

淑嫻湊到孩子身邊，低頭看了看，很稀奇的樣子。她還是第一次看這麼小的小孩，只感覺他好小啊，那小手比雞爪子還小。再看他的頭，整個也沒有多大。

黃茂林吃過早飯就走了，楊氏昨晚上熬狠了，白天讓淑嫻給梅香打下手，她回房睡覺去了。

剛出生的小娃兒，就是吃了睡睡了吃，才換了尿布，又吃了奶，這會睡得跟小豬一樣。梅香便讓淑嫻去忙自己的，她也躺下睡了一會兒。

上午，葉氏見今兒來的是黃炎夏，立刻過來問：「親家，今兒怎的是你來了？」

黃炎夏高興的對葉氏說道：「親家，大喜，昨兒夜裡子時，梅香生了個兒子，六斤六兩，恭喜親家做了外婆。」

葉氏立刻高興的拍手。「恭喜親家喜得金孫，哎呀，真是大喜事。」

葉氏說完，沒和黃炎夏打招呼，轉頭跑了。

黃炎夏愣了一下，親家母定是高興壞了，平常很少見她這樣不跟人打招呼扭臉就跑了的。

過了一會，葉氏回來了，手裡提了好多東西，兩個豬蹄、兩條鯽魚、一筐油條和雞蛋。

她把東西往黃炎夏攤子上一放。「親家，學堂裡離不開我，我下午再去，這些給梅香坐月子吃。」

黃炎夏這才明白葉氏是買東西去了，立刻笑著客氣。「親家，我家裡也預備了好多呢，不用這樣破費。」

葉氏搖頭。「親家準備的是你們做阿爺阿奶的心，這是我做外婆的心，親家莫要客氣，我先回去了。」

黃炎夏誒了一聲，葉氏打過招呼就回家去了。

吃晌午飯的時候，明朗兄弟兩個聽說姊姊生了兒子，都跟著高興。

葉氏吃過午飯就帶著蘭香趕去黃家，和楊氏客氣了兩句之後，直奔西耳房。

梅香高興的叫了一聲阿娘，葉氏把黃茂林打發了出去，仔細問了梅香生產的過程，又問她傷得厲害不厲害。梅香雖然有些不好意思，還是仔細的回答了葉氏的問題。

聽說楊氏夜裡在耳房打了地鋪照顧梅香，葉氏又去和楊氏說了許多感激和客氣的話。

楊氏聽得直擺手。「親家母不要跟我客氣，雖然我不是茂林的親娘，但這孩子以後總要叫我一聲阿奶，我照顧他們母子也是應該的。」

西耳房裡，蘭香和淑嫻一樣，稀奇的看著孩子，又看了看姊姊的肚子，驚奇的問道：「姊姊，妳肚子裡難道還有娃？怎麼還這麼大？」

梅香立刻皺起了眉頭。「我也不曉得怎麼還這麼大，我婆母說要慢慢才會變小，可我看這至少有五、六個月大。」

葉氏剛好進門，立刻笑了。「傻子，剛生了孩子，胞宮還沒變小呢，至少得個把月才能消掉。」

蘭香哦哦的直點頭，梅香擔憂的問葉氏。「阿娘，真能變成以前那樣的？」

葉氏想了想。「想跟以前一模一樣自然是不可能的，但總不會這麼大的。」

正說著，孩子忽然醒了，梅香立刻給他餵奶。

葉氏仔細觀察了一下，發現孩子一張嘴就能吞嚥，判斷女兒奶水充足。她看了看門外，小聲叮囑梅香。「要是奶水夠，不要總是吃大魚大肉，仔細肚子再也變不小了。」

梅香一驚，立刻點頭。

葉氏笑了。「別害怕，帶孩子累得很，不管妳懷孩子長多胖，慢慢都能瘦下來。」

當天下午，黃炎夏去請黃知事一起給孩子取個名。因他是子時初出生，取個元字，這一輩是庭字輩，大名黃庭元。

黃炎夏自然希望自己的孫子聰明伶俐，又給他取了個小名叫慧哥兒。

洗三那一天，黃炎夏請了黃炎斌一家、黃炎禮一家、老族長和黃知事等人來吃了飯，葉氏也帶著三個孩子來了。

葉氏還送來了搖籃，放在西廂房裡。

這一天，唐氏檢查了一下梅香的身體，見她略微恢復了一些，給她穿了棉襖，戴了帽子，讓黃茂林把她抱進西廂房。

唐氏自己幫著洗了孩子，走了該走的流程。

明朗兄弟二人看過外甥，都留下了自己的禮物。明朗如今掌管學堂，葉氏把孩子們交的束脩給了他一部分，明朗購置了一塊碧玉送給外甥，明盛手裡也有零花錢，買了一方硯臺送給慧哥兒，蘭香給慧哥兒做了一身新衣裳。

唐氏在一邊誇讚道：「好了，我們慧哥兒如今還在吃奶呢，上學用的東西都預備好了。」

黃炎夏咧著嘴笑。「都說外甥像舅，要是能學到他舅舅一星半點，我也就滿意了。」

明朗又趕著自謙，誇黃炎夏家庭和睦、人丁興旺。

看過孩子之後，家裡開了席面。

黃茂林去給長輩們倒了酒，然後又摸回房間。

剛好，慧哥兒尿了，吭吭唧唧哭了起來。黃茂林手腳麻利的打開包被，檢查了一下之後，動手給他換尿布。

一解開包被，慧哥兒的兩條小腿就盤在一起，像隻小青蛙一樣。黃茂林拎起慧哥兒的小胖腳，輕輕咬了一口，那腳指頭圓圓胖胖的，甭提多可人疼。

哪知慧哥兒剛才只尿了一半，這會打開包被後，他受了涼，立刻就把剩下的一半尿了出來，正好尿在黃茂林身上。

黃茂林頓時笑了。「好傢伙，這才多大，就曉得往阿爹身上尿尿了。」

梅香也忍不住笑了。「等會把衣裳換了再去吃飯。」

黃茂林給慧哥兒換了尿布，在他臉上親了一口，換了衣裳又去招呼客人去了。

紅蓮給梅香端來了午飯，她看著慧哥兒眼睛都不眨。

梅香一邊吃飯一邊對她說道：「弟妹，妳抱一抱他試試。」

紅蓮看向梅香。「我能抱他嗎？」

梅香點頭。「妳是他嬸子，自然能抱的。」

聽梅香這樣一說，紅蓮小心翼翼的抱起了慧哥兒。她仔細觀察過楊氏抱孩子的手法，在梅香的指導下，輕手輕腳的抱起了慧哥兒。

慧哥兒動了動小嘴，繼續睡覺。

紅蓮高興的抱著慧哥兒輕輕晃了晃，她和梅香同年——梅香兒子都生了，她肚子還空著呢。

洗三過後，黃家其他人都恢復了往常的作息，只有梅香和黃茂林開始了忙亂的日子。

慧哥兒出生後七、八天開始，每到黃昏就開始大哭不止。不吃奶、不睡覺，誰抱都不行，哭得小臉通紅，梅香心疼得不得了，抱著他不停的哄。

黃茂林到鎮上問過了王大夫，王大夫說孩子可能有些脹氣，讓他們給孩子揉肚子，並教他如何個揉法。

黃昏哭算是有了方法，但慧哥兒又添了新毛病。夜裡倒沒事，他除了餓了會哭，吃過了奶就睡覺。但一到白天，他就必須要人抱，放下手就哭。

楊氏覺得這孩子大概是前幾天肚子脹氣時梅香一直抱著他，如今要放下自然不是那麼容易了。

梅香沒辦法，只得整日抱著慧哥兒，好在淑嫻和紅蓮時常來給她換換手，楊氏有時間也幫著帶一帶。到了下午，黃炎夏和黃茂林也可以抱一抱他。

家裡人多，就這一個小娃兒，就算白天一直要抱著，也能抱得過來。

這樣抱了十幾天之後，梅香和黃茂林忽然發現，白天時，如果屋子裡特別黑，慧哥兒倒是能單獨一個人睡一會。

小倆口如獲至寶，立刻把門窗都用厚厚的簾子蓋上了。慧哥兒從剛開始只能睡一小會，漸漸到能獨自睡大半個時辰，梅香終於鬆了口氣。

辦過了滿月禮，慧哥兒出生帶來的熱鬧和欣喜都漸漸歸於平靜。在梅香的精心照料下，他一天天長高、長胖了，偶爾醒來還會對著梅香啊啊叫喚兩聲。

黃茂林除了做豆腐和賣豆腐，其餘時間全部花在梅香母子身上。

第五十九章　齊動手新房落成

時間一晃，又到了一年春季農忙的時候。

一家子咬牙挺過一陣子後，終於忙過這一季的春耕。

黃炎夏心裡感慨了許久。原來家裡也是種七畝地，茂源還不怎麼幹活，都能忙得過來。如今他們兄弟都長大了，反倒忙不過來了。

黃炎夏想了許久之後，決定把家裡的田地都賃出去給人種。

當天夜裡吃飯的時候，他把這個消息告訴了家人。

黃茂林第一個點頭。「阿爹既然決定了，這幾天就得趕緊找人。馬上就要下穀種了，找到合適的人才好脫手。」

楊氏半天後也點頭贊同。「他們兄弟如今一個照看豆腐坊，一個跑車，光指望咱們兩個老貨和紅蓮，幹起來太費勁。若是全部賃出去也使得，趁著農忙，多賣些豆腐，說不定收成更好。」

黃茂源一邊吃麵條一邊說道：「賃出去也好，省得我一邊在外頭跑，一邊還要擔心阿爹阿娘在家裡能不能忙得過來。」

紅蓮和梅香並未插話，公婆和丈夫決定了的事情，她們一般不會說太多。反正家裡就種了七畝地，自己種也多不了多少出息。

一家人達成一致意見後，黃炎夏趁著還沒下穀種，把消息放出去。已經賃了他們家田地種的三家人紛紛上門來，不過是七畝地而已，黃炎夏給他們三家一家分個二、三畝，誰家也無話可說。

既然田地賃出去，家裡的牛乾脆也交給那幾家。

家裡的田地都賃了出去，楊氏婆媳幾個鬆了一口氣。家裡有楊氏操心，梅香整天貼身帶著慧哥兒不離手。

都說不養兒女不知父母恩，梅香體會到葉氏的艱辛，利用慧哥兒每天睡覺的功夫，她慢慢給葉氏做了一件夏天的衣裳。

日子慢悠悠的過，一眨眼，又到了五月初。

五月初三那一天，方孝俊來送節禮。

黃炎夏剛賣過豆腐回家，黃茂林還在鎮上沒回來。

方孝俊提了一條肉，加了十幾個鹹蛋，方母還把家裡做的韭菜餅裝了十幾個帶過來。

方孝俊進院子的時候，淑嫻正在西廂房門口。方孝俊一進來就看到淑嫻，對著她溫和的笑了笑。

淑嫻性子靦腆，立刻紅了臉，對他彎身行了個禮，然後進屋去了。

方孝俊原來想像中淑嫻是個農家女娃，後來訂了親才發現淑嫻長得秀氣，性子柔和。聽說她近日一直在學寫字，把蒙童們開蒙的書籍都讀了個遍。

方孝俊內心十分感動，黃家並未嫌棄他家貧，還這樣督促女兒。

黃炎夏溫和的叫了方孝俊進堂屋，翁婿兩個在堂屋說話，淑嫻在西廂房和梅香說話。

翁婿兩個說了一陣子話之後，黃茂林終於回來了，黃炎夏頓時鬆了一口氣，立刻把黃茂林拉過來陪他說話。黃茂林性子活泛一些，跟方孝俊一頓東拉西扯。先問家裡、再問學裡，然後絮絮叨叨說了許多自己遇到的事情，又說了一些家長裡短。

方孝俊聽到有趣的地方也會跟著笑，聽到不懂的也會插話問兩句。

黃炎夏在一邊看兒子跟女婿瞎胡扯，忍不住想笑，果真是鹵水點豆腐，一物降一物，他這老丈人在女婿面前倒硬不起腰杆子。不是說怵他，而是這孩子特別認真，又懂禮又溫和，都不好意思大聲說話，更不好意思糊弄他。

這樣也好，淑嫻性子安靜，配個這樣的女婿，小倆口一輩子也吵不起來。

吃過晌午飯之後，來陪客的黃炎斌父子先回去了，方孝俊喝了一杯茶之後也要走。

黃炎夏把他叫住，從房裡拿出好多寫字用的紙。除了筆墨紙硯，還把女婿今年的束脩也交了，明朗說他和方孝俊是師兄弟，只收了一半的錢，黃炎夏也不矯情，記下了這份人情，把剩下的錢充做女婿的茶飯錢，仍舊給了葉氏。

可以說，方孝俊如今讀書基本上是黃家在供養。方家十分過意不去，割麥子的時候方父還來幫了一天忙，又給淑嫻做了一身衣裳，時常打發方孝俊過來看看。

方孝俊接過紙和一塊墨，謝過黃炎夏。

楊氏對女兒使個眼色，淑嫻回房後收拾了一個包袱出來，遞給楊氏。

楊氏把包袱也塞進方孝俊手裡。「前兒割麥子，你阿爹還來給我們幫忙。我也沒什麼東西好回你的，讓淑嫻給你做了幾件衣裳，好孩子，你拿回去穿。」

楊氏怕女婿受了家裡的好處不好意思，用方父來幫忙的事情作掩護。

方孝俊又笑著謝過楊氏，然後對淑嫻說道：「妳做的衣裳我穿都很合身，我阿娘都說衣裳做得特別好，辛苦妳了。」

淑嫻頓時臉爆紅。「不辛苦，都是我該做的。」

給了衣裳和筆墨紙硯，黃家人再沒有給別的東西。黃炎夏掌握著分寸，幫扶女婿讀書可以，女婿家裡雖然不如自己家，但並不缺吃喝，故而黃炎夏從不給方家人送吃的喝的。

方孝俊接下了東西之後，很有禮貌的和黃家人告別，然後回家去了。

端午節那天，葉氏收到女兒做的衣裳後有些奇怪，這不過年的，自己也不過生日，怎麼忽然就給她做衣裳了。

黃茂林瞭解梅香的心思，只說葉氏以前帶四個孩子辛苦了。

葉氏聞弦歌而知雅意，內心感慨不已，梅香真正長大了。

韓敬平剛死的時候，梅香用極度暴力的手段打退了韓敬義。葉氏當時的猶豫在很多人眼裡似乎有些軟弱，但她有四個孩子，她沒有資格和任何人硬碰硬。女兒當時異常剛強，她就不能再剛了，母女兩個剛柔並濟，一起擔起了家業。

梅香悄無聲息的給葉氏做了身衣裳，葉氏內心百轉千回，女兒漸漸長大，會理解自己當日的作為。

不論梅香有沒有理解，黃茂林確實理解了。自從有了慧哥兒，他做什麼事情都有了掣肘，這種掣肘不是負擔，而是讓他變得行事更加謹慎。

他要為慧哥兒考慮更多，保重自己的身體是第一要務，父母安康，孩子才能無憂無慮長大；處理好家裡的關係是第二件，以前他偶爾還會和楊氏互別苗頭，現在一些小事情他根本不會和楊氏計較。好在楊氏如今也識趣，黃茂林和梅香對她大方，她也對慧哥兒好，黃茂林所求，就是自己不在家時，希望楊氏婆媳能幫著看顧好慧哥兒，梅香再能幹也只有一雙眼睛，總有看顧不到的時候；愛惜外頭的名聲是第三件，他不能讓慧哥兒長大後聽到別人非議他的父母。

葉氏感慨了一會後，把家裡的粽子、糖糕等食物包了一大包，讓黃茂林帶了回去，又把梅香這幾個月的分紅給了黃茂林，黃茂林也給她留了一些豆腐。

過了端午節，天氣更加暖和，各家的農忙漸漸結束，勞動力頓時富餘了起來。

楊氏眼見著兒子這些日子早出晚歸，開始纏磨黃炎夏。「當家的，咱們什麼時候到鎮上蓋房子？」

黃炎夏最近總是被她問這個問題，煩不勝煩。「不是跟妳說了，讓他們兄弟妯娌多在一起住一陣子，等情分好一些再分家也不遲。」

楊氏轉了轉眼珠子。「當家的，這蓋房子也不是一天兩天就能蓋好，還要提前準備東西呢，大師傅也要提前預定。房子蓋好了還得晾一晾，這一來一往中間多少時間又沒了。他們兄弟之間情分一直好得很，說是兩個娘生的，外頭人都不信。」

黃炎夏笑了。「我知道妳心疼茂源，但我還想再打磨打磨他，這樣早出晚歸，他才能更知道生活不易。妳放心，蓋房子的事我已經有了計劃。這會子買磚瓦，難不成三伏天蓋房子？過幾天我先把木料準備好，下個月再去買磚瓦，等七月間開始蓋房子，那時候天也沒那麼熱了。」

楊氏瞥了他一眼，從鼻孔裡哼了一聲。「我算是知道了，你做什麼都是自己作主，兒子也罷、婆娘也罷，你問過誰的主意呢。」

黃炎夏沒想到楊氏居然跟他說這種抱怨的話，想了想之後認真回答她。「不是我不問你們的主意，反正都是今年的事情，早一個月遲一個月又能怎麼樣呢。再說了，我知道妳一心想跟著茂源單過，可也為我想想，都是我的兒子，哪一個我捨得？」

楊氏頓時不說話了，是啊，按照時下規矩，父母自然都是跟長子過的。可茂源才是自己親生的，楊氏自然想和自己兒子一起生活，但當家的是如何想的，她從來沒問過。或者說，她不想去問，她怕黃炎夏讓她選擇。

楊氏忽然有些害怕，萬一當家的要和茂林過，她怎麼辦？她是跟著男人還是跟著兒子？楊氏頓時陷入了兩難。

楊氏試探性的問黃炎夏。「當家的，茂林和梅香多能幹呀，哪裡需要別人替他們操心。茂源跟個傻子似的，紅蓮雖然懂事，但我娘家嫂子要是知道他們單過了，背著我的眼就來打秋風，可憐茂源整日早出晚歸，難不成以後就給我嫂子做長工不成。」

黃炎夏沈默了許久，輕聲嘆了口氣。「妳說的我何嘗不知道，可自古分家都跟著長子，我跟著茂源過，外頭人不戳他的脊梁骨。茂林倒是無所謂，慧哥兒的親爹名聲有損，以後還怎麼讀書上學？而且，當日買地皮，茂林的地皮就大一些，妳願意跟茂源去擠小院子？」

楊氏毫不猶豫的點頭。「當家的，我跟你說句實話，我跟茂林能像這樣和睦就很不錯了。誰不想和自己親兒子在一起呢，我就算跟你一起去住茂林家裡，我的心也是留在茂源家的，至於院子大一些小一些又有何妨，等以後茂源兒孫多了，我們再換大房子就是了。」

黃炎夏意外的看了楊氏一眼，半天後說出自己的想法。「我的意思是，等房子蓋好了，讓他們兄弟二人先搬過去，咱們帶著淑嫻還住老家。這會要是跟著一起過去，去茂林家，妳不放心茂源，去茂源家，茂林兩口子要被人非議。且再等一等，等外頭人不再盯著咱們家分家的事情，咱們再找個機會靜悄悄的搬過去，妳願意住到誰家，誰也說不了什麼。」

楊氏愣了一下，半天之後點了點頭。「也只得這樣了，等紅蓮有了身子，我就過去照顧她。」

黃炎夏笑了。「我也不想讓妳為難，才一直拖著沒辦。既然妳同意咱們兩個先不搬家，那我就去準備蓋房子的事情了。」

楊氏再次點頭。「當家的只管去，家裡有我呢。」

黃炎夏和楊氏商議好之後，就開始準備蓋房子的事情。

買磚瓦的時候，黃炎夏把黃茂林也帶上了。爺兒兩個跑了好幾個地方，終於買到了合心意的磚瓦。自從平安鎮漸漸發達，這一帶磚瓦的價格也開始上漲。

黃茂林在買磚瓦的途中忍不住和黃炎夏感嘆。「阿爹，這會要是開個磚窯倒是不錯。您看如今鎮上蓋房子的多，磚瓦這樣緊俏，只要能燒出來，定能賣上好價錢。」

黃炎夏瞥了他一眼。「要不，你去開磚窯。」

黃茂林笑了。「阿爹笑話我，開磚窯哪是那樣容易的，燒磚的大師傅多難請。且這東西需要許多人力，農忙時節找不到人，成本就高，萬一磚燒壞了，淨賠錢。」

黃炎夏笑了。「可不就是，磚窯哪是那麼容易開的，家裡沒點家底的，折騰不起來。找場地、建窯、請人工、請師傅，哪一樣都不容易。你以為我不知道磚瓦如今有賺頭，可咱們家的親戚裡頭，也沒有誰家能幹得起來的。」

爺兒兩個說過了磚窯的事情，很快又拋到腦後。

夏日漸漸越來越熱，慧哥兒越長越胖，總是出汗，梅香時常要打水給他擦洗。等三伏天最熱的時候，廂房比正房熱，小娃兒又胖，慧哥兒長了痱子。除了長痱子，夏天蚊子多，小娃兒肉嫩，蚊子專挑小娃兒咬，梅香每天用艾草熏房間好幾遍，仍舊無法殺死所有蚊子。

看著兒子身上又是痱子又是蚊子包，梅香和黃茂林心疼得不得了。

黃炎夏看著孫子滿身的包，加快了蓋房子的準備。

七月間，黃炎夏請黃知事幫忙挑了個黃道吉日，正式開工建房，此時的慧哥兒已經四個月了。

黃家開始蓋房子之後，黃炎夏整日要在鎮上看著，豆腐坊裡的活兒全部落到黃茂林頭上。楊氏每日在鎮上做飯，家裡的事情都交給了紅蓮。

梅香心疼黃茂林，每日早起幫著幹活，讓淑嫻和紅蓮幫著帶慧哥兒。背集還好說，黃茂林自己挑著擔子多去幾個地方也行。逢集的時候，黃茂林要是趕集，沒法挑著擔子去村裡賣，不趕集的話損失得更多。

梅香最後決定，每逢趕集的時候，她抱著慧哥兒一起上街，然後把孩子交給葉氏。她跟著黃茂林學了兩個集，賣豆腐的事情她立刻就弄清楚了，第三個集開始，她早上跟著楊氏一起過去，一個抱孩子一個挑擔子。

每天剛到鎮上，葉氏就立刻來抱慧哥兒。等梅香賣完豆腐，黃茂林過來接他們母子一起回去。

日子飛快的往前趕，等慧哥兒五個月的時候，黃家的房子終於蓋好了，也到了中秋節。

黃炎夏想著這有可能是分家之前全家在一起過的最後一個中秋節，他給了楊氏足足的銀子，讓家裡過一個像樣的節日。

當天早上，楊氏讓紅蓮做早飯，她自己去西院忙活。哪知還沒等她忙完，就聽到正院裡忽然傳來淑嫻的驚叫聲。

楊氏丟下東西就跑了過來，淑嫻還在廚房裡叫喊。「二嫂，二嫂！」

梅香聽見動靜後，抱著孩子跟在楊氏身後趕了過來。

一進廚房門，見紅蓮正坐在地上發懵。

楊氏忙問：「這是怎麼了？」

淑嫻幫著回答。「阿娘，二嫂剛才差點倒地上去了。」

紅蓮暈乎了半天之後終於清醒過來，她忙回答楊氏。「阿娘，我無事，就是起來猛了些，有些頭暈。」

楊氏盯著紅蓮看了半天，忽然問她。「妳這個月月事來了沒？」

紅蓮心裡一驚，知道婆母意有所指，立刻斟酌著回答她。「本來該前幾天來的，遲了幾天，但往常也有遲幾天的事情。」

楊氏也不再問。「淑嫻，妳來做飯。紅蓮，妳就坐在灶下燒火，讓淑嫻掌灶。」

楊氏心裡存了想法，就開始不讓紅蓮幹重活。但她又不好帶著紅蓮去看大夫，這才幾天呢，若不是喜事，豈不丟人。

梅香心裡也有數，這幾日她也開始格外關注紅蓮，有時候家裡人多的時候，她讓黃茂林幫著抱孩子，自己把家務活幹了，讓紅蓮多歇息歇息。

婆媳兩個就這樣也不提這事，只暗地裡照顧紅蓮。紅蓮心裡一直墜墜的，擔心一場空。好在她的月事一直沒來，她心裡又熱切的期盼了起來。連黃茂源夜裡想親熱，她都找理由拒絕了他。

等到了八月底，楊氏再也忍不住了。她親自帶著紅蓮去鎮上找王大夫把脈，王老大夫一口咬定是喜脈，楊氏高興得直念佛。

紅蓮也非常高興，她都十七了。很多和她同齡的人都有了兩個孩子，她卻一直沒動靜。這下子好了，不管男女，她終於也有孩子了。

紅蓮一懷上，楊氏立刻催著黃炎夏趕緊搬家。

但搬家前，要先分家。

第六十章　分家財兄弟別居

分家可是大事，不是一家人關起門把東西分一分就算了事，需要找有威望的長輩主持，兒媳婦的娘家人也要到場，各方對分家無異議之後，簽訂分家契書，由宗族長輩作證明，方才算數。

黃炎夏把鎮上的房子蓋好了，大夥兒都知道他可能快要搬家了，各家都在揣測他會如何分這一片家業。黃炎夏先找了黃知事，又先後聯絡郭家、韓家和楊家。黃知事幫著挑了個吉利的好日子，各家人都上門了。

郭家來的是郭大舅，韓家來的是明朗，楊家來的是紅蓮的阿爹和大弟弟，黃炎夏還特意把黃炎斌請來做見證。

明朗來之前，葉氏一再囑咐他，若是黃家父母要跟著老大，務必要三七分。若是黃家父母要跟著老二，不能低於五五分。最重要的，一旦跟了老二，就不能中途反悔。總不能這會父母年輕能幹，他們跟著老二。等老了不能動了，倒是要來老大家養老了。

葉氏雖然也感激黃炎夏頭幾年對自家的幫助，但葉氏心裡門兒清，來自家幹活的是女婿，只要她好生對女婿，也不算忘恩負義。

三方人到齊之後，一起坐在堂屋裡。楊氏給大家上了茶水和果子，然後退出去了。

黃炎夏先開口。「三叔，自古樹大分杈、人大分家，我有兩個兒子，如今都已娶妻成家，且各自有了營生。三叔也曉得，我在鎮上給他們各自蓋了一棟房。為家裡生計著想，今日請三叔來幫忙主持分家，以後讓他們各自頂門定居開枝散葉。」

黃知事點了點頭。「既然你託了我，我就來做個見證。如今你兩個岳家與媳婦娘家人都在，你先把你的分法給大家說一說。」

黃炎夏點點頭。「三叔、二位舅兄、明朗，我家的情況你們都曉得。豆腐坊是茂林親娘在世時和我一起置辦的，茂林是原配長子，自然是傳給他的。茂源也是我的親生子，如今在外跑車，騾子和車都傳給他。他們兄弟都有了飯碗，這是根本，不知幾位可有異議？」

郭大舅先點頭。「妹夫分得很有道理，我並無異議。」

明朗也跟著點頭，楊老大見女婿分到了騾子和新車，也不再反對。

黃知事衝黃炎夏點頭。「既各位都無異議，你繼續說。」

黃炎夏從懷裡掏出一堆契書，全部放在面前的小桌上。「這些年慢慢攢家當，一共攢了四十八畝地，我預備兩個兒子一人分二十畝地，剩下的八畝地留給女兒做陪嫁。」

郭大舅看了大夥一眼，先開了口。「妹夫，自古分家，長子得大頭，你這裡怎的倒是不分大小了？」

黃炎夏看了明朗一眼，明朗並未說話，用沈默表示同樣的疑問。

楊老大忽然開口。「茂林不是已經分過一些地了，如今就算平分，他也占了便宜的。」

明朗接過話頭。「楊大叔，我姊夫的地如何來的，諸位心裡有數，還是不要提也罷。」

楊老大被噎了一口，他口拙，且楊家理虧，更不知如何反駁。

黃炎夏看了明朗一眼。平日裡自然是客客氣氣的，到了眼下，誰不是先顧著自己人呢，他也能理解，若是明朗能一直這樣維護親姊夫，也不枉當初茂林整日往韓家去幹活。

黃炎夏又看向黃知事。「三叔，因長子要給父母養老，自古分家長子得大頭，這是應該的。但我家裡的情況三叔知道，先妻郭氏不幸早逝，續弦楊氏有親生子，分家後她自然是想和親生子過活。且茂源整日在外頭跑，家裡就媳婦一個人，索性我們老倆口就跟老二過活。既然讓老二給我們養老送終，這五五分也說得過去。」

一直坐在旁邊的黃茂林忽然插話了。「阿爹，您不與我住在一起嗎？兒子把屋子都給阿爹留好了。」

黃炎夏看了黃茂林一眼。「你們兄弟二人的屋子離得近，我住哪裡都一樣的。就算我跟茂源住在一起，我每日仍舊會去豆腐坊幹活。你阿娘不放心你弟弟，我若是把她一個人丟在茂源家裡，外頭人定然談論不休。」

郭大舅問黃炎夏。「妹夫，你憐惜幼子，這也是人之常情。只一樣，你若不與茂林住一起，外人豈不是要談論茂林？他們小夫妻要是成為不孝之人，慧哥兒以後還如何做人？」

黃炎夏深深嘆了一口氣。「三叔，大哥，為了這次分家，我真是頭髮都要愁白了。茂源他阿娘死活都要和茂源一起住，我也不能強行拆散人家親母子。就算逼著讓她和茂林一起住，身在曹營心在漢，反倒起壞作用。我左右搖擺，也不知如何是好。三叔可有好主意？若是有，還請指點姪兒。」

黃知事想了想。「父母不隨長子而隨次子，這樣的事情也有。若是同胞兄弟，長子名聲會有虧損。你們家略有不同，茂林不是楊氏親生子，你們隨茂源生活，外人也能理解。只一樣，你對外要說是你作主分家的，把責任往自己頭上擔，再有我們這些人給你見證，不是茂林不孝順父母，而是你們自己要與次子住在一起。再者，你錢財上多補貼老大一些，安一安他的心，對外也有個說法。」

黃炎夏想了想。「說起來，我年紀也不是很大，還能幹不少年呢。茂源，我以後與你一起生活，等你給我養老，至少還得二十年。這二十年，說是我跟著你，還不如說是我給你幹活。田地你們兄弟均分，家裡的存銀你大哥多得一些，也算補償。」

黃茂源也急忙表態。「阿爹，還是給大哥多分些地吧，這些年大哥為家裡操勞比我多。以後阿爹阿娘都來照顧我，大哥家裡連個幫襯的人都沒有。」

郭大舅和明朗對黃茂源的這番話表示讚嘆。

黃知事也點頭。「你先說說後面如何分的。」

黃炎夏點頭。「當初買鎮上的兩塊地皮，茂林的大一些，多花了一些銀子，但他自己填了六兩，這個算公平了。今年蓋房子，茂林的院子大，花費也多一些，但茂林這些年磨豆腐賣豆腐辛苦，這也是他該得的。我昨兒仔細把帳都算了一遍，還剩一百三十五兩存銀。茂源分四十兩，淑嫻得二十兩做陪嫁，我們老倆口留十兩以後做喪葬費，剩下的六十五兩都給茂林。家裡原來的驢和豆腐坊是一起的，都給茂林。家裡的牛給了茂源，因大媳婦陪嫁了一頭牛，茂源你得補給你哥三兩銀子。還有幾頭豬，先請人照看著，等過年時賣了再分，三十幾隻雞分兩份。家裡的家具，也分兩份。三叔看這樣可行？」

楊老大吭哧了半天不知道怎麼反駁，忽然，楊氏衝了進來。「當家的，茂源給咱們養老送終，卻還少分二十五兩銀子？」

黃炎夏抬頭看了她一眼。「那咱們就和茂林一起住，三七分，茂林得七，茂源得三。」

楊氏頓時又噎住了，黃炎夏一出口就掐住她的七寸。

黃知事見她不知規矩，低聲怒斥。「出去！」

楊氏見他發怒，立刻悻悻的出去了。

黃知事先問郭大舅和明朗。「郭家賢姪，韓先生，二位可有異議？」

明朗得了葉氏的囑咐，家業至少五五分，田地是均分的，但姊夫多分了二十五兩銀子，也不算吃虧，故而搖頭。「大伯分得很好，我並無異議。」

郭大舅也搖了搖頭。「妹夫這樣分，我也無異議。」

明朗看了看黃炎夏，黃炎夏年紀並不算大，等他老到不能動，至少還得二十年呢。

他對黃炎夏拱手。「大伯，您如今年富力強，這樣早分了家，以後若是覺得分早了，可要再次闔家？」

黃知事一聽就明白了，這是要黃炎夏給承諾。

黃炎夏問黃茂源。「茂源，我和你阿娘跟你住，你心裡到底願意不願意？」

黃茂源忙不迭點頭。「阿爹，願意願意，我當然願意了。」

黃炎夏抬起眼皮看向他。「我現在年紀不大，你自然是願意的，等我老了不能動了，到時候，你可別說你大哥是長子，該承擔長子的責任。還有，你妹妹是你一母同胞的親妹妹，以後她出嫁的一應事宜，都由你來操辦。」

黃茂源跑了大半年的車，也懂了許多人情世故，知道自己必須給眾人一個態度。他立刻起身，撲通一聲跪在眾人面前。「三爺爺，大伯，阿爹，諸位舅舅，大哥，韓先生。我家裡本來不用這麼早分家的，因我如今出去跑車，住鄉下不便，阿爹阿娘才動了分家的心。這些年，父母疼愛，我一直無憂無慮。如今才曉得，當初大哥小小年紀就出門賣豆腐，吃了多少苦頭。父母跟著我，本來就是偏愛我，我定然會用心孝順父母。我在這裡放個話，不管阿爹阿娘多老，就算以後他們不能動了，有我一口吃的，就不會餓著父母，妹妹的事情我也不會推脫，若有違背，天打雷劈！」

黃茂林一把將他拉了起來。「說這些做甚，阿爹也不是你一個人的。就算阿爹沒有和我住一起，咱們離得近，有什麼事情招呼一聲就行，犯不著發那些誓言。」

黃炎夏聽到黃茂源的話後，內心有些感動，他轉頭看向眾人。「諸位放心，兩個兒子都是我親兒子，我就算做不到絕對公平，也不會只疼一個。」

明朗忙對黃炎夏拱手。「都怪我莽撞，倒讓大伯父子二人誤會了。」

黃炎夏擺手。「無妨，分家麼，自然要說清楚，若分得不明不白，以後扯不清更傷兄弟情分。我沒多大本事，一輩子就只有這麼些家當，該分的都分了，諸位看如何？」

眾人都不說話了，半晌之後，黃知事對黃茂林說道：「茂林，取紙筆來，既然都無異議，白紙黑字都寫清楚。」

正在寫的時候，黃茂林忽然想起件事，立刻告訴黃知事。「三爺爺，阿爹雖然不跟我在一起住，我做兒子的，總不能不管阿爹。以後，每年我給阿爹一些錢糧，逢年過節再讓慧哥兒阿娘給阿爹做幾身衣裳，也算我做兒子的孝敬。」

黃炎夏點頭。「也行，你給我三百六十斤糧食就行。其餘的，若你以後手裡寬裕，你給我我就收著。若一時手裡短絀，沒有也就罷了。」

黃炎夏並不反對黃茂林給他錢糧，大兒子給一些孝敬，也能堵一堵外人的嘴。

郭大舅插嘴。「妹夫，我說句不吉利的，將來你們百年後的事情如何處理？」

黃炎夏沈默了半晌。「若是我死在前頭，茂源，我的喪事由你大哥主持，喪葬的花費我提前留給你們，族裡人的禮錢你們平分，其餘各自親戚送的禮錢，你們各自收好。你阿娘的事情由你單獨辦，若是你阿娘先走，也是一樣的。」

黃茂源急忙點頭。「我都聽阿爹的。」

黃知事頓了一下，繼續寫字。「也好，既然都說妥當了，我就一併寫上。」

既然都無異議，寫了幾份契書，黃家父子三個先後按了手印。黃知事收一份，郭家、楊家和韓家各收一份，黃家父子一人收一份。

楊氏一直守在堂屋門外，也罷，少二十五兩就二十五兩吧，以後她跟著兒子，多幹一些就是。茂源在鎮上有棟宅子，有四十兩銀子，還有騾車營生，日子好過得很。以後一家真正生活在一起，可不更快活。在楊氏心裡，沒有黃茂林一家，才是她真正的家。

分家的事情說妥了，楊氏去廚下做了一頓豐盛的午飯。吃過酒席，各人都歸家去了。

分過了家，黃炎夏也不猶豫，立刻開始著手搬家的事情。

既然黃茂林單過，就讓他先搬家。黃茂林想到慧哥兒還小，先讓梅香帶著慧哥兒提前兩天住到韓家去。梅香也不猶豫，收拾了一些細軟和衣裳，抱著慧哥兒就去韓家了。

夜裡，黃茂林一個人在家裡，說不上心裡是什麼滋味。

很小的時候，他迫切希望自己能有一份謀生的本事，再也不用擔心後娘算計他，也不用擔心阿爹哪一天忽然老糊塗了開始偏心。

現在他能獨立生活了，阿爹分給他豐厚的家資讓他單過，他忽然又有些不捨。

他在這家裡住了十八年，家裡每個角落他都熟悉。阿爹一直待他很好，茂源和淑嫻也很敬重他。他在這家裡長大、學手藝、娶妻生子，忽然要換個地方，他心裡有些墜墜的。

黃茂林忽然想到了梅香，當初梅香離開自己住了十六年的家嫁到黃家，內心定然也是非常不捨，但她從來沒說一句。

黃茂林又想到了慧哥兒，等到了鎮上，他要繼續努力掙家業，讓梅香和慧哥兒以後能過上好日子，也要多孝順阿爹。

黃茂林一邊想一邊迷迷糊糊的睡著了。

正房裡，楊氏正高興的翻來覆去睡不著。明兒茂林一家就搬走了，過兩天她也要搬到鎮上去。從此，他們一家住在一起，她再也不用時時刻刻想著自己是個填房、是個後娘。

黃炎夏一直不說話，楊氏也不想去勸他。楊氏心裡清楚，當家的肯定捨不得大兒子，就像自己捨不得茂源一樣。等到鎮上安定下來，慢慢的也就好了。

第二天一大早，黃茂源早早把車套好了，黃茂林先運梅香的嫁妝，再是家裡分給他的東西，最後才是豆腐坊裡的工具。

梅香的嫁妝多，黃茂源跑了兩趟。黃茂林自己也趕著驢車跑了一趟，把家裡分的杯碗盤碟和桌椅板凳都運了過去。

最後一趟，哥兒倆合力趕著兩輛車，把豆腐坊裡的東西一下子全部運走了。

黃炎夏在鎮上給黃茂林蓋了一間一模一樣的豆腐坊，就在正院倒座房裡。

這宅子前後兩進，西邊還帶了個兩進的小跨院。家裡人口少屋子多，梅香從葉氏那裡抱了隻小狗，是小花點生的，又養了一隻小貓。

東西整理好了之後，當天夜裡，兩口子直接就住在新屋子裡了。

葉氏送來了菜和油，梅香自己做了兩道菜，小夫妻一起在新油燈下吃飯。

梅香看了看新房子，忍不住和黃茂林感嘆。「茂林哥，這新房子真好。」
黃茂林笑了。「那可不，花了那麼多銀子，能不好嗎？」
梅香往慧哥兒嘴裡餵了一勺子糊糊。「以後家裡就咱們三個啦。」
黃茂林在慧哥兒臉上親了一口。「以後人會越來越多的。家裡人少了，咱們就要多受些累了，沒有人幫忙，什麼都得靠咱們兩個。」
梅香毫不在意。「不怕，當年我和阿娘風裡來雨裡去賣菜，那多辛苦。如今只是磨豆腐賣豆腐，隔兩天去給阿娘榨油，再不用奔波，輕鬆得很。我要是忙不開，還可以把孩子交給阿娘帶。」
黃茂林想了想。「讓阿娘給咱們帶孩子，等過年時，妳給阿娘做一身新衣裳。」
梅香點頭。「好，給我阿娘做一身，也給阿爹做一身。」
長房搬家後三天，黃炎夏帶著黃茂源一家子也搬了過來。
黃茂源的宅子小一些，只有正院，沒有跨院。黃茂源堅持讓黃炎夏和楊氏住正房東屋，他和紅蓮住在正房西屋。
等黃茂源也搬好家之後，黃茂林開始籌辦喬遷宴。

第六十一章　宴賓客十二生肖

黃茂林提前擬定了要請的客人，又把家裡巡了一遍，堂屋和正房西屋各擺一桌，西耳房可以擺一桌，西廂房都空著呢，可以擺三桌，東廂房除了廚房，其餘兩間屋子各擺一桌。跨院裡，正房和廂房加起來可以擺四桌。

這樣一算，一輪酒席可以擺十二張桌子，擺個三輪，老少一起上也夠了。

辦酒席不能省錢，要按照最多的人數來預備。

黃茂林從屠戶那裡訂了一頭豬，又從黃炎禮家裡買了許多山貨，大黃灣菜園子裡有許多菜，黃炎夏發話，隨他弄；家裡開著豆腐坊，豆腐多得很。

他又從鎮上唯一一家酒館裡訂了二十罈酒，把王家飯館的掌櫃請來掌勺。其餘擇菜洗菜等事宜，黃氏族人可以幫忙。

喬遷宴各家的模式都差不多，正日子當天，黃茂林作為家主，祭拜各路神靈，然後是放鞭炮，上梁撒粑。

今兒的梁粑與別家略有不同，其他人家拋梁粑用的喜饃都是從鎮上魏家喜饃鋪子裡訂的，黃茂林家的喜饃除了外頭訂的，梅香自己也做了一部分。

梅香手巧，她把喜饃做成了十二生肖的樣子。

這門手藝還是黃茂林在省城裡看到的。

當日黃茂林跟著明朗去考院試，他閒來無事到處瞎逛。無意中看到省城的喜饃鋪子門口放了各式各樣的喜饃，黃茂林當時看得眼睛都不眨了。

小兔子、小豬、小老虎，那喜饃一個個做得憨態可掬，讓人看著心裡就高興。黃茂林當場買了一套帶回家，他不過是和梅香提了一句，梅香卻把這事放到心裡。

這次拋梁粑，梅香自己做了一套十二生肖，混在一堆白饃饃裡，特別顯眼，眾人欣喜的拿著那喜饃都捨不得吃。

梅香今兒是有的放矢，這十二生肖她自己偷偷琢磨了許久。原來她想讓黃炎斌給她做模具，後來放棄了，一來模具不好做，二來怕有心人打聽。

慧哥兒還沒出生的時候，她偶爾把家裡擀麵條的活攬了過來，趁著沒人的時候自己偷偷琢磨。搬家後，她更是每天揉一小團麵捏來捏去。

這麼長時間下來，除了龍她做得還有些欠缺，其餘都做得活靈活現。

今兒這十二生肖一問世，旁人不說，鎮上的喜饃鋪子魏掌櫃立刻就坐不住了。

十二生肖只有一套，搶到的人自然不肯給旁人。魏掌櫃來轉了一圈，湊熱鬧搶了兩塊糖，然後又回家去了。

吃過酒席，賓客們都走了。黃炎夏帶著小兒子一家一起，幫黃茂林夫婦把家裡都收拾乾淨。

葉氏見都收拾好了，把慧哥兒遞給梅香，帶著三個孩子就要回去。梅香也沒留她，娘兒兩個離得近，以後隨時都能在一起說話，倒不用和公婆混在一起說客套話。

葉氏娘兒幾個走了之後，黃茂林讓黃炎夏等人別走了，就在這裡吃晚飯。

梅香把慧哥兒抱進房間，餵他喝了奶。孩子每到黃昏時都要睡一小會，梅香讓黃茂林在屋裡看著他，然後自己往廚房做晚飯去了。

楊氏到廚下來給梅香燒火，二人有一搭沒一搭的說著閒話，正說著呢，黃茂源夫婦帶著淑嫻來了。

楊氏吩咐女兒。「妳去帶慧哥兒，這裡有我們呢。」

淑嫻點頭，然後往正房去了。

淑嫻才出去，紅蓮又進來了。她先恭賀梅香喬遷之喜，又說了許多吉祥話，還問了辦酒席的一些具體事宜。

梅香也不藏私，凡有所問，必知無不言。

堂屋裡，黃茂林見淑嫻來了，讓她看著慧哥兒睡覺，他出來和黃炎夏說話。

黃炎夏見他把宴席辦得有模有樣，忍不住點頭稱讚。「你們頭一回辦酒席就能辦成這樣，很不錯了。茂源，過幾天你也要辦喬遷宴，你自己問你哥怎麼辦，別讓老子給你操心，我如今只管吃飯不管幹活。」

黃茂源嘿嘿笑了。「阿爹好生歇著就是，我來辦。」

爺兒三個說話的功夫，梅香開始往堂屋端飯菜。飯菜剛備齊，慧哥兒忽然醒了，梅香忙去把他抱了出來。她一手抱著慧哥兒，一手吃飯，中間還能餵慧哥兒吃一碗蒸蛋。

慧哥兒小嘴吃得吧唧吧唧響，有時候還回味一下。

黃炎夏這幾天不能天天看到孫子，想得緊，黃茂林接過孩子，送到黃炎夏懷裡。

黃炎夏摸摸他的小胖手。「慧哥兒，這幾天想不想阿爺呀？」

慧哥兒聽不懂，只啊啊揮舞著勺子，叫著還要吃。

等所有人都走了，又剩下一家三口了。

黃茂林坐到梅香身邊，摸了摸她的頭髮。「累不累？」

梅香搖頭。「給自己家幹活，不累。」

黃茂林笑了。「我也不累。妳喜不喜歡現在的日子？」

梅香歪頭笑了。「我喜歡，自己當家作主多好，誰喜歡被婆母管著呀。但我怕你不高興，阿爹沒跟我們住一起。」

黃茂林搖頭。「我也喜歡，沒有不高興。以後在這家裡，妳想怎麼樣就怎麼樣，不用看人臉色。妳不想早起，就帶著慧哥兒睡懶覺。妳不想做飯，咱們拿了錢上館子。」

梅香嗔怪他。「胡說，哪能那樣，人家還不說我懶，慧哥兒也會教壞了。你放心，阿爹雖然不跟咱們一起住，以後多孝敬他一些就是了，反正離得近。」

黃茂林點頭，看著梅香和慧哥兒，忽然笑了。「有你們在，不管住哪裡，我都高興。」

小夫妻說了一會掏心窩的話，黃茂林話鋒一轉，又開始說十二生肖喜饃的事情。

「今兒把這個東西亮出去了，後頭咱們就該行動了。」

梅香點頭。「真要幹？咱們忙不過來的。」

黃茂林想了想。「單憑咱們兩個肯定忙不過來，我打算把舅媽和二姨叫過來幫忙，得了利潤，三家一起分。我小時候，舅媽和二姨對我多有照應，我也想幫襯她們。以前我不當家，如今咱們自己單過，又有了這個路子，我就想報一報她們的恩情。」

梅香笑著點頭。「你的心意我明白，我舅舅也時常照應我們。我阿娘也說呢，要給舅舅們找個來錢的路子，可一直沒有合適的。茂林哥，你也幫我尋摸尋摸。」

黃茂林看了她一眼。「妳說這個我還真想起來了，眼見著天就要冷了，去年咱們鎮上許多人家都掙了錢，過年時鎮上的炭火都不夠賣。葉家舅舅們要是有時間，可以到山上砍些柴火，挖個深一些的洞就能燒炭了。」

梅香不懂這個。「茂林哥，若是可行，過幾天我就跟舅舅們說，要是能燒成了，到時候咱們幫著賣。」

小夫妻一邊哄孩子，一邊計劃著如何幫扶兩邊的舅舅們，等慧哥兒開始打哈欠之後，兩人去廚房燒了一鍋水，洗漱過後一起睡了。

第二天天還沒亮，黃茂林還沒起床呢，忽然，外頭大門響了。

黃茂林仔細一聽，是阿爹的聲音。他立刻起身，穿上衣裳就去開門。

「阿爹，您怎這麼早就來了？」

黃炎夏進來後就把大門插上了。「我磨了這麼多年的豆腐，起早慣了。在茂源家裡，一大早我啥也幹不成，就想著過來幫你磨豆腐。你媳婦要帶孩子，以後別讓她起那麼早，我來給你幫忙。」

黃茂林忽然覺得內心一陣暖流湧過，昨晚梅香才安撫了他，黃炎夏又做出這樣的舉動，黃茂林頓時覺得分家並沒有讓自己在意的人遠離他。

黃茂林直接用井水洗了臉，又漱了漱口，爺兒兩個立刻就往豆腐坊裡去了。

如往常一樣，兩個人配合有度，各自忙碌，偶爾說兩句話。

黃茂林心裡在盤算，阿爹來幫忙磨豆腐，他肯定不能讓阿爹白忙活，要是給錢的話給多少剛好呢？給多了阿爹不會要，給少了說不定後娘會嘀咕。

梅香在廚房熱了一些剩飯剩菜，黃炎夏和黃茂林一起快速吃了早飯。

吃過飯，黃炎夏對黃茂林說道：「你別出去了，我出去賣一挑豆腐，你在家裡看著攤子。若你走了，你媳婦一個人哪忙得過來。咱們還跟以前一樣，就是換個身分，以後你是東家我是夥計，你一個月給我開二百文錢就行了。」

黃茂林忙搖頭。「那怎麼行，阿爹幫著幹這麼多活，二百文哪裡夠，至少得五百文。」

黃炎夏挑著擔子起身就走。「我說二百文就二百文，我上午給你賣豆腐，下午幫茂源整理草料，他一個銅板都沒給我呢，你給多了，豈不顯得你兄弟小氣。」

一席話說得黃茂林忍不住笑了。「阿爹真是，那兒子就記著您這份情。」

有黃炎夏幫忙，黃茂林頓時感覺鬆了一口氣。一個上午，黃炎夏出去了兩趟，賣了兩擔豆腐。黃茂林這邊生意更好，除了上門買的，他往各個小飯館裡送了不少，學堂裡也送了一板豆腐。

梅香一邊帶著慧哥兒，一邊清理家裡的東西。

昨兒剩的菜多，她又往左鄰右舍送了一些，把剩下的酒、零嘴和人家送來的一些禮，往葉氏和楊氏那裡各送了一些。

梅香去葉氏那裡時，一手抱著孩子，一手拎著一個大筐子。葉氏透過窗戶看見了，忙跑出來接過慧哥兒，先左右各親一口。

娘兒兩個一起進了屋子，梅香把筐子放下。「阿娘，昨兒剩下不少東西，我們人少吃不完，我給阿娘送一些過來。」

葉氏掃了一眼筐子裡的東西。「妳婆母那裡送了沒？」

梅香說已經送過了，葉氏不再說此事，只抱著慧哥兒逗他玩。梅香和葉氏提起燒炭火的事，葉氏點頭，提了還能找韓敬奇家一起。

逗留了一陣子，梅香才抱著孩子回去。

她才一進門，黃茂林就叫她。

梅香把筐子放到廚房，然後抱著慧哥兒一起去了倒座房。

黃茂林笑咪咪的看著她。「妳猜剛才發生了什麼事情？」

梅香想了想。「難道有人來訂喜饃？」

黃茂林捏了捏她的鼻子。「妳就不能假裝猜不中？」

梅香哈哈笑了，慧哥兒也跟著笑。

黃茂林高興的接過兒子。「剛才有一家來問，說訂四十套，後天下午就要來挑貨，還給了三成的定錢，我接下了。」

梅香也高興。「好呀，明兒就把舅媽和二姨叫過來。哦，咱們興沖沖的說請舅媽和二姨，還不知道她們願不願意來呢。」

黃茂林斜眼看她。「妳男人就是個傻子？放心吧，我昨兒就跟舅媽和二姨說過了。」

梅香擰了他一把。「還瞞著我。」

第二天上午，剛吃過晌午飯，郭舅媽就和郭二姨一起趕了過來。姑嫂兩個一進門，小夫妻就出來迎接。

郭舅媽直奔主題。「茂林，茂林媳婦，難得你們有了來錢的路子還惦記著我們。你們放心，把做法教給我們，剩下的不用你們操心。」

梅香笑著點頭。「有舅媽和二姨在，我就能時不時躲個懶了。」

郭二姨摸了摸慧哥兒的小手。「妳帶著孩子呢，哪有時間做這些。說起來妳真是手巧，居然能琢磨出那樣的東西。」

梅香忙搖頭。「都是茂林哥跟我說的，他在省城看到了，當時買了一套帶回來給我看的。二姨不曉得，那一套饃饃從省城帶回來，都快餿掉了。」

郭舅媽和郭二姨哈哈笑了，笑過之後，三人一起去了跨院。

梅香已經把麵粉和酵母準備好了，和麵不用梅香動手，姑嫂兩個都是經年的主婦，拿手得很。

郭舅媽見梅香拿出一堆的東西，什麼叉子、梳子、筷子和剪子，忍不住咂舌，做個饃，竟要準備這麼多東西。

這東西就是個巧，看明白之後，反覆捏兩遍就會了。做好之後，梅香立刻在廚房上蒸籠開始蒸。

三個婦人一起動手，因是頭一回大量做，速度不免有些慢。一個下午，只做了二十多套，剩下的留著明天上午繼續做。

第二天一大早，郭家姑嫂來了。她們兩個說好了，來幹活歸幹活，不在外甥家吃飯。這回，不用梅香動手，二人一起很快把剩下的做好了。四十套白麵做的十二生肖，裝了滿滿一擔子。

黃茂林訂好了價格，扣除掉本錢，算了算利潤，一家能得三十文錢。黃茂林當著郭舅媽和郭二姨的面算帳，他算得精細，麵粉錢、柴火錢一樣不少。

郭家姑嫂也不介意，親戚一起做生意本來就難，若是不把帳目算清楚，遲早會鬧掰。

郭舅媽笑著誇讚黃茂林。「我們不過來幹一會活，就得了幾十文錢。以後再不用外甥媳婦動手，我們兩個就能做好。說起來，這路子是你們想的，地方用的也是你們的，若還讓你們跟我們一樣幹活，到哪裡也說不過去。平日我和你二姨能忙得過來，若實在太忙了，外甥媳婦再給我們搭把手就行，妳還得帶孩子呢。」

黃茂林笑了。「舅媽和二姨以前照顧我良多，我心裡不知道怎麼報答二位長輩，才想了這個法子，卻還是要勞動二位長輩。」

郭二姨搖頭。「幫襯是幫襯，生意歸生意，就照你舅媽說的辦。今兒的分額都做齊了，我們先回去，你們把帳目做好，到了月底再結帳。只要有活了，只管來叫我們。」

姑嫂二人說清楚了事情，立刻就走了。

當日下午，對方來挑走了喜饃，付完剩下的錢。

頭一筆生意這樣順利，讓黃茂林和梅香看到了希望。

第二天，黃茂林就在門口多掛了幡。除了黃家豆腐坊，又多了個十二生肖喜饃的幡。

那家人把喜饃往各家親戚一送，立刻就有人來問。十二生肖湊在一起多好看呢，比那單純的饃饃看起來喜慶多了。

之後陸陸續續又有人來訂喜饃，因十二生肖難做，價格比鎮上原來那家的喜饃略微高一些。魏家喜饃鋪見黃家來搶生意，自然是不高興。

但做生意憑本事，黃茂林只做十二生肖，傳統的喜饃他不做，並未搶奪魏家原來的分額。

剛開始的十二生肖做得比較簡單，只是有個樣子。郭家姑嫂加入後，梅香跟她們一起改良。比如做龍，用玉米麵做成金龍；比如做兔子，安兩顆紅豆做眼睛，更好看一些。

黃茂林頭腦靈活，人家來訂喜饃的時候，他會問一問幹甚用的，若是小孩子出生，他建議人家按照孩子的生肖單獨做一樣，或者把本命生肖多做一些。若是老人家過壽，他便讓梅香等人做一些壽桃。

這是郭舅媽想出來的，單做十二生肖，不免寡淡。老人家做壽，做個大壽桃多應景。

若是做生意開張用的喜饃，還用玉米麵做金元寶。

三個女人自從開始做喜饃，每天都變換花樣。三個人一起捏了毀，毀了再捏，喜饃的花樣越來越多。

黃茂林把所有花樣分門別類，人家一來，逐一念給人家聽，想要什麼樣的，我就給什麼樣的。

黃家喜饃鋪子一炮打響名氣，漸漸趕上豆腐坊了。

臨近年底，辦喜事的多，郭舅媽和郭二姨常過來，梅香家的灶就沒歇過。

到了月底，黃茂林盤帳。家裡做了二十天的喜饃，除掉成本，一家分了七、八錢銀子。

郭舅媽和郭二姨非常高興，她們婦道人家，若不是有這樁生意，到哪裡去掙這些銀子呢。

第六十二章 賣方子重樹威名

過了十幾日，韓敬奇過來找梅香，他和葉厚則燒出了第一窯木炭。二人商議後決定，都運到黃茂林這裡，請他代賣，得了錢財三家一起分。

葉氏聽說後，帶著蘭香過來看。

韓敬奇一邊搬木炭一邊和葉氏等人說話。「三弟妹，咱們族裡最近發生了一件大事。」

葉氏連忙問道：「發生了何事？」

韓敬奇笑了。「敬堂大哥帶著他兩個弟弟一起開了磚窯！」

黃茂林驚道：「果真？頭先我還和我阿爹說過這事，開磚窯可不容易，沒有家底做不起來，就算有家底，也不是誰都能做的！」

韓敬奇繼續回答他們。「聽說是敬博幫忙找的燒磚師傅，他們家兄弟多，又有一堆兒子，說幹就能幹起來！我聽說，年前就把磚窯建好，年後才開張，到時候需要不少勞力，我準備帶著明輝去幹幾天。」

葉氏聽到消息非常高興。「這可真不錯，這磚窯一開起來，不光七叔家能發財，族裡很多人也能跟著喝口湯。」

梅香沒有太多心思去管韓家磚窯的事情，臨近年底，辦喜事的越來越多，訂單忽然一下變多了，梅香再次忙碌了起來，黃茂林這邊也迎來了一位意外的客人。

這日下午，黃茂林正在豆腐坊裡忙活。忽然，隔壁的鈴鐺聲響起，他急忙趕了過去。

窗戶一打開，只見外頭站了一位穿著得體的青年漢子。

黃茂林笑著問他。「這位客人，請問您需要些什麼？」

對方也笑著回答他。「黃掌櫃，在下姓陳，特來向黃掌櫃拜師學藝。」

黃茂林愣住了，他並沒有招學徒的打算，且這人穿著得體，看年紀比自己還大，也不像是想做學徒的。

黃茂林瞇了瞇眼睛。「這位客人說笑了，我不過是個磨豆腐的，豈敢說教授徒弟。」

對方向黃茂林拱手。「黃掌櫃，在下所言非虛。在下與黃掌櫃是同行，黃掌櫃的香豆腐名聲都傳到我們那裡去了，我特意來學，還請黃掌櫃不吝相授。」

黃茂林沈默了，他的獨門手藝，豈能輕易賣給旁人。這人怕不是個傻子？一張口就要人家的秘方。

就在黃茂林沈默的時候，對方又道：「黃掌櫃，在下趕了幾十里路過來，不請我進去喝杯茶嗎？」

黃茂林是個生意人，和氣慣了，笑道：「遠來是客，請進！」

說完，黃茂林去門樓裡把他迎了進來。

梅香聽見動靜，給二人倒了兩杯茶，又回到跨院去了。

對方自報家門，說姓陳，在自己家鄉也開著豆腐坊。

他喝了一口茶。「黃掌櫃，明人不說暗話，我不是本縣人，我學會了做香豆腐，也不會影響黃掌櫃的生意。」

黃茂林喝了一口茶，不再說話。此人不是本縣人，和他並沒什麼競爭。但若是方子洩漏，誰知道回頭什麼張三李四王二麻子，是不是都能去跟這人學。

可黃茂林心裡明白，任何獨門生意都有時效性，他一個平頭百姓，不可能永遠一個人獨占方子，早晚會有人來打主意。他不介意傳授方子，但總得有利可圖，他想知道陳掌櫃到底有多少誠意。

陳掌櫃見黃茂林不說話，明白他的意思，繼續說道：「黃掌櫃，我知道香豆腐是你的獨門生意，自然不想外傳。這樣，我出二十兩銀子，算是買您的秘方，您意下如何？」

黃茂林笑了。「陳掌櫃，您這誠意可不夠。」

陳掌櫃咬了咬牙。「三十兩，如何？」

黃茂林放下茶杯。「五十兩！」

陳掌櫃吃了一驚。「黃掌櫃，您這要價也太高了！」

黃茂林笑了。「陳掌櫃，五十兩是最低價了。而且，您還得與我簽個契約，不能在縈定縣之內賣，否則，罰銀一百兩。」

陳掌櫃瞪大了眼睛。「黃掌櫃，您這香豆腐一個月才能賣幾兩銀子呢？」

黃茂林搖頭。「陳掌櫃，不管我賣幾兩銀子，都是我獨門生意。您學去了，以後說不定還有人會去您那裡學，山不轉水轉，總有一天會有人到我身邊來跟我打擂臺。反正是一槌子買賣，我自然想多賺一些。」

陳掌櫃苦笑。「黃掌櫃此言不假，但五十兩還是太高了些，可否降一降？」

黃茂林繼續搖頭。「不能降。您出五十兩，我這豆腐坊裡，您想學什麼都成。」

陳掌櫃沈思了片刻。「黃掌櫃，可否先容我一觀您的豆腐坊？」

黃茂林點頭。「請隨我來。」

黃茂林敢讓他看，自然不怕他學。豆腐坊裡都是成品，他也看不出個甚名堂。

陳掌櫃到黃茂林的豆腐坊裡逛了一大圈，發現裡面的品相確實不少。陳掌櫃想一想自己的豆腐坊，頓時自慚形穢。

看了一圈之後，二人回到了堂屋。

陳掌櫃半晌不說話，喝了一口茶，把茶盞放下，過一會兒又端起茶盞喝一口茶。等把一盞茶喝完，陳掌櫃嘆了一口氣。「也罷，五十兩就五十兩，不過黃掌櫃也得答應我一件事情。」

黃茂林看向他。「請說。」

「您也得答應我，若我們縣再有人來學，您不能教他。」

黃茂林點頭。「那是自然。」

二人說定了條件之後，黃茂林立刻取出紙筆，把契約書寫好，請陳掌櫃簽字按手印。陳掌櫃識趣，回去先取了銀子來，五十兩一文不少！

梅香接到銀子後忍不住感嘆。「老天爺，這個方子竟這麼值錢！」

黃茂林把梅香摟進懷裡。「跟妳說實話，我也是頭一回一次掙這麼多銀子，剛才跟陳掌櫃說話時，我的心都在突突的跳。」

梅香忍不住噗嗤笑了。「如今你也是有徒弟的人，可不能怯場！好了，銀子歸我，徒弟歸你！」

黃茂林在她臉上香了一口。「銀子歸妳，我也歸妳！」

陳掌櫃見黃茂林每日早起磨豆腐，忍不住勸他。「黃掌櫃，何不收兩個徒弟，也省得你獨自一人辛苦。如今你們家老掌櫃還能給你幫忙，再過個幾年，難不成你自己挑擔子下鄉？平安鎮這麼大，自己一家怎麼可能做得完，不如略微降一些價，倒手給別人去賣，中間賺個差價。」

黃茂林若有所思。「平安鎮就這麼大，我就算想倒手，一時半會怕是也不容易。」

陳掌櫃笑了。「不急，黃掌櫃還年輕，且平安鎮還在漸漸做大，以後的路還長呢，早晚有一天，黃掌櫃怕是要成為這榮定縣的豆腐王了。」

黃茂林咧嘴笑了。「多謝陳掌櫃，這幾日與陳掌櫃一起磨豆腐，我也受益匪淺。」

陳掌櫃又說了幾句客氣話。

既已學到實在的東西，陳掌櫃預備回去了。臨行之前，梅香做了一頓豐盛的酒席，請了黃炎夏和黃茂源一起過來作陪。

吃了酒席之後，黃茂林付了車資，讓黃茂源把陳掌櫃送了回去。

陳掌櫃雖然走了，但他說的話一直在黃茂林心中迴盪。

阿爹辛苦了一輩子，他們兄弟分家了，他還要這樣過來辛苦幫忙自己。若是能收兩個徒弟，興許會好一些。

梅香並不知道他這些想法，見紅蓮的肚子不小了，就把慧哥兒穿不下的舊衣裳全部找出來，又做了幾塊尿布，一起包起來，準備送給二房。

她一手抱著慧哥兒，一手拎著一個大包袱。還沒到黃茂源家裡，就聽見楊氏在那裡叫罵。

梅香忙趕了過去，淑嫻站在門口，黃炎夏坐在門樓裡。

梅香小聲問淑嫻。「發生了何事？」

淑嫻輕聲說道：「那一家趕車的，今天仗著人多，打了二哥！」

梅香頓時瞪大眼睛。「什麼？誰打的？」

淑嫻看了一眼外頭。「對面姓劉的那一家！」

梅香把孩子往淑嫻懷裡一放，又把那包衣服放到門樓裡的凳子上，轉身就往外走。

黃炎夏忙叫她。「茂林媳婦，不要莽撞！」

梅香頭也不回。「阿爹放心，我不打人！」

楊氏見梅香來了，立刻像找到主心骨一般，拉著梅香就開始哭訴。「茂林媳婦，妳說，都是趕車的，大家憑本事吃飯！茂源勤快，人又老實，人家自然喜歡他了！讓誰幹不讓誰幹，雇主說了算。這老劉頭好不要臉，生意做不贏，就欺負茂源！」

梅香瞇了瞇眼睛，還沒等她有所行動，黃炎夏也趕了過來。

梅香問黃炎夏。「阿爹，這事情要如何處置？」

黃炎夏想了想。「賠禮道歉，賠醫藥費，賠工錢，一樣都不能少！」

說完，黃炎夏率先走到前頭，楊氏和梅香在後面跟著，三人一起往劉家去了。

老劉頭不在家，他今兒憑著一時激憤，對著黃茂源的臉打了一拳，打過之後他也後悔了。這黃家小子雖然憨厚，可在這街上親戚眾多，個個都不是好惹的。

老劉頭跑了，他婆娘帶著幾個孩子在家裡。

見黃家來人，老劉頭的婆娘忙陪著笑臉出來。「黃老掌櫃來了，黃太太和黃大奶奶來了，快請屋裡坐。」

黃炎夏並沒有進去。「讓老劉出來跟我說話！」

老劉頭的婆娘尷尬的笑了笑。「可是不巧，今兒他去給人拉一趟貨，這會還沒回來呢，老掌櫃進屋坐一坐。」

黃炎夏轉身坐在大門口的凳子上。「我們就不進去了，我們在這裡等老劉回來，今兒他無故打我家二小子，總得給我個交代！」

老劉頭的婆娘急了。「老掌櫃，他昨兒吃了酒，又犯了驢脾氣，衝撞了您家二小子，原也不是故意的，還請您寬宏大量，饒恕這條老狗一回！」

黃炎夏輕輕哼了一聲。「我家二小子勤快老實，老劉論年紀也算是長輩，不說好生提攜後輩，反倒下手打他！今兒我若是輕輕揭過，我黃家豈不成了軟柿子，以後人人可欺！」

正說著，老劉頭回來了，身後還帶了幾個人，是他剛從老家帶回來的幾個族兄弟。

誰，看這樣子，是回去搬救兵了！

黃炎夏立刻吩咐楊氏。「去把茂林和發財叫過來，快！」

梅香見對方來了四、五個壯漢，立刻往旁邊站了站。旁邊的牆上立了一根木棍，對方若有不軌，她抄手就能拎起木棍。

老劉頭見黃炎夏帶著兒媳婦坐在門口，先陪笑打招呼。「黃老掌櫃來了，快請到屋裡坐坐！」

黃炎夏並未和他說笑，直接問他。「老劉，你今兒為甚打我兒子？」

老劉頭收斂了笑容。「黃老掌櫃，你家小子也太不知規矩了，我比他去得早，他倒要搶我的生意！」

黃炎夏冷笑了一聲。「我且問你，雇主為甚不要你，來挑我家茂源？」

老劉頭被問住了，人家雇主又不是傻子，這老劉頭看著不比黃茂源年輕力壯，又油嘴滑舌，被人嫌棄也正常！

老劉頭也哼了一聲。「怎的？黃老掌櫃這是為兒子打抱不平來了？我老劉在這街上混了十幾年，還沒怕過誰呢！」

黃炎夏抬頭看向他。「你怕不怕誰我不管，你打我兒子，不能就這樣算了！」

老劉頭斜睨了黃炎夏一眼。「黃老掌櫃，我不過是碰了他兩下，就這樣矜貴不成？」

正說著話，黃茂林和張發財一起來了。

黃茂林先問過事情的經過，和黃炎夏一樣，堅持要求老劉頭賠禮賠錢。

老劉頭忽然往地上吐了一口痰。「你們別作夢了，老子趕了十幾年的車，今兒讓他小子要了我的強，教訓他兩下算輕的，下回再敢搶我的生意，我打斷他的腿！」

梅香正站在大門邊上，聽到他這狂妄的話，一腳把劉家的大門踹飛了。「你要打斷誰的腿？」

對方都愣住了，老劉頭忽然咧嘴笑了。「謔，這就是韓家那個母老虎？夠辣，夠勁！」

黃茂林聽他嘴裡不乾不淨，劈手抽了他一個巴掌。「你吃屎長大的！」

老劉頭被黃茂林抽了一個巴掌，暴怒而起，衝過來就要打黃茂林。黃茂林往邊上一閃，梅香一腳踢上去，老劉頭立刻被踢倒在地。

對方人見老劉頭被打了，一擁而上。

梅香立刻抄起手邊的木棍，打架麼，打就是了，誰怕誰！

梅香手裡有棍子，且她身姿靈活，幾棍子下去就打倒了兩個。張發財制住了一個，黃炎夏父子和剩下兩個人糾纏，梅香立刻過去幫忙。

老劉頭平日恃強凌弱慣了，如今見自己叫來的幫手被黃家人打得落花流水，本來還躺在地上的他，立刻跳起來，回到廚房摸了一把菜刀就出來了。

他舉起菜刀，第一個砍向黃茂林。梅香早就盯著他，在他舉起菜刀的時候，對著他的手一棍子砸下去，老劉頭頓時感覺右手跟斷了似的，躺在地上開始嚎叫。

他這一聲嚎，劉家人頓時都停下手，老劉的婆娘立刻撲過去大哭。

劉家人停手了，黃家人也不再動。

雙方僵持的時候，張里長來了。「這是要造反不成！」

楊氏立刻奔過來大哭。「張里長呀，不是我們想鬧事。我家茂源早上出門，被老劉頭打得鼻青臉腫的回來。我當家的來討個說法，他就叫了一群人來打架！剛才我看得真真的，是他先進屋拿了把菜刀出來，劈手就要砍我家茂林，若不是我大媳婦反應快，這會我家茂林哪還有命在！求您給我們作主呀！」

張里長剛才來的時候就知道了事情的經過，這老劉頭可惡，黃家也不是善茬。

張里長先問老劉頭。「老劉，你打人家孩子了？」

老劉頭抱著手。「張里長，您瞧瞧，我不過是摸了他家小子兩下，就帶著一堆人過來找事，這韓家母老虎只差沒把我打死！」

還沒等張里長回話，人群裡忽然傳出一個聲音。「你說誰是母老虎？」

眾人一看，是明朗過來了。

老劉頭哼了一聲，撇開頭不再說話。

明朗先朝張里長拱手。「張里長，聽說有人欺負姊姊，我雖是個沒用的讀書人，也不能眼見姊姊受辱。」

說完，明朗把姊姊上下看了一眼。「姊姊先回去吧，這裡交給我和姊夫了。」

梅香又看向黃茂林，黃茂林對她點點頭。

梅香先給張里長屈膝行禮，然後給楊氏使了一個眼色，楊氏見自己這邊人也不少，索性跟著梅香一起回去了。

等梅香回去哄著慧哥兒睡了午覺起來，黃茂林終於回來了。

梅香問他事情如何，黃茂林回道：「老劉頭賠禮道歉，藥錢倒沒讓他賠，茂源的傷不重，我們把老劉頭也打得夠嗆，張里長說雙方扯平，以後不許再提此事。」

梅香又問他。「你今兒有沒有受傷？」

黃茂林笑了。「有妳護著我呢，我一點事都沒有！」

梅香笑著擰了他一把。「我跟你說正經的呢。」

黃茂林哈哈笑了。「沒有沒有，都好得很。有人在我小腿上踢了一腳，我踢回去了。」

梅香立刻看了看他的小腿，見並無青紫，這才放下心來。她又問了黃炎夏和張發財，黃茂林說都好。

黃家人和老劉頭幹了一架，頓時在鎮上樹了一些威名。特別是梅香，這幾年她忙於內務，極少與人發生衝突，這一場架，立刻讓所有街坊鄰居對她又多了一分敬重。

第二天，楊氏忽然來了，身後跟著淑嫻。

楊氏一手提了一籃雞蛋，另一隻手拎了兩條魚。「自紅蓮懷了身子，我備了許多雞蛋，但她一個人能吃多少呢，我撿了一百個，給慧哥兒吃。這魚是昨日妳阿爹去抓的，夠你們一家三口吃兩頓了。」

梅香笑咪咪的接過東西。「多謝阿娘惦記我們。」

楊氏訕訕笑了。「都是自家人，不用客氣。我先回去了，淑嫻，妳在這裡幫妳大嫂帶孩子。」楊氏說完就走了。

梅香知道楊氏的意思，這是酬謝昨兒黃茂林夫婦維護黃茂源。除了到各家送東西，黃炎夏還在家擺了酒席，請張里長、明朗、張發財和大兒子一家吃了頓飯。

與劉家的衝突發生之後，黃茂源再出去跑車，同行之間難為他的人就少了。

很快，黃炎斌也搬到鎮上。他家宅子不臨街，與韓家倒是挺近的。

黃炎夏非常高興，經過劉家的事情，他更加珍惜骨肉親情。他有兩個兒子，大哥家只有一個兒子，但大哥家兩個孫子都已經長成了，兩家合起來也有七、八個男丁，以後相互幫襯，再加上韓家兄弟倆，有了這一股勢力，看誰還敢來欺負人！

第六十三章　抓蟊賊開門收徒

今年年三十，黃茂林為了祭拜郭氏，中午單獨帶著妻兒在自己家裡過年。等晚上的時候，一家人再一起去黃茂源家裡。

中途，黃茂林回來照看香火。才到大門口，他忽然發現不對勁。

門口多了兩個泥腳印，梅香愛乾淨，從來不會在門口留下泥腳印。自己今日一整天只去了韓家和茂源家裡，腳上也不曾帶泥，這泥腳印來得蹊蹺！

黃茂林又仔細聽了聽，屋裡的小狗嗚嗚叫著，彷彿被人堵住了嘴巴一樣。

他悄悄繞到豆腐坊外面的窗戶下，側耳一聽，裡面正有人在翻箱倒櫃。倒座房裡有個錢匣子，裡面還剩下不少銅錢，整個錢匣子都被搖得嘩啦嘩啦響。

黃茂林確定，家裡來賊了！

想了想，自己一人進去，不免要打鬥，他立刻轉頭返回黃茂源家裡。

聽說家裡進了賊，梅香和黃茂源馬上起身，為防賊人跑走，三人快速趕了回來。

好在兩家只隔幾步路的距離，回來後，黃茂林先輕輕把門打開。

一進院子，發現有人正順著院牆往外爬。黃茂林一個箭步衝了上去，一把拽下那個趴在牆頭上的人。

外面一個人見裡面人被抓，立刻跑了。除了趴在牆頭上的那一個，旁邊還有一個年紀小一些的，見主人家回來了，立刻嚇得躲到一邊。

黃茂林冷笑一聲。「茂源，和你嫂子看著他們，我先去看看香火。」

一進堂屋，黃茂林頓時火冒三丈，屋子裡被翻得亂七八糟。再一進臥房，衣櫃、箱籠裡面的東西都被翻出來了，隨意扔在地上。

黃茂林忍住了怒火，先把香爐裡的香續上了。

院子裡，兩個賊見黃茂林走了，又見是黃茂源和一個女人一起看著他們，頓時想打歪主意。

翻牆頭的那個跳起來就往外跑，梅香腳一伸，立刻把他絆倒了。那個年紀小一點的就更不敢動了。

等黃茂林換過了香，先找條繩子，動手把兩個小賊綁起來，然後一人抽了兩個巴掌，再讓他們跪在院子裡。

做完這些，黃茂林對梅香說道：「妳回屋裡看一下，家裡都少了哪些東西，我來問一問這兩個賊。」

梅香立刻回去臥房，先找自己的錢匣子。萬幸，錢匣子因為藏在不起眼的地方，倒沒有被偷走。

抽屜裡放的一點散碎銀子和兩、三百個銅錢，全部都沒了。梅香放在梳妝檯上的一對銀耳環，也不翼而飛。就這些東西，也值好幾兩銀子了。

那邊，黃茂林察看了豆腐坊裡的錢匣子，裡面的幾十文錢都沒了。加上家裡被翻得亂七八糟，更讓人生氣。

黃茂林仔細打量那兩個小賊，年紀大一點的估計也就二十幾歲，小一些的只有十三、四歲。

黃茂林寒著臉。「大過年的，如何到我家裡來搗亂？」

年紀大一點的立刻開始陪笑臉。「黃掌櫃，對不住了，我們瞎了狗眼，一時吃了屎，幹下這天打雷劈的事情。求您看在今兒大年三十的分上，且饒恕我們一回！」

黃茂林氣得笑了。「饒恕你們？我家裡的香爐都快被你打翻了，你怎麼不說饒恕我們，偏挑這個日子來！我與你有何仇怨？」

梅香冷笑了一聲。「茂林哥，莫與他們囉嗦，先打一頓，再扔到柴房裡凍一個晚上，明兒一早請張里長來斷案！入室盜竊，還是大年三十，我倒要看看這是什麼罪！」

旁邊那個年紀小的嚇得立刻開始磕頭。「黃大奶奶饒命，因家裡實在過不下去了，今兒頭一遭出來，衝撞了貴府，我該死！」

黃茂林不想去管他話裡的真假，問他二人。「我家裡丟失的銀錢在你們誰身上？」

年紀大一點的立刻回道：「黃掌櫃，我二人不過是跟班，錢都在王大虎身上，就是剛才牆頭外面那個，他跑了！」

王大虎不講義氣，把二人丟下了，這人很生氣，二話不說就把他供出來了。

黃茂源抬腳踢了踢他。「你們家住何方？姓甚名誰？王大虎又是哪個？」

年紀大的那一個立刻陪笑臉說道：「回您的話，小的姓李，名二牛，是路橋鎮的人。這是我族裡兄弟，王大虎就是平安鎮王家凹的人，他時常帶我們幹這些勾當。聽說今兒黃掌櫃去老掌櫃家吃年夜飯，想必家裡定是無人，就來走一趟，誰承想黃掌櫃半道還回來！」

黃茂林氣得笑了。「是我對不住你們，不應該回來！」

那人立刻陪笑。「呸呸，我嘴巴臭，黃掌櫃莫和我一般見識！」

黃茂林問清楚了三人的來歷，和黃茂源一起把這兩個小賊扔到柴房裡，柴房裡有稻草，凍不死他們。

黃茂林把柴房門一鎖。「今兒大年三十，我也不想為了你們壞了心情。等明兒找來王大虎，我再好生跟你們一起算帳。」

說完，黃茂林帶著梅香和黃茂源又往二房去了。

才一進門，黃炎夏等人急忙問情況，然後吩咐兩個兒子。「明兒一早，先回老家拜年，然後就去王家凹。」

大年初一早上，聽說黃茂林家裡來了賊，黃炎斌也很生氣。「等一會我和你們一起去，反了天，大年三十上門偷東西！茂忠媳婦，妳去茂林家裡陪著她們娘倆。」

等黃氏族人們先後來拜過年之後，黃家一窩子男丁一起往王家凹去了，除了黃炎夏這兩房人，另外還有許多黃家男丁。反正過年無事，一起跟著去壯一壯膽。

那王大虎偷了錢財之後，見同伴被抓就跑了。但平安鎮就這麼大，他能跑到哪裡去呢。且他名聲一向不好，大過年的，誰家也不能收留一個外人過年。還沒等他想好往哪裡躲，就被王家族長帶人抓了回來。

大過年偷東西，被人家堵上門來，族人的臉都丟盡了！

王家族長親自拿鞭子狠狠抽了他十幾鞭，又勒令他退回所有錢財。

但王大虎說他把錢輸了一半，王家族長又打了他一頓，王大虎仍舊說錢輸了，只把剩下的一半交了出來。

王家族長為難的看向黃家人。「他是個渾人，我打也打了，這只剩一半了，諸位看，能不能寬限則個？讓他打張欠條也行。」

黃茂林是苦主，他對王家族長拱手。「王老太爺，非是我不願意寬限。此人大年三十去我家偷竊，我家裡供桌都差點被他掀了！我若諒解他，豈不是對列祖列宗不敬！若老太爺覺得為難也無妨，我把他交給官府，定能教得他以後好生做人。」

王家族長自然不同意，入了官府，他們一族人都要跟著丟臉！

最後，王家族長想法子讓族人湊了銀子先還給黃茂林，後面再讓王大虎還給族人。

經雙方協議，錢財退給黃家，王家族長又命人從王大虎家裡抓了幾隻雞賠給黃茂林。但王大虎偷竊之罪不能輕易揭過，黃茂林作主，讓王大虎帶著那兩個小賊，正月期間，進山砍二十車柴火送到自己家裡。另外，今天煩勞這麼多兄弟長輩們過來，王大虎得出一些茶水錢。

二十車可不是二十擔，王大虎這樣的懶人，頓時叫苦不迭。

說好了事情，王家族長讓兩個男丁去黃茂林家裡把那兩個小賊押回去了。

兩個小賊餓了一天，又一直被綁著手，這會暈暈乎乎的。有王家族長處置，黃茂林也懶得管他們。

黃茂林把王大虎家的幾隻雞給今兒同去的族人們，各家分一隻，自己家也落下兩隻。

梅香笑了。「抓了兩個賊，白賺兩隻老母雞和二十車柴火。」

黃茂林親了親兒子的小胖臉。「二十車柴火咱們家放不下，大伯家、茂源家和阿娘家裡各送幾車。這回為甚偏偏盯上咱們家，說不定就是有人慫恿，一時半會的我還弄不清楚，等以後再說。我倒不想賺這些東西，大過年的，平白惹人生氣！」

梅香給他倒了杯茶水。「莫生氣，大年初一懲治了惡人，又得意外之財，可見今年定是順順利利、逢凶化吉！」

黃茂林哈哈笑了。「那敢情好！」

過了元宵節沒多久，一天下午，隔壁雜貨鋪的吳掌櫃來找黃茂林。

吳掌櫃也不客套，直接問黃茂林是否要收學徒。

黃茂林點頭確認。「是有這個想法，吳掌櫃有合適的人選？」

吳掌櫃摸了摸鬍子。「不瞞黃掌櫃，我妹妹的一個遠房小姑子，家裡有個小子，十二歲了，想出來學門手藝。我聽說黃掌櫃年前就想收徒弟，我說的這個孩子年紀不大，又勤快又機靈，倒是個不錯的好孩子。」

黃茂林想了想。「吳掌櫃介紹的人自然是可靠的，只是，給人做學徒可不容易，我雖不會打罵孩子，但這畢竟是吳掌櫃家的親戚，若我說重了，豈不傷了咱們鄰里情分？」

吳掌櫃連忙搖頭。「黃掌櫃說笑了，既是來做學徒，那就不是我家親戚了。再說，這親戚關係遠得很，倒不如我們鄰里之間近。」

黃茂林笑了。「有吳掌櫃這句話我就放心了，如果方便的話，還請吳掌櫃把人帶來給我看一看。我先把話說到前頭，既然來我家，至少得三年。我不要束脩，但必須保證以後不在平安鎮方圓五十里之內賣豆腐。」

吳掌櫃點頭。「這是自然。過兩天我把人帶來，倘若黃掌櫃看中了就留下他，若覺得沒有師徒緣分，就當他來我家走個親戚就是了。」

二人又說了一陣客氣話，吳掌櫃就回家去了。

過了三天，吳掌櫃果然帶來一個孩子。這孩子姓段，名小柱，看起來頗是機靈。

黃茂林仔細問了他一些問題，知道他平時在家裡也幫著幹活。家有一兄一弟，有二十多畝田地，日子尚且過得下去。

黃茂林先留下他幹了兩天活，見這孩子確實不是偷奸耍滑之輩，遂決定收他做徒弟。

梅香對黃茂林收徒弟的事情並不置喙，只要勤快肯幹，手腳乾淨就行。做學徒不是自己能作主的事情，吳掌櫃又通知小柱的父母過來。雙方簽訂了契約，小柱在黃家學藝四年，黃家包吃住，小柱任由黃家使喚。四年後，不管學沒學成，小柱再回段家。這期間，段家父母不得干涉黃家如何管教小柱。非死生、婚嫁等大事，不得隨意叫小柱回家。

收徒弟的契約書都有成例，段家父母答應了契約書上的要求，並各自按了手印。簽訂了契約書，小柱當著眾人的面給黃茂林磕了三個頭，叫了一聲師傅，並端茶給黃茂林喝。

段家父母一再囑咐小柱，一定要聽師傅的話，好生學手藝，莫偷懶、莫貪嘴，敬重師傅師母。小柱反覆點頭，萬般不捨的送別了父母。

小柱留在黃家之後，天天勤快得很。每天早上，黃茂林起床他就起來了，有時候比黃茂林起得還早。學了幾天之後，豆腐坊的一些準備工作小柱大概會了一些。此後，他每天早上提前起來，到豆腐坊做好準備，等黃茂林起來之後，師徒二人一起磨豆腐。

自從小柱來了之後，黃茂林再也不讓黃炎夏一大早趕過來了。

黃炎夏也不矯情，每天早上估算好時間，等師徒二人大約磨好豆腐，他再過來挑著豆腐出去賣。

梅香約莫都在他們磨豆腐磨到一半的時候起床，去廚房給他們做早飯。

小柱正在長身子，吃得挺多。剛開始他不敢敞開了吃，怕師傅師娘不高興。梅香一看就明白了小柱的心思，想著他小小年紀，跑這麼大老遠來學手藝也不容易。

頭一天早上吃飯的時候，小柱只吃了一碗就放下碗。

梅香笑著讓他再添一碗。「都說半大小子吃窮老子，你正是長身子的時候，不吃飽怎麼能行呢！」

黃茂林也發話。「再吃一碗，不吃飽怎麼能幹活！別怕，我們家不是那等刻薄人家，不少你這一碗飯。你要在我家裡住四年呢，有什麼事情只管跟我們說，別藏著掖著。你若不能真心待我們，我怎麼能真心教你手藝。」

小柱聽了之後眼眶有些紅，又去鍋裡盛了一碗飯，梅香給他夾了許多菜。「快吃，吃完了幫我帶著慧哥兒。你在家裡不也是要帶你弟弟，想來帶孩子也是有經驗的。」

小柱點頭。「師娘放心，我大哥要跟著阿爹阿娘幹活，家裡弟弟妹妹都是我帶大的。」

梅香笑著點頭。「那可真好，你不光能幫你師傅磨豆腐，還能幫我帶孩子。你別怕，我有個弟弟和你年紀差不多，就住在旁邊不遠的地方，等會我就帶你去認認路，以後常來常往的，我若沒空閒，你也幫我跑跑腿。」

小柱點頭如搗蒜。

黃茂林在一邊笑了。「我收了個徒弟，還沒捂熱呢，就被妳搶去了！」

梅香哈哈笑了。「什麼徒弟是我的，連你都是我的！」

小柱聽見師娘說這種俏皮話，頓時也跟著笑了。慧哥兒雖然聽不懂，看見大家都在笑，他也咧嘴跟著笑。

有了小柱，黃茂林和梅香都感覺輕鬆了一些。小柱早上幫著磨豆腐，吃過飯之後，他要麼帶著慧哥兒玩，要麼幫忙掃院子，梅香也能騰出手操持家務。

正月底的時候，小柱已經熟悉了黃家。黃茂林乘機往縣城去了幾趟，去年臘月間有幾家人到他那裡買了許多香豆腐，黃茂林想去碰碰運氣，看看能不能以後長期賣給他們。

黃茂林先去拜訪了韓敬博，韓敬博夫婦熱情的招待黃茂林。

黃茂林在韓敬博家裡住了兩天，自己出去把縣城跑了個遍，也找到了幾個買主。有願意長期賣的，有願意先試試的，黃茂林通通接了下來。

回去之後，黃茂林和黃炎夏商議。

黃炎夏點頭。「你只管去，你去縣城要是回不來，我早上會去給你磨豆腐。有你媳婦和小柱幫忙，家裡能忙得開。若是能吃下縣城裡的一份子，比我們下鄉賣賺得更多！」

黃茂林往縣城去的時候，悄悄給梅香買了一根細細的金簪子。

過兩天梅香就要過十八周歲生日，黃茂林原來想年前買給梅香，但年前一直沒機會往縣城裡來，這回終於趕上了。

黃茂林把那根金簪子貼身藏著，回來之後也沒告訴梅香，先藏在屋裡隱蔽的地方。

梅香過生日那天，一大早，黃茂林在屋裡摟著她說悄悄話。「今兒妳過生日，有什麼想要的沒有？」

梅香笑了。「我又不是小孩子，過生日還要討東西不成。」

黃茂林在她臉上親了一口。「當真什麼都不要？一年可就這一回！」

梅香斜著眼看了他一眼。「要不，黃掌櫃把自己送給我？」

黃茂林吃吃笑了。「白天還要幹活呢，晚上送給妳！」

梅香在黃茂林腰間輕輕擰了一把，黃茂林捉過她的手，親了親她，回身從衣櫃裡拿出那根金簪子，輕輕插在她的髮髻裡。「這是我前幾天在縣城裡看到的，妳戴著真好看。」

梅香有些吃驚，又有些高興。「如何背著我買這個東西，這東西可貴著呢！」

黃茂林摸了摸她的頭髮。「早就想買給妳了，貴就貴吧，我掙銀子，不就是給你們花的！」

梅香摸了摸金簪，高興的笑了。「茂林哥，你對我真好。」

黃茂林笑著又把她摟進了懷裡。

第六十四章　尋幫手夫妻情濃

梅香過完生日之後，那根金簪子就一直戴在頭上。

葉氏最先發現，也很為女兒高興，整個平安鎮，能戴金簪子的也不多。

郭家姑嫂見到梅香的金簪子並未說話，人家小夫妻情分好，兒子都生了，且外甥媳婦又能幹，當得起一根金簪子。

再說家裡的豆腐坊，自從黃茂林到縣裡聯絡了幾個買家之後，隔兩、三天他就要去縣城送一次貨，因他常去縣裡，家裡有時候便顧不上。

黃茂林與黃炎夏商議。「阿爹，往後我們鄉下少去一些可行？倘若我不在家，梅香要帶孩子，小柱還小，阿爹一個人裡裡外外，如何能忙得過來？為了多掙幾個銀子，累得阿爹風裡來雨裡去，梅香整日忙忙叨叨連梳洗都沒功夫，這日子不但沒過好，反倒越過越糟糕，無非是一個月多個幾兩銀子罷了。」

黃炎夏看了他一眼。「你小子如今連一個月幾兩銀子都看不上了！」

黃茂林忙笑著解釋。「阿爹說笑了，兒子連一個銅板都看得重，更別說一個月幾兩銀子了。但這銀子哪能掙得完，如今鎮上天天都有人，已經不分逢集和背集了，豆腐本來就比以前賣得多，再加上如今兒子往縣城裡送貨。這兩項的進益，抵得過鄉下賣豆腐的收成。」

黃炎夏仍舊有些捨不得。「你不去鄉下，人家最多不吃豆腐，但你卻要白損失許多。」

黃茂林想到以前陳掌櫃給他的建議。「阿爹，不如我們找幾個人代賣？咱們家只管做豆腐，有人想賣豆腐了，到咱們家來進貨，咱們把價格放低一些賣給他們，他們自己挑到鄉下去賣，賺個差價。這樣一來，咱們不用那麼辛苦，多少也有些賺頭。」

黃炎夏瞥了他一眼。「你就不怕搬石頭砸自己的腳，萬一人家從你這裡買豆腐，卻跟你打擂臺，豈不白忙活一場。」

黃茂林笑了。「阿爹，頭先來的陳掌櫃跟我說過。這代賣也是有規矩的，不是他想在哪裡賣就在哪裡賣。我跟他簽好契書，鎮上這幾條街誰也別想來沾染。再者，他們賣的豆腐價須得與咱們家一樣。」

黃炎夏不置可否。「你去縣城也不是天天去，你若不在家裡，我讓淑嫻過來帶孩子，又有你媳婦和小柱，你別小瞧我們這些老弱婦孺，照樣能把家裡打理好，你只管去忙你的。我這些日子幫你問一問，如果有人願意幹，找一、兩個人也就罷了。」

黃茂林點頭。「那就辛苦阿爹了。」

梅香也贊同這個法子，全指望黃炎夏一個人挑著擔子下鄉，每天得出去兩趟。黃炎夏年紀也不小了，風裡來雨裡去幹了近二十年，身上也有不少毛病，今兒腰疼明兒腿疼，若再這樣下去，身子累壞了可如何是好。且這一、二十年來，黃炎夏不光磨豆腐賣豆腐，家裡的田地他也沒丟下。可以說，黃炎夏比一般莊戶人家的壯勞力辛苦多了。

黃家如今有這樣的家底，大部分都是黃炎夏帶著一家人辛苦得來的。也正因為如此，黃茂林不想再讓他一天兩次挑擔子出去賣豆腐。

黃茂林自小見黃炎夏這樣辛勞，心裡一直不落忍。以前他小，只能幫著多幹些活。後來稍微大一些，幫著一起賣豆腐。如今他自己當家了，既然能從別的地方掙得銀子，何苦再讓老父親這樣辛勞。累了二十年，也該歇一歇了。

黃炎夏瞭解兒子的心思，雖然捨不得鄉下這筆錢，但兒子一番孝心，他不能不領情。想到這裡，他暗嘆了口氣，不服老是不行了。想他剛開始磨豆腐時，一天到晚忙個不停，睡一覺起來就沒事了。如今一天出去兩趟，回來時就感覺骨頭都要散了。

既然決定找人代賣，就要開始打聽。奸猾的先要排除，懶惰的也不能要，喜歡當面一套背後一套的更不行。楊氏聽說之後，第一個向黃炎夏推薦自己的兄長楊老大。

黃炎夏想了想就拒絕了楊氏。「妳大哥人倒是老實，但妳嫂子實在太難纏。若是把妳大哥叫過來賣豆腐，妳嫂子指不定還要打什麼主意呢。再說了，茂林能和妳維持好這份關係就不錯了，妳別把妳娘家往他身邊拉。」

楊氏哼了一聲。「找誰不是找，那郭家大嫂如今跟著茂林兩口子，一個月掙不少銀子。都是你的岳家，一個蒸蒸日上，一個還在受窮，難道你臉上好看？」

黃炎夏瞥了楊氏一眼。「喜饃的事，是茂林兩口子自己琢磨出來的，連我都不知道。人家願意幫襯誰，是人家自己的事情。再說，妳有好處了不是第一個貼補楊家？難道妳還會先想到郭家不成？別說那陰陽怪氣的話了，我看妳又犯老毛病。自從分家以來，妳好一天歹一天。今兒覺得茂林兩口子對妳有好處了，妳就給個笑臉。明兒覺得人家有好處沒惦記著妳，妳又拉著張臉！妳這是想做甚？」

楊氏忽然愣住了，不過是說賣豆腐的事情，怎的忽然又說起她來了？

楊氏忍了又忍，最後還是沒忍住。「當家的，我嫁給你十幾年，在家裡跟個小媳婦似的，如今我都快有孫子了，你還是動不動就訓斥我，我難道不是個人？」

黃炎夏瞇了瞇眼睛，半晌後放低了聲音。「我難道不想家裡太太平平的？我跟妳說了多少回，讓妳不要總想著去撩撥茂林兩口子。去年茂源被老劉頭打一頓，誰能幫他？指望楊家，還是指望我？最後出頭的是誰？是茂林兩口子、是發財、是明朗！妳以為老劉頭是好纏的？妳以為張里長真的秉公處理？別叫我戳妳老底了，張里長看的是韓家的面子！若不是有韓家在那裡立著，茂源那頓打就白挨了！我看妳是過了幾天好日子又開始犯糊塗！我兩個兒子關係好好的，妳整日想在中間挑事！我不跟妳多說，妳自己好生清醒清醒！」

楊氏呆住了，等黃炎夏出了房門她才反應過來。她本來想大聲叫罵，但怕驚著孩子們，又怕黃炎夏跟她翻臉，最後還是忍住。

黃炎夏與楊氏吵了一架之後，好幾天都拉著個臉。也只有面對淑嫻時，能緩和一些。這樣冷了楊氏幾天之後，她再也不提楊家的話。

黃炎夏中途甚至想過去大兒子家住幾天，但又想起分家時明朗問他的話，明朗雖然含蓄，其實就是在告訴他，既然決定跟著哪個兒子，以後就不要左右搖擺。

是啊，不管跟哪個兒子，都會有不如意的地方。人就是這樣貪心，在眼前的總是能挑出錯，倒是那摸不著的樣樣看著好。茂源雖說自己頂門立戶了，但事事還願意聽阿爹的話，在黃茂林家裡，黃炎夏處處感覺到了大兒子兩口子的自立和堅定。

黃炎夏一邊欣慰大兒子夫婦的能幹，一邊又有些悵然所失。

他自己暗地裡思索過，又慶幸自己早早分了家。孩子一多，父母總會有犯糊塗偏心的時候。如今趁著自己還沒老糊塗，把家分了，讓他們兄弟二人各自去打拚。以後不管好歹，都是他們自己掙來的。想通這些之後，黃炎夏又釋然了。想那麼多做甚，他只管好生幫茂林磨豆腐、幫茂源備草料，其餘的事情，讓他們自己操心去吧。

過了幾天，黃炎夏還真幫黃茂林打聽到兩個人。其中一個是熟人，就是種了黃茂林田地的那一家。此人姓張，是張發財的族叔，三十出頭，黃茂林跟著張發財叫他五叔。張五叔能幹，肯出力氣。趁著農閒，他想多掙幾個油鹽錢。

黃炎夏把風聲一放出去，張五叔立刻找來。黃炎夏帶張五叔去茂林家裡，這事情由兒子作主。黃茂林自然是信得過張五叔，但仍舊照規矩，與張五叔簽了一份簡單的契書。

張五叔痛快的按下手印，他怕自己幹不好，先與黃茂林商議。「茂林，我剛開始幹，甚都不懂，每天要的豆腐不多，也就在咱們大黃灣附近轉一轉。」

黃茂林點頭。「這是自然的，五叔才剛開始，想要太多我也不會給。倘若賣不出去，豈不是坑了你。」

除了張五叔，另外還有一個人，是一位街坊的親戚，姓劉，有個外號叫劉麻子。

黃茂林按同樣的規矩與他簽訂契書，也教了他一上午。劉麻子比較機靈，一學就會。

張五叔和劉麻子二人剛開始，訂的貨量少，黃炎夏仍舊每天自己出去賣豆腐。漸漸的，二人做熟了，每天從黃家豆腐坊訂的豆腐越來越多，黃炎夏就逐漸減少自己的豆腐量。

外面賣豆腐的活計輕鬆了，黃炎夏就開始在家裡幫忙。每天早上他過去磨豆腐，黃茂林怎麼勸他都不聽。不過有黃炎夏在，做豆腐更快更好。如今家裡每天需要大量的豆腐，還真少不了黃炎夏。

豆腐坊裡的人越來越多，梅香就不大管豆腐的事情。她如今三天兩頭帶著郭家姑嫂做喜饃，偶爾回去給韓家榨油，剩下的時間就是打理家務事和帶慧哥兒。

一閒下來，梅香就喜歡琢磨事情。

自從韓敬平去世以後，梅香的日子彷彿從來沒有閒下來過，她自己也適應了這種忙碌的生活。現在事情忽然少了，梅香又想起很久以前的生活。

天氣越來越暖和，梅香趁著閒功夫，給一家人都做了春衫。黃茂林的衣服好做，慧哥兒是男孩子，也不需要什麼花樣。

梅香自己的衣服，她這次花了心思。買的紅色料子，挑了各色絲線，自己動手裁了一條裙子，在領口、袖口和裙襬上繡了許多石榴花。

除了這條裙子，她還給自己做了兩件貼身小衣；一件繡梅花，一件繡牡丹花。

第一天穿上新小衣，睡午覺的時候被黃茂林發現了，他兩眼看得發直。

以前梅香做小衣，為了節省時間，有個樣子就行了，很少花功夫在上面繡花。

今日黃茂林頭一次看到這樣紅彤彤的小衣，上面繡滿了花朵。再看梅香烏髮如雲，香肩半裸，黃茂林感覺自己好像又回到了沒成親之前，渾身燥熱得彷彿要炸開了一樣。

他看了一眼旁邊睡熟的慧哥兒，伸手放下帳子，不管不顧的撲了過去。

梅香的衣服越做越好看，花樣越來越多。除了做衣裳，梅香還經常和鎮上的娘子們討論髮髻。最近她不知跟誰學的，什麼靈蛇髻、飛天髻，看得黃茂林整日豆腐也不想做，只想在房裡守著她。

梅香剛開始還有些擔心，怕人家說她過日子不知儉省，做個衣裳這麼費事。

黃茂林得知後夜裡悄悄安撫她。「我掙銀子不就是給你們花的，妳想買什麼料子，只管去。這衣服做的真好看，再讓我看看。」一說完，他又去摸梅香的小衣。

梅香拍開他的手。「黑燈瞎火，哪能看得見！」

黃茂林伸手輕輕摸了摸。「閉上眼睛我也能看見，真好看！以後天天穿給我看！」

梅香在黑暗中擰了他一把。

十八歲的梅香，彷彿又變成以前那個不諳世事的少女。做衣裳、泡花茶、繡花梳頭，還在院子裡弄些花花草草。梅香從老家院子裡的梔子花樹上折下一枝，插在院子裡的花池裡，又移栽了一棵小桂花樹。

梅香家的正房院子比較大，抄手遊廊和中間的甬道把整個院子隔成一個田字形。東北角是小桂花樹，和韓家老宅裡的格局一樣。西北角是花池子，裡面有一棵小梔子花樹，池子內沿種了一圈的小野菊花種子，早晚會冒出來。院子其他地方還移栽了雞冠花，垂花門附近種了幾棵竹子。

明朗中途到梅香家來過一次，見到院子裡的竹子，大加讚賞。

梅香笑說：「以前家裡若有竹子，我給你做衣裳就不用費勁，哪還用什麼花樣子。」

明朗頓時笑了。「姊姊的日子越發灑脫了，反倒襯得我像個俗人。」

黃茂林插話。「俗人也好、仙人也好，各有各的好。」

除了捯飭這些花花朵朵，梅香近來又開始練習寫字，還把以前讀過的書又撿起來讀。黃炎夏看到後覺得很奇怪，黃茂林告訴他這是讀給慧哥兒聽的。

只要是為了孫子好，黃炎夏再沒有反對的。他也慶幸給兒子娶了個讀書人家的女兒，看看，還沒進學堂呢，他孫子就開始學認字了！

梅香這樣又是花又是樹又是竹子的，整日書不離手，倒又有了些以前韓家油坊大姑娘的樣子，差別是她多了個兒子，比以前個子高一些，身上多了一些少婦的俏麗和韻味。

春日漸暖，黃茂林覺得梅香彷彿變了個人似的，但他真喜歡。每日白天，梅香穿著花裙子在屋子裡繞來繞去，黃茂林的眼睛就黏在她身上。一到晚上，黃茂林彷彿忘記了一天的疲憊，摟著梅香不斷索取。

黃茂林不再是那個莽撞的少年，他漸漸懂得如何取悅梅香，梅香因為生過孩子，也不再一味的害羞，夫妻二人每夜魚水之歡不斷，越發恩愛和諧。

葉氏見女兒和女婿近來濃情密意，也跟著高興。郭舅媽和郭二姨都是過來人，一看就明白，如今小倆口如膠似漆。

郭舅媽還跟梅香開玩笑。「看樣子我們慧哥兒明年說不定就能有弟弟了。」

梅香紅著臉嗔怪郭舅媽。「舅媽也是長輩，怎麼打趣起我來了！」

郭家姑嫂一起哈哈笑了。

黃茂林兩口子日子過得越發滋潤，二房裡的氣氛卻一日比一日緊張。

紅蓮快要生了，楊氏每天都緊盯著，不是自己跟著她，就是讓淑嫻看著她。

梅香先送了紅蓮一些東西，這會孩子快出生了，他們做大伯、伯娘的自然不能小氣。

梅香扯了一些細棉布，給孩子做了兩身新衣裳，都是貼身穿的，上面線頭一個都看不見。除了給孩子做衣裳，梅香又預備了很多坐月子用的東西。比如吃食，梅香知道楊家小氣，定然不會給紅蓮預備太多。當日自己懷著身孕時，紅蓮盡心照顧自己。如今兩房分家，自己不能每日照顧紅蓮，只能在這上頭多盡心。

梅香託周氏幫忙從韓家崗買了一百個雞蛋，準備了幾隻雞，到時候再買一些紅糖、油條和魚肉。

梅香先把衣服、雞蛋和母雞送過去，楊氏見她送了這麼多東西過來，心裡很高興，果然當家的沒說錯，老大兩口子是個大氣的，人家對他好，從來不會忘恩負義，也不枉自己當日和紅蓮盡心照顧她們母子。

梅香又問了問紅蓮的身子，並一再告訴楊氏，一旦有事，一定要及時去叫她。

楊氏笑著點頭。「妳放心，自然是會叫妳的！」

楊氏又抱了抱慧哥兒。「哎喲，慧哥兒又重了一些，都會走了是不是呀？這日子真快，他才出生多久，一眨眼都會走了！」

梅香笑著客氣道：「哪裡就說得上會走了，走幾步路就要往地上摔！」

紅蓮摸了摸自己的肚子。「以後跟著哥哥玩。」

梅香仔細看了看她的肚子，整個掉下去了，看來是入盆了。

紅蓮已經十八歲了，這個年紀生孩子倒不用擔心，只要胎位正，順利得很。

婆媳三個說了一些養孩子的話，梅香就抱著慧哥兒回去了。

第六十五章　添新丁茂林慶生

四月底的一天早上，梅香一家正在吃早飯。忽然，外面傳來了淑嫻的聲音。「大嫂，大嫂！」

梅香心裡一驚，把圍裙一放，立刻趕了出去，姑嫂二人正好在垂花門附近碰到了。

淑嫻跑得上氣不接下氣。「大嫂，二嫂要生了，阿娘讓我來叫妳。」

梅香聽到聲音心裡就猜測是紅蓮要生了，若不然以淑嫻的性子，定不會從門樓裡一直喊到垂花門。

梅香立刻問淑嫻。「去叫大伯娘沒有？」

淑嫻搖頭。「還沒去呢，阿娘說二嫂離生還早著呢！」

梅香安撫她。「不要急，先緩口氣。我馬上就去看妳二嫂，妳去叫大伯娘和忠大嫂子一起過來。」

淑嫻點頭。「那我先去了。」

說完，又往黃炎斌家裡去了。

梅香帶著小柱，抱著孩子，匆匆忙忙去了二房，一進屋就發現，紅蓮已經在陣痛了。

楊氏見梅香來了，忙吩咐她。「茂林媳婦，妳去燒熱水，把孩子給小柱。」

熱水還沒燒好，唐氏和劉氏一起過來了。唐氏一來，楊氏立刻有了主心骨。

黃炎夏賣完豆腐後聽說老二媳婦要生了，他想著自己也幫不上忙，索性留在黃茂林家裡，跟兒子一起在倒座房裡閒話。

爺兒兩個挨到晌午飯時刻，關了大門，一起往黃茂源家去了。

才一進二門，就聽見紅蓮的叫喊聲。

梅香看到唐氏拿著剪刀，嚇得差點一屁股坐地上去了。她忽然想起自己生慧哥兒的時候，也是唐氏接生。

老天爺，女人家生個孩子真不容易！

淑嫻很快做好了午飯，今兒忙亂，隨意炒兩個菜，湊合著吃吧。

淑嫻才放下碗，忽然，西耳房內傳來歡呼聲，緊接著，就是孩子的哭聲。

楊氏喜極而泣，生了，是個男孩！

唐氏吩咐梅香打來熱水，妯娌二人一起動手，一個給孩子洗澡，一個伺候產婦。

紅蓮已經累得昏死過去了，楊氏和梅香一起收拾，等孩子洗完了澡，楊氏給他包裹好，上秤一秤，六斤九兩！

黃炎夏在屋外聽得是個孫子，滿臉歡喜！

這時，黃茂源回來了。一進門他發現不對勁，當父兄告訴他紅蓮生了個兒子，黃茂源立刻高興得說話都開始結巴。

等一切都整理好了之後，黃炎夏讓黃茂源給唐氏封了個紅包，唐氏笑著接過紅包就回家去了。

孩子已經出生了，梅香和黃茂林抱著慧哥兒、帶著小柱一起回去了。

路上，梅香與黃茂林商議。「茂林哥，這幾天我怕是要經常過來幫忙。慧哥兒剛出生的時候，紅蓮沒少協助我們呢。」

黃茂林點頭。「妳只管去，妳不是說給她預備了很多東西？早些送過去，省得他們自己再弄。」

當天下午，梅香立刻開油鍋，自己炸了兩百多根油條。炸好了之後，梅香又去雜貨鋪買了二斤糖，還買了四條筷子長的鯽魚，又加了兩個豬蹄，把家裡的花生米倒了一大碗。

第二天，兩口子一起把東西送去了。

楊氏沒想到梅香又送來這麼多東西，心裡很是高興。「又不是外人，這麼客氣做甚？」

梅香把東西放在桌子上。「我生慧哥兒的時候，阿娘和弟妹每天精心伺候我。如今我要帶著慧哥兒，想貼身伺候弟妹都不能，只能多給她備些吃的。」

正好黃茂源也回來了，他謝過大哥大嫂之後，先抱著慧哥兒逗一逗，然後才回房看孩子去了。

黃茂林問黃炎夏。「阿爹，給孩子取名了沒？」

黃炎夏點頭。「取了，一個甲字，小名叫榜哥兒。」

梅香和黃茂林品了品這個名字，連聲道好。一聽這名字就是寄予厚望，與慧哥兒的名字也是相得益彰，一看就是兄弟。

榜哥兒洗三的時候，黃茂林和梅香一起去了二房。梅香也不去打聽楊家送了什麼東西，怕傷了楊氏和紅蓮的臉面，大面上過得去就行。

剛進中伏，一天中午，黃茂林突然告訴梅香，他在外面找到了一小塊菜地。

梅香大喜。「果真？這菜地可不好尋呢，我阿娘尋了這麼久都沒有合適的！茂林哥，你快說你的菜地在什麼地方、有多大？」

黃茂林讓她先坐下。「阿娘是個斯文人，平時又不大出門，想尋菜地自然是不容易的。我不一樣，我整日與街坊鄰里打交道，多問一問自然是不難。這塊地也不是很大，也就咱們家三間倒座房大，是我讓別人勻給我的。本是一塊旱地，因鎮上附近菜地難得，倒是賣上良田的價格了！」

梅香高興的撫掌。「三間倒座房也不小了，每樣種一些，夠咱們一家四口吃喝。」

黃茂林最喜歡看梅香喜形於色的模樣，一時沒忍住，當著小柱的面摸了摸梅香的頭髮。「好，吃夜飯前我帶妳去看看，這會外頭正熱著呢！」

梅香有些不好意思。「看我，跟個小孩子似的！」

等太陽逐漸偏西，慢慢涼快下來，黃茂林帶著一家人往菜園裡去了。

看過之後，黃茂林笑著問梅香。「如何，夠不夠咱們家裡吃？」

梅香點頭。「夠了夠了，咱們四個人能吃多少菜呢，到時候阿娘和茂源那裡我們還能送一些。」

太陽即將要落山，回到家後，梅香繫上圍裙就開始擀麵條，今兒晚上要吃涼麵。和麵、揉麵、擀麵，梅香的雙手像施了法術一樣，沒多大會兒工夫，一根根粗細均勻、勁道有力的麵條擺在了砧板上。

梅香炒了一盤空心菜，又煎了三個雞蛋，把醃豇豆切碎了炒了一小碗，然後開始下麵。等麵好了之後，撈起來，瀝水，放到各自的碗裡，就著三樣菜就可以吃了。

除了這三樣菜，往自己碗裡加醬油或芝麻油也行，把調料和菜混在麵條裡攪一攪，吃起來真夠爽利。

吃了飯之後，一家人先後洗了澡，然後一起坐在垂花門乘涼。

垂花門南面的棋盤門白天是常開著的，在北面的兩扇木屏門打開，整個垂花門立刻成了四面通風的小房子。黃茂林在四側都掛上了粗紗布，白天把紗布都捲起來，便於通行。這會把紗布全部放下，裡面都已經用艾草熏過了，夜風透過紗布吹入，涼快得很。

黃茂林往梅香身邊靠了靠，梅香問他。「茂林哥，過幾日是你生辰了，我給你做幾道好菜，再給你買一壺酒，你要不要請幾個人來一起吃頓飯？」

黃茂林笑了。「我才多大，倒過起壽來了！要不妳給我做兩個壽桃，我也受用一回！」

梅香在他腿上悄悄擰了一把。「你一年到頭辛苦，好不容易過個生，今年又是我們頭一年單獨過日子，旁人我不管，我定要給你慶賀慶賀！」

到了黃茂林過生日那天，梅香果真認真對待起來。

吃早飯的時候，梅香剝了個水煮蛋放到黃茂林碗裡。「茂林哥，過生吃個蛋，無災又無難，願你年年平平安安，順順利利。」

黃茂林有些動容，他長這麼大，第一次有人在他過生日的時候單獨跟他說這些話。去年因沒有分家，梅香也不好單獨為他做些什麼，這才知道原來過生日還可以這麼個過法。

小柱見師傅有些發愣，忙湊趣，說了一堆的吉祥話。

黃茂林回過神來，認認真真把那個雞蛋吃了。

梅香又對他說道：「茂林哥，你別怪我先斬後奏。我今兒準備多做幾樣菜，等會把發財哥叫過來陪你飲酒。」

黃茂林點頭。「好，妳怎麼安排我怎麼做，我是掌櫃的，妳是掌櫃的掌櫃的。」

梅香笑著嗔怪他。「當著孩子的面還說這種怪話！」

吃過飯之後黃茂林就去照看豆腐攤，梅香把慧哥兒交給小柱，自己拎著籃子出門買菜去了。

買菜的過程中，梅香遇到巡街的張發財，再次與他說了中午去吃酒的事情，張發財毫不猶豫的答應了，好兄弟過生日，請他去吃酒，自然是要去的。

梅香回家後就忙開了，殺雞，殺魚，擇菜。梅香一樣樣準備，公雞燉山菌、雞雜炒辣椒、紅燒魚、豇豆炒肉片、肉末茄子、毛豆炒肉絲、黃瓜炒蛋、炒空心菜、番茄湯，再加一碗蒸蛋，正好十道菜。做好準備之後，暫時不忙著做菜，梅香帶著慧哥兒在倒座房陪黃茂林說話，給了小柱一些錢，又把家裡的酒壺給他，讓他去打一壺酒回來。

黃茂林眼神溫和的看著梅香。「我長這麼大，還是頭一回有人這樣大張旗鼓的給我過生日呢！」

梅香聽得心頭有些發酸，婆母早逝，公爹整日忙碌也顧不上這些小事情，想來從沒有人正經地給茂林哥過個生日。

梅香雖然心裡難過，嘴上仍舊笑著說道：「以後有我呢，我疼你！」

黃茂林笑了。「今兒我過生日，是不是什麼都依我？」

梅香就差拍胸脯了。「你說，除了天上星星月亮我摘不來，只要是咱們家裡的，什麼都依你！」

黃茂林雙眼發亮的看著梅香。「妳說到做到？」

梅香點頭。「自然說到做到！」

黃茂林立刻瞇起眼睛笑。「那妳晚上可別後悔！」

梅香忽然明白了他的意思，呸了他一口。「不正經！」

黃茂林哈哈笑了，小柱正好回來了。梅香把慧哥兒塞給小柱，自己到廚房做菜去了。

張發財巡過街就過來了，一進門就大喊：「茂林，我給你過壽來了！」

黃茂林從倒座房裡出來了。「才幾日不見，發財哥你說話越發沒個正經！」

張發財哈哈大笑。「你小子命好，討了個好婆娘，你才多大，竟然給你做起壽來了！」

黃茂林咧嘴笑了。「今兒的街都巡完了？」

說完，他讓小杜在倒座房看著，把張發財往後院引。

張發財一邊走一邊點頭。「謔，這房子真不錯！」

一進堂屋，黃茂林立刻請張發財坐下。「我如今住在鎮上，發財哥以後巡過街就別回去了，直接到我家來吃飯。我聽說你們現在天天都要來？張里長可有給你們加俸祿？」

張發財坐到八仙桌旁邊，黃茂林給他倒了一杯茶。

張發財忙了一上午，這會又渴又餓，端起茶杯一飲而盡，也不等黃茂林給他續茶，自己搶過茶壺一邊倒一邊喝。「是呢，如今鎮上人這樣多，張里長讓我們天天都來。你小子說話越來越花稍，還俸祿，我們又不是做官的。一個月工錢倒是加到了五百文！跟以前比是多了許多，跟你們比起來還是差遠了！」

黃茂林笑了。「發財哥還跟我說這種客套話，你們好歹算半個公門人了！工錢多一些少一些又何妨，如今在這鎮上，誰不給你三分薄面！」

張發財擺擺手。「欸，都是虛名，不過是說出去好聽，裡頭沒有多大實惠！不說這些了，今兒給你做壽，我倒是空著手來的！哈哈哈，白吃你一頓酒席！」

梅香聽見張發財來了，忙過來打個招呼。「發財哥來了！」

張發財也與梅香打招呼。「有勞弟妹了！」

梅香笑著請他吃點心和甜瓜，然後又回廚房忙活去了。

兩個人在屋裡說著話，很快，梅香做好了飯菜。她先去前院讓小柱關了門窗，一起過來吃飯。張發財和黃茂林一起擺好桌椅，梅香把十道菜全部端到堂屋。

飯菜齊了後，黃茂林和張發財一邊喝酒一邊說閒話，從小時候說到現在，說幾句喝一杯，再吃幾口菜，越說越熱鬧，越喝越上頭。兩個人只喝了近一個時辰，兩斤酒全部喝完，菜也吃了不少。

吃過了酒，黃茂林讓張發財在西屋休息，自己也和梅香回東屋休息。

二人喝多了酒，躺下後一覺睡到半下午才起來。

張發財一起來之後就要告辭。「今兒多謝兄弟的酒，好些日子沒有這樣暢快的吃酒了！等過些日子我過生日了，我也請兄弟和弟妹去吃酒！」

梅香給他們倒了茶。「我還要多謝張大哥，單我在家裡給他做一桌子菜，吃得也沒甚意思。也只有張大哥來了，他才能這樣痛快！」

張發財眼瞅著時辰不早了，外面也略微涼快了一些，與他們夫婦說了幾句客氣話就告辭回家去了。

黃茂林坐在堂屋的太師椅上，頭靠在後面的牆上，見梅香進來，溫和的對著她笑。「今兒妳受累了！」

梅香到他旁邊坐下，笑著問他。「當家的，酒菜可好吃？」

黃茂林聽梅香叫他當家的，頓時哈哈笑了起來，二人成婚這麼久，梅香一直還照著原來的叫法，今兒忽然這樣叫，也不知是打趣還是打算改口了。但不管是哪一種，他頭一回聽梅香這樣叫，覺得又新鮮又有意思，內心更是油然而生多了一分責任感。

是啊，他是當家的，妻兒都要靠著他。梅香對自己這樣好，慧哥兒又可人疼，以後自己要越發上心，多掙些家業，多疼疼他們娘倆。

黃茂林把梅香攬進懷裡，低聲在她耳邊說：「梅香，我今兒真高興！」

梅香用頭蹭他的下巴。「我也高興，以前咱們沒成親的時候，我想對你好，可總是有這樣那樣的規矩捆著我的手腳。後來雖然嫁給你，但公婆在上，我也不好明著為你做些什麼。如今好了，以後你每年過生日，我都給你辦酒席！」

黃茂林輕輕嗯了一聲。「好，我過生日妳給我辦酒席，妳過生日我給妳買金簪子！」

梅香立刻抬頭。「可不能再買了，這東西貴得很！」

黃茂林吃吃笑了。「好好，不買。那妳再叫一聲當家的給我聽聽！」

梅香瞬間又扭捏了起來。「就照以前的叫法不行嗎？」

黃茂林捏了捏她的臉。「我就要聽妳叫當家的，快叫，再不叫我打妳屁股！」

梅香頓時臉爆紅，輕輕踢了他一腳。「我看你是黃湯灌多了，還沒醒酒！走，去給我挖菜地！」

黃茂林頓時哈哈笑了起來。「好好好，我去挖菜地，妳才是當家的！」

晚上乘涼的時候，梅香把剩下的兩個甜瓜都切了，一人吃了一些。

慧哥兒躺在梅香懷裡漸漸睡著了，黃茂林見時辰不早了，打發小柱去睡覺，夫妻二人也一起回到了正房。

梅香才把慧哥兒放到床裡頭，黃茂林就一把抱住了她。

梅香紅了紅臉。「油燈還亮著呢。」

黃茂林用鼻尖蹭蹭她的鼻尖。「不管它。」

說完，黃茂林一手撩起蚊帳，一手把梅香帶入帳內，迫不及待的去了她的外衫。

油燈的亮光透過蚊帳撒入床內，黃茂林看著那繡了荷花的小衣，頓時感覺渾身燥熱。

他湊到梅香耳邊輕輕說話。「梅香，妳真好看！」

梅香低低嗯了一聲，並不回答他。黃茂林一邊低聲在梅香耳邊說著奉承她的話，一邊用一隻手靈巧的上下遊移。

夏日的夜晚，寂靜如斯，漸漸不聞蟲鳴聲，只聽見蚊帳內傳出一些細碎的聲音，一會兒低沈，一會兒嬌軟。

黃茂林俯下身段，這會不再是什麼黃掌櫃，他像一隻一頭闖入花房中的小蜜蜂，輕輕的呵護著花蕊，讓自己置身於醉人的花蜜中難以自拔。又像誤入荷花池中的船夫，划著小槳，輕輕在水中蕩漾，不時激起一圈圈漣漪，偶爾一個用力，水聲嘩嘩，驚得荷花叢中的白鷺一陣輕吟。待白鷺上九霄，風停語歇，一切歸於平靜。

第六十六章　退豺狼方郎志堅

黃茂林過了生日沒兩天，就出了伏。

黃茂林除了忙活家裡的事情，每隔幾日便往縣城裡送一趟貨，他只送香豆腐和白豆腐乾這兩種。整個榮定縣目前只有他一家會做這兩種豆腐，特別是香豆腐，因為加了調料，可以直接生吃，更受歡迎。

單縣城裡的買賣，一個月能給黃茂林帶來七、八兩的淨收益。

這買賣一火，就有人眼紅。

縣城裡最大的豆腐坊坊主姓駱，這駱掌櫃有個女兒，長得花容月貌，被縣太爺賀大人的親弟弟抬回家做了妾。有了這層關係，駱掌櫃也在縣城威風了起來。

原來駱掌櫃並不把黃家香豆腐放在眼裡，等發現黃茂林的香豆腐和豆腐乾這樣掙錢，他就動了心思。他多次找到黃茂林，也想學黃家手藝。

有一回黃茂林去縣城送貨，正好被他堵上了。

駱掌櫃要請黃茂林吃酒，黃茂林推說家中瑣事煩擾，稚子年幼，不能在外久留，拒絕了駱掌櫃相邀。

駱掌櫃也打聽過黃茂林，知道這是韓書吏家的姪女婿。但書吏在駱掌櫃眼裡，真不算個什麼。

黃茂林不吃軟，駱掌櫃就來硬的。待下一次黃茂林去送貨時，他直接帶人攔住了黃茂林，要出十兩銀子買黃家香豆腐和白豆腐乾的方子。

黃茂林自然不肯做軟柿子，沒有明著拒絕，只說要一百兩銀子。

駱掌櫃冷笑了一聲。「黃掌櫃，我誠心與你做生意，你卻這般戲弄於我。那隔壁縣的人買你的方子只需五十兩，如何到我這裡就要翻倍？敢情黃掌櫃瞧不起我駱某人？」

黃茂林笑著回答他。「駱掌櫃言重了，陳掌櫃是外縣人，他學了手藝，礙不著我做生意。駱掌櫃可不一樣，您如今是榮定縣最大的豆腐坊坊主，您學會了，在縣城裡我是一文錢也掙不著了。」

駱掌櫃又哼了一聲。「也罷，黃掌櫃既然瞧不起人，駱某告辭！」

黃茂林心裡清楚，駱掌櫃表面這樣說，依他的跋扈性子，必定不會善罷甘休。但黃茂林不能服軟，他想走出大黃灣，走出平安鎮，就要面對更多的風雨。

黃茂林回去後剛開始他隻字未提，之後仔細斟酌，還是告訴了梅香。

梅香冷笑了一聲。「茂林哥，你不用被他張牙舞爪的樣子嚇著了。這些做小妾的，看著厲害，到了正房面前也得伏低做小。明兒咱們託四嬸，往賀二奶奶面前告一狀，再送些禮，保管這妖精鬧不起來！」

黃茂林頓時笑了。「我光想著外頭男人的事情，倒把內宅給忘了。」

梅香抿嘴一笑。「回頭你再去送貨，去四叔家送一份厚禮，問問那妖精有沒有孩子。」

黃茂林點頭。「好，我就照妳說的辦！這幾個月事事順利，我就想著有人會來鬧事，沒承想來得這麼快！」

梅香說的斬釘截鐵。「不怕他，他不也是個賣豆腐的！大不了咱們就在平安鎮幹，又不是養不活一家子。」

黃茂林見梅香這氣勢，頓時又笑了。「我還想一年給妳買根金簪子呢！」

梅香斜眼看他。「我跟你說正經的，你又打趣我。」

過了幾日，黃茂林再次去縣城。

走之前，兩口子一起去拜訪了韓文富夫婦。韓文富聽說了這中間的事情後，給兒子寫了封手書，讓他在中間斡旋，儘量不動干戈而退兵。

黃茂林又帶著厚禮去了韓敬博家，韓敬博親自接待了他。

黃茂林給韓敬博鞠躬。「因我這點小事情，勞動四叔和四嬸，是我的不是！」

韓敬博笑著讓他坐下。「這也不是你一個人的事情，我來縣裡不到一年，辦差事不說樣樣妥帖，至少沒出過差錯，也沒給賀大人丟過臉。賀二爺我也認識，雖說性子有些驕縱，並不是什麼惡人。」

黃茂林高興得直念佛。「那敢情好，駱掌櫃不足為懼，我只擔心賀家相幫，那我就死無葬身之地了！」

韓敬博家的李氏在一邊插話。「你不用擔心，駱家閨女不過是個妾，又沒生下一男半女。駱姨娘在賀二奶奶面前，老實得跟隻鵪鶉似的。家常見了我，她也要行個禮呢！如今倒打起我們的臉來了！」

韓敬博對李氏說道：「明兒妳去拜訪賀二奶奶，找個什麼由頭都行，多帶些禮去，稍微提兩句。」

黃茂林見機行事，立刻拿出二十兩銀子。「四叔、四嬸為我操心，豈能還讓你們破費。這是二十兩銀子，我也不知夠不夠，還請四叔、四嬸教我。」

韓敬博笑了。「你辛辛苦苦往縣城跑，一年能掙多少銀子，這點錢，也就駱家還惦記著，賀家人何曾放在眼裡。」

從韓敬博家出來後，黃茂林照常去那幾家送貨。

果不其然，他再次遇到了駱掌櫃。

沒想到姓駱的這回二話不說，找幾個人直接把黃茂林拖到沒人的地方。這回他更無恥，自己寫了一份契約書，直接五兩銀子買下黃家的秘方，上頭還寫著嚴禁黃茂林再來榮定縣賣豆腐，強行讓黃茂林按下手印。

簽完了霸王條款，駱掌櫃丟下五兩銀子，並說過兩天讓人去平安鎮學做豆腐，然後揚長而去。

黃茂林脫身後，立刻去找韓敬博和李氏。

韓敬博氣得笑了。「你先回去，把你當初和陳家簽的契約書拿過來。有了這個，也能證明你這方子不只五兩銀子。」

黃茂林立刻掏出當初和陳掌櫃簽的契約書。「都在這兒呢，請四叔過目。」

韓敬博沒想到他居然把這個帶來了，暗自讚嘆，是個機靈的。

李氏第二天上午就去拜訪了賀二奶奶，送了一份厚禮。兩位婦人先說了一陣閒話，李氏這才說明自己的來意，並把兩份契約書都給賀二奶奶看了。

賀二奶奶大怒。「這賤人，我娘家還不敢做這種事情呢，她倒比我還威風了！大哥明年任期就滿了，倘若被知府大人知道了，今年的考評打個中下，我活剝了她的皮！」

賀二奶奶讓丫鬟叫了駱姨娘過來，當場把兩張契約書甩到她臉上。「我平日縱容妳，妳倒得臉了！如今敢去搶人家的方子，明兒是不是就敢一包耗子藥藥死了我！」

駱姨娘嚇得立刻跪了下來，把那兩張契約書一看，立刻就明白了，忙跪著爬了過來。「二奶奶息怒，必定是有人挑唆了我阿爹，我這就回去讓我阿爹毀了契約書，以後井水不犯河水！」

賀二奶奶哼了一聲。「妳可別做這個樣子，一會兒你們二爺回來了，又說我傷了他的心肝肉！」

駱姨娘忙賠笑。「看奶奶說的，我算哪個牌面上的人，也配稱爺的心肝肉，奶奶才是這屋裡第一人！」

李氏見賀二奶奶教導姨娘，忙自己先回去了。

賀二爺聽說後，倒不覺得這是什麼大事。

奈何賀二奶奶認真。「我的爺，別說普通老百姓家，就算咱們家，百八十兩銀子也不是小事。這衙門裡成天告狀的，哪一件不是因為雞毛蒜皮的事情。別說上百兩銀子，三、五個銅錢都能要人命。若是被大哥知道了，爺就等著吃掛落吧！我把話帶到了，剩下的就不關我的事了！」

賀二爺聽得頭皮發麻，連忙讓人去告訴駱掌櫃，趕緊把契約書退給人家，再去賠禮道歉。

賀二爺怕被他大哥教訓，又把駱姨娘叫過來訓斥了一番，讓她好生約束家人，莫要再生事！

賀二奶奶查看了李氏送來的禮，裡面有一包茶葉、一疋綢緞，還有一根金釵，便把東西都收下了。

雖然眼下駱姨娘看似懂規矩，但賀二奶奶也看得出她的野心，正蠢蠢欲動想生個兒子來跟自己打擂臺。

借這個由頭，賀二奶奶狠狠削了駱姨娘一回。

韓敬博當時讓黃茂林收回一半銀子，黃茂林並沒有收回去。果然，後來駱掌櫃用強，李氏只能把禮備得更厚一些。

就這幾樣東西，黃茂林的二十兩銀子花了個精光。再加上來的時候給韓敬博夫婦備的禮，這一來一往，雖去了不少銀子，但好歹把縣裡的生意保住了。

還沒等黃茂林回平安鎮，駱掌櫃差人送來了那張契書，又奉上五兩銀子作為賠禮。

黃茂林辦完事情回家，這事明朗聽完之後心裡很失落。縣太爺一個拐彎抹角的親戚，就能押著四叔的頭去給賀二奶奶送禮，好在縣太爺賀大人並不是一味盤剝百姓的昏官，姊夫這才討得一線生機。

明朗立刻警覺起來，四叔在縣裡任書吏，他在鎮上做先生，叔姪二人看似一裡一外互相拱衛，但實則力量非常薄弱。

如自己，只能在平安鎮多得一份百姓的敬重。如四叔，在縣裡仍舊是如履薄冰，頭上壓著幾座大山。

想要破這個局，叔姪二人必須再往前進一步。

明朗默默的喝著茶水，秋闈太難了，先生考了三次才考上，自己如今才十六歲，怕是還要再蟄伏一段時間。

榮定縣城裡，韓敬博一樣坐在書房裡沈默。他這樣不入流的小吏，隨便一個九品官都能捻死自己。一是因為自己不入流，二是因為韓家底蘊太薄。

可家族底蘊非一朝一夕能成，需要無數的子弟去拚搏。自己如今只是個秀才，勉強做了個書吏，除了個磚窯，並未為族人做什麼實事，只是名頭說出去好聽一些罷了。

韓家子弟讀書不多，明朗兄弟年紀又小，韓家在榮定縣想出頭，怕是任重而道遠。

葉氏聽到事情的經過後嚇得心驚肉跳。「老天爺，這想多掙幾個錢真是不容易。好在那姓駱的只是讓茂林按了個手印，若是再心狠一些，把他打一頓也是白打！」

梅香沈默了一會兒，開口勸葉氏。「阿娘，家業都來得不容易，好在這次平安度過，以後也就好了。」

葉氏吐了一口氣。「是啊，茂林能幹，總不能因為前頭可能有不順利，就把他困死在平安鎮不讓他出去。」

黃炎夏知道後也十分後怕，並一再要求，以後黃茂林去縣裡送貨一定要帶著人一起。自己也可以，茂源也行，不拘是誰，實在不行，花錢從族裡雇個人也行。

為了安大家的心，黃茂林讓梅香做了一桌酒席，把黃炎夏一家和葉氏一家都請了來，一起吃頓飯，去去霉運。

契約風波才過沒多久，方孝俊又要去參加院試了。

黃茂林原說陪他一起去，方孝俊堅決不從。「大哥成日忙得很，我又不是小孩子了，再說我還去過一回省城。這回有我大哥陪著，您不必擔憂。」

黃茂林一聽說方家老大陪著妹夫一起去，遂放下了心。但他想到去省城花銷高，忙塞給方孝俊一些銀子。「你考試我也幫不上什麼忙，這幾個錢你拿著路上買幾杯茶水喝。」

方孝俊並沒有拒絕，他知道去省城花銷高，之所以讓親大哥陪著去，就是因為親兄弟倆不用講什麼排場，可以省一些花銷。

黃茂林給了之後，黃茂源也塞了一些銀子給方孝俊。論起來，方孝俊比黃茂源年紀還大一歲，但這是自己的妹夫，黃茂源還是以二舅兄的身分叮囑了他幾句。

淑嫻給方孝俊做了兩身像樣的外衫，又給他繡了個喜登科的荷包，這花樣子還是梅香給她的。

送走了方孝俊，各家的日子仍舊平靜的往前過。

自從聽了黃炎夏的建議後，黃茂林每次去縣城都帶個人。黃炎夏要留下照看家裡豆腐坊，黃茂源要跑車，黃茂林最後從族裡找了個兄弟。

此人叫黃茂堅，今年二十出頭，是黃知事的姪孫子。

黃茂林每次往縣裡要送不少貨，有了黃茂堅的幫忙，他一路上輕鬆了許多。去縣裡各家豆腐坊，人家見他帶了個跟班，也更加敬重他。

等過完了中秋，方孝俊終於回來了。這一回他不負眾望，順利過了院試。

兩家人都異常高興，方家父母覺得終於熬出了頭，雖然只是個小小秀才，對於別人家來說不算什麼，在鄉下，卻是頂頂了不起的身分。

且不說方家如何，黃炎夏和楊氏高興壞了。黃炎夏出了錢，讓楊氏給淑嫻扯了一些新布，讓女兒做兩身好看的新衣裳。

女婿回頭過來，見到女兒穿得得體，臉上也更有光。

方孝俊中了秀才，以後就不用再到學堂來讀書。對方孝俊而言，當前最要緊的事情，是趕緊找份事情做，不能總是指望父母和岳父家養著自己。至於考舉人的事情，他覺得離自己太遠了。

過了些日子，韓敬博在縣裡替方孝俊找了份事情做，給一家土財主的兒子做先生。

這土財主姓常，家裡有幾百畝田地，有個大作坊，城裡還有幾個鋪面。家裡只有兩個兒子，一個十一歲，一個八歲。哥倆搗蛋得很，已經氣走了兩個先生。一個是老秀才，一個是中年童生。

常老爺答應，不說能不能考得上功名，只要能讓他兩個兒子認認真真讀幾本書就行。先過來試一個月，若是能堅持下去，一年給二十兩銀子，包一日三餐，一季兩套衣衫鞋襪，逢年過節還有孝敬。若是有家眷帶過去，也管吃住。

明朗把話傳給方孝俊時，方孝俊當場就答應了，他急需找一份事情來養活自己。

方孝俊性子溫和，最不怕這種毛孩子歪纏。兄弟倆搗蛋的花樣百出，方孝俊並不生氣。小哥倆見攆不走他，很是詫異。慢慢的，發現這先生年紀輕，不是那種老古板，也從不會喋喋不休，偶爾還會和他們說一些趣事，兄弟二人漸漸喜歡上了這個先生。

方孝俊的第一份差事，總算是坐穩了。

可他本來只想安安靜靜的教兩個學生，哪知卻被麻煩事纏上了。

這常老爺有個堂妹，今年十五歲了。因長相一般，總想找一個體面郎君。她在堂兄家裡意外發現這個小先生，長相雖不說絕好，卻斯斯文文，一股子書卷氣，說話溫聲細氣。最重要的是，小小年紀就已經有了秀才的功名。

常老爺的堂妹一下子就被方孝俊吸引了，她纏著土財主幫她說親。

常老爺去問方孝俊，方孝俊一口回絕，並聲稱家裡已有未婚妻，只待明年未婚妻及笄之後就要完婚。

常姑娘心有不甘，跑去問方孝俊，可是嫌棄自己長得醜。

方孝俊用溫和的笑容看著她。「姑娘不醜，以後定能說個如意郎君。我不過是個窮秀才，未婚妻對我好，當日讀書還花了岳父家不少銀錢。姑娘看我身上的衣裳如何？」

常姑娘仔細看了看，點點頭。「手藝倒是不錯，就是料子一般。」

方孝俊笑了。「這是未婚妻親手所做，料子雖普通，情意卻重。姑娘說喜歡我，是希望我做一個忘恩負義的人嗎？」

常姑娘當場就哭了。「這麼好的人，為甚早早訂親了？」

方孝俊安慰她。「姑娘有姑娘的緣分，緣分未到不用強求，等緣分到了，姑娘也會願意給他做衣裳的。」

常姑娘聽他這樣說，又心酸又高興，心酸的是自己好不容易看上個人，卻已經訂了親。高興的是自己果然眼光不差，這個人是個好人。

常姑娘並沒有死纏爛打，第二天還送給方孝俊一些料子，都是姑娘家穿的，說是送給方孝俊的未婚妻。

常老爺的兩個兒子趴在窗外偷看先生和姑媽說話，常大郎一邊看一邊笑。「先生可真是有福氣，家有賢妻，出來還被姑媽看上了！」

常二郎撇撇嘴。「我估摸著先生是嫌棄姑媽長得難看！」

說完，小哥倆一起哈哈大笑。

方孝俊不想收料子，那姑娘扔下東西就跑了。小哥倆見先生這樣為難，也從家裡拿了一些料子送給方孝俊，說是孝敬師母的，方孝俊這才收下。

第六十七章　流言飛寄存貨物

一眨眼就到了九月底，這期間，明盛不出所料過了府試，名次也不差，但院試兩年一次，要等到明年才能參加。

此時，葉氏忽然變得異常忙碌，無他，因為明朗要成親了。

葉氏去年與秦家商議，今年十月間娶玉茗過門。

考慮到秦家的親戚都在外地，成婚當日，女方家並不在平安鎮辦酒席。秦先生當初在平安鎮，也結下了不少善緣。榮定縣也有他的幾個師兄弟，到時候請這些人一起送親，人雖少，身分都不差，也算體面。

葉氏提前把新房準備好，原來明朗和明盛一起住在東廂房，西廂房空著的，正房西屋是蘭香住著呢。葉氏讓蘭香搬到西廂房，把正房西屋留給明朗做新房。

明朗卻提出了自己的意見。「阿娘，何苦讓妹妹搬來搬去。直接讓明盛搬到西廂房，我仍舊留在東廂房。正房西屋只有一間，東西多了也鋪陳不開。東廂房有三間呢，一間做臥房，一間做小客廳，剩下一間做書房正好。」

葉氏搖頭。「不行，還是用正房西屋給你們做新房。我想過了，你們兄弟還小，將來說不定還能再往前進一步。到時候你妹妹說的人家定然是體面人家，而且，秦先生家裡是有丫頭的，等玉茗過來了，說不定會有陪嫁丫頭。我準備明兒也買個小丫頭放屋裡，讓她陪著你妹妹睡。」

明朗只得作罷，聽從葉氏的安排。

過了幾日，葉氏從人牙子那裡買了個七、八歲的小丫頭。這小丫頭家裡姊妹眾多，父母養不活她，才把她賣了出來。

丫頭原名叫麥芽，葉氏也沒給她改名，算是留個念想。

葉氏讓麥芽陪著蘭香住在西廂房，明盛仍舊留在東廂房，明朗搬去了正房西屋。

新房準備好之後，葉氏又馬不停蹄的準備酒席的事情。

梅香每天下午都會回娘家幫忙，葉氏和梅香操持家裡的事情，外頭訂花轎和吹鼓手的事情，葉氏都交給了黃茂林。

一日，梅香與黃茂林吃過午飯，把小柱留在家裡照看豆腐攤，夫妻二人抱著慧哥兒一起去韓家。

才剛出家門沒多遠，忽然遇到了一個意想不到的人。

還道是誰，正是已經從韓家學堂退學了的王存周。王存周剛從縣城裡回來，也沒想到會遇到黃茂林夫婦。

雙方都愣了一下，王存周看見慧哥兒，再見梅香一身紅裙，頭戴金簪，雖生過了孩子，容貌卻越發俏麗。

他的心中又湧起了一些酸澀，但為了撐住場面，他主動向黃茂林夫婦拱手。「梅香妹妹，妹夫好！」

黃茂林也拱手。「王家二哥回來了！這是要往哪裡去？」

王存周笑了笑。「我只是路過，你們是要去哪裡？」

黃茂林瞇著眼睛對他笑。「明朗要娶親了，我們去給岳母幫忙。」

王存周沈默了一下，半晌之後嗯了一聲。「那你們去忙吧，我先回家去了！」

雙方別過，整個過程中，梅香一句話沒說。

黃茂林若無其事從梅香懷裡把慧哥兒接過來，兩口子一路說笑著去了韓家。

梅香平日不怎麼打聽外頭的事情，黃茂林卻知道很多。

王存周始終過不了院試，後來，他到縣城裡找了一家商行做帳房，總算有了安身立命的本事。

但他年紀大了，說親事卻有些難。趙氏對媳婦又百般挑剔，年紀大的不要，長得醜的不要，家裡姊妹太多的不要，嫁妝太薄的不要。

就這幾個不要，生生把王存周拖成了二十歲的老光棍，王存周年齡越大，趙氏越不肯服輸。

也就今年春天，終於有人給王存周說了一個能讓趙氏看得上的兒媳婦。這姑娘是那家商行掌櫃的外甥女，今年十六了，長得不賴，家裡條件也不差。黃茂林曾經很好奇，這姑娘按說條件不差，怎的就看上了王存周？

黃茂林三天兩頭去縣城裡，沒費多少勁就打聽清楚了。好傢伙，這姑娘原來私底下和人相好過。那相好是個戲子，長得風度翩翩，卻一肚子壞水。只想勾搭姑娘和他好上了，然後父母給一份豐厚的陪嫁，從此他就能靠著婆娘的陪嫁過日子。姑娘見他長得好，又滿嘴甜言蜜語，頓時把什麼規矩都拋到了腦後。

被她父母發現時肚子裡都懷上了，她父母一碗藥把剛懷上的孩子打了下來。姑娘懷孩子的時候才十五歲，也沒人能看得出來。無非就是忽然精神不濟，過一陣子又好了。

王存周對外說訂過親，因八字不合又退了，遲遲未有合適的人家。

這掌櫃的一見王存周就相中了他，年紀大一些也無妨。在掌櫃的撮合之下，雙方訂了親。

趙氏得了個這麼好的兒媳婦，頓時熱鬧得整個平安鎮都知道了。梅香略有耳聞，並不放在心上，王存周如何，早就和自己沒有關係了。

平安鎮的人自然不知道那姑娘的底細，但縣城裡，只因那戲子嘴巴不嚴，有不少人都知道他把人家黃花大閨女弄大了肚子。

黃茂林聽到了許多閒言碎語，但他只是聽一聽，回來後並沒向任何人多說一句話。如今自己和梅香過得好，哪管他王存周娶了什麼樣的婆娘！

然而，樹欲靜而風不止，梅香不想惹事，趙氏卻仍舊不肯放過她。

王存周上個月才訂親，趙氏覺得小兒子終於找到個可心意的兒媳婦，又年輕、又漂亮，還是縣城裡有錢人家的姑娘，把那韓家母老虎甩出了五條街去！

趙氏開始到處炫耀自己的兒媳婦，話裡話外無非是自己有眼光，及時退掉了母老虎的親事，若不然哪裡有現在這樣好的親事。

這些閒話就像長了翅膀一樣，很快就飛遍了平安鎮。

葉氏本來正在準備兒子的親事，無意中聽到了兩耳朵，頓時氣得飯都吃不下了。黃茂林的消息更靈通，一聽見趙氏話裡話外編排梅香，立刻把那姑娘和戲子的風流韻事傳了出去。

趙氏聽到後，如同晴天霹靂！她立刻質問王存周，姑娘可是有不妥？

王存周平日裡只顧著幹自己分內的事情，並沒有去打聽太多，且他如今對娶妻之事並不抱太多遐想。

院試兩次落榜，讓王存周曾經夢想中的官家小姐、紅袖添香的場景成了泡影。這次訂親，他感覺自己終於完成了一項任務，阿娘也不用再整日咒罵。

最後趙氏有沒有打聽到姑娘的實際情況，黃茂林並不清楚，他也不想去操心此事。王家如何與自己並無關係，但誰也不能中傷梅香。

小鎮上每天都不缺新鮮事，趙氏的閒言碎語很快就被淹沒掉。葉氏後來聽到了王家兒媳婦的閒話，暗地裡呸了兩口，直罵活該！

既然流言已經平息下去，葉氏自然不會到女兒面前傳話，黃茂林就更不會說了。楊氏不敢說，如蓮香等人只有幫著痛罵趙氏的，也不會傳這種流言。從頭到尾，梅香毫不知情。

街頭的一次偶遇，就如同樹上掉了一片葉子一樣簡單，連灰塵都沒揚起幾粒，很快就被黃茂林和梅香拋到腦後。

忙忙碌碌準備了一個多月，明朗成親的一應事宜終於都預備妥當了。

梅香是明朗的親姊姊，從頭到尾一直在幫忙。成親當日，韓氏族人都到鎮上來了，學堂裡的學子們都放假回家去了。

有一些家長還跑來送了份禮，喝了杯喜酒才回家。

各路親戚都來慶賀，外面有韓文富、韓敬奇和黃茂林操持，內事有蘇氏、周氏和梅香幫襯。

正日子那一天，葉氏坐在上首，穿了一身新衣裳，受了兩個新人的禮，激動得熱淚盈眶。

玉茗的嫁妝看起來不多，分量卻極重。

縣城的商鋪一間、學堂的宅子一棟，金首飾四件，銀首飾若干，壓箱銀子十兩，其餘衣裳被褥也多。折算起來，總有個一、二百兩銀子。

成親的第二天，新人見禮，葉氏特意把女兒叫了過去，讓兩個新人給姊姊姊夫行禮。

辦過明朗和玉茗的婚事之後，秦家人在平安鎮逗留了幾日，等小夫妻三日回門過後才走。

葉氏想到玉茗一個人遠嫁而來，娘家人都離得那麼遠，定然是十分不捨。怕她難過，每天都帶著她，一起說說笑笑，也分散一下精力。

每天上午，周氏送菜過來之後，葉氏讓玉茗帶著蘭香和兩個丫頭一起收拾，自己在倒座房招呼上門打油的客人。

玉茗剛開始對家裡油坊裡的事情一竅不通，有時候葉氏上午有事情，蘭香又小，玉茗偶爾也會去照應照應。

頭一次玉茗應付了兩個打油的人之後，葉氏滿口誇讚。「我還想著妳怕羞，故而從來不叫妳去倒座房，沒承想妳竟然做得不錯。」

玉茗笑著回答葉氏。「這是咱們家的事情，我既然嫁過來了，阿娘忙不過來，我豈能袖手旁觀。我雖然不如阿娘做的好，那些瓶瓶罐罐的還沒弄明白，多做幾回也就清楚了。」

葉氏見兒媳婦能幹，成親沒多久，就開始把學堂裡做飯的事情交給了她。

玉茗欣然的接過這個任務，明朗在學堂做先生，她是師娘，合該給學生們做飯。從小她就看著阿娘一直給學堂做飯，如今輪到她自己，再沒有半點不適應。

娘家裡一切順利，梅香也跟著高興。如今弟媳婦進門，家裡又有兩個小丫頭，能幫阿娘分擔不少。

家裡人一多，葉氏的空閒就多，她又開始經常過來給梅香幫忙。有時候是她單獨過來，有時候是帶著兒媳婦和女兒一起過來，漸漸的，梅香和玉茗也越發熟悉，偶爾玉茗也會單獨過來給梅香送一些家裡新得的食物。

冬天是梅香家裡最忙碌的時候，辦喜事的多，喜饃鋪子天天都沒閒著，豆腐坊裡的生意也比夏天好多了。除了這，今年仍舊要幫葉厚則和韓敬奇等人代賣木炭。

葉氏不會做喜饃，也不想去學。這是他們三家的生意，自己若去幫忙，人家到底分不分錢？她索性不去管，只幫女兒幹一些家務活，有時候抱著慧哥兒看她們幹活，在一邊一起說說笑笑。

梅香家菜園裡的菜都長起來了，現在她再也不用去街上買一根綠葉了。才入冬的時候，梅香就醃了一大缸的菜。

梅香用的是那種最大號的缸，裡面放了雪菜、蘿蔔、辣椒和大白菜。每隔一天，梅香會從醃菜缸裡撈出一些菜，洗淨捏乾水，切碎了，下油鍋爆炒。早上吃紅薯稀飯的時候，配上雪菜炒雞蛋，那味道才好呢。有時候夜裡吃擀麵條，裡面加一些醃蘿蔔條，或者把醃辣椒切碎了和香豆腐丁一起炒，梅香覺得比肉都好吃。

今年家裡沒有紅薯，郭舅媽和郭二姨每人帶了半袋子過來，梅香從家裡拿了一些豆腐作為回禮送給二人。

郭舅媽和郭二姨每次上門來做喜饃，嚴格遵守自己的規矩。不在外甥家吃飯，不拿外甥家一針一線。

親戚是親戚，生意是生意，做生意期間就不講親戚，等親戚間走動時不談生意。

早些時候，梅香經常想把家裡的豆腐送給她們一些帶回去做菜。但郭舅媽和郭二姨嚴詞拒絕，並讓梅香從此再不要提此事。梅香見她們堅持，也不再勉強。

這樣相處下來，這喜饃鋪子在三個女人的運作下，像模像樣的。這一年多以來，帳目清明，沒有發生過任何矛盾。

菜園裡，各種菜先後長起來了，梅香家裡吃不完，經常給葉氏和楊氏送一些。

黃炎夏經常會出去撈魚，每次得了魚之後，也往大兒子這邊送一些。葉氏這邊從不跟女兒客氣，反正她現在過來得勤，能給女兒幫不少忙。偶爾有學生家長送給明朗的東西，葉氏也會分給女兒一些。

十月中旬，天忽然下起雪來。因黃茂林時常去縣城裡，家裡實在走不開，梅香今年沒有進山砍柴，而是花錢買了許多柴火。

柴房裡堆得滿滿的，花了二百多文錢。

葉氏倒不反對，女兒家裡豆腐坊和喜饃鋪子，合在一起一個月能掙不少錢，倒不必為了這二百多文錢特意往山裡跑。

一日下午，家裡不用做喜饃，外面雪下得大，冷得很，家裡柴火充足，梅香就在廚房裡燒了個火盆。

等火盆裡的柴火不再冒濃煙，梅香把火盆端進前院倒座房，與黃茂林一起帶著小柱和慧哥兒一起烤火，烤餈粑吃。

倒座房裡還有一些豆腐，每天下午，鎮上仍舊會有客人來買豆腐。

一家人正說說笑笑，忽然，外面有人搖鈴鐺。

黃茂林忙起身，打開窗戶，伸頭一看，是個外鄉人。

黃茂林笑著問他。「客人，您需要些什麼？」

外鄉人先嘰哩呱啦說了一通，黃茂林一句沒聽懂。這人又用蹩腳的官話說了幾句，黃茂林去過省城，勉強能聽懂一些，才知道這人是想問此處有無貨棧可以存貨。

鎮上是有兩家貨棧，都小得很，撐死兩間門臉兒，自己家的貨都要擺不下了。

黃茂林就實情告訴了他。

這人搖頭嘆氣，他從外地來的，運了一批貨物，路過此處，沒承想下了大雪走不了了。他先把貨物寄放在驛站裡，但驛丞要價高，他吃不住，就到最近的平安鎮來問一問。

天下大雪，許多人家都緊閉門戶，他問了幾家，都沒問明白，也不知是人家聽不懂他的話，還是見做不成他的生意不想搭理他。

黃茂林把那人迎進屋子，仔細問了問他的情況。

這人運的是一些茶葉和藥材，最怕潮，驛丞哪會好好幫他照看，他就想找個地方寄放東西，要是有那種專門對外租賃的倉房最好不過了。他只是個小商人，貨物也不多，需要的地方也不是很大。

黃茂林想到自家廂房都空著，跨院也還有好幾間屋子都空著，都是新蓋的房子，若是底下鋪上稻草，也不會沾上一點水。

那人一聽，頓時大喜，想要把貨物寄放在黃茂林家裡。

黃茂林心裡有些打鼓，從來沒有幹過這樣的買賣。這人又是外地人，他的貨物到底如何自己也沒看過，萬一已經潮了壞了，到時豈不要他賠錢？黃茂林仔細斟酌了一番，見那人面色焦急，最後提議要先看看貨，那人點頭答應了。

黃茂林怕自己一個人看不好，把隔壁雜貨鋪的吳掌櫃和王老大夫的小兒子叫上了。吳掌櫃家裡也賣茶葉，王大夫的小兒子認識藥材，有這兩個人掌眼，總不怕這人坑他。

驛站離這裡不近呢，黃茂林套上了家裡的驢車，趕了半個時辰才到。眾人一看貨物，果真都是好的，黃茂林這才同意把東西寄放在自己家。

那客商長期在外行走，也不是個沒經驗的傻子。他要求與黃茂林簽一份契書，讓當地里長做見證。

黃茂林又帶著他和貨物一起回去，找張里長做見證，簽了份契約書。這人把貨物寄放在黃家，等大雪消退，再來取貨。

張里長等人以為黃茂林就是想幹一件善事，既然他自己願意，無非就是做個見證的事情。

梅香卻覺得事情不是這麼簡單，等貨物都整理好，眾人都走了之後，梅香低聲問他。

「茂林哥，怎的忽然大費周章管起這事來？」

黃茂林小聲對她說：「我只是有個想法而已，也不知可行不可行。」

梅香忙問他。「什麼想法？」

黃茂林看了看外頭的大雪，低頭和梅香說悄悄話。

第六十八章　蓋貨倉小試深淺

黃茂林仔細對梅香說了自己的想法。「驛站裡可以寄存東西，但驛丞主要的任務還是接待路過的達官貴人。行商們的貨物，驛丞只是背地裡偷偷幫著存，按規矩是不允許的。」

梅香心領神會。「茂林哥，難道你想替人家存貨？咱們家就這麼點地方，能存多少東西呀。」

黃茂林神秘一笑。「咱們家肯定是不行的，離驛站又遠，地方又小。我想找個地方蓋一些房子，專門留著租給旁人。原來鎮上說有人來建貨棧，弄了這幾年，也只有兩家小門臉，自家的東西都快放不下了，哪裡還有地方給人家放東西。」

梅香聽後也點頭。「這個法子倒是不錯，趁著還沒人搞，咱們走到前頭。茂林哥你整日忙忙碌碌的，怎麼還有功夫琢磨這些事情？」

黃茂林摸了摸她的耳環。「我想多攢些家業，總得想法子呀。這平安鎮就這麼大，能讓咱們找著機會的，就是驛站了。原來沒有驛站的時候，鎮子裡是什麼模樣？現在不一樣了，到處都有人把東西拉到這裡來交易。現在來交易都是少量的貨，賣不掉拉走也行。妳想想，要是有了存貨的地方，以後就會有更多人把大宗的貨物拉過來賣，長此以往，咱們這裡豈不就成為交易重鎮了。」

梅香聽得直咂舌。「茂林哥，你想得真遠。」

黃茂林也有些不好意思。「我只是想想而已，也沒敢說出去。被人家曉得了，還不要笑話我，一個賣豆腐的，倒有這麼大的野心。」

梅香立刻不答應了。「賣豆腐的怎麼了，我聽說，咱們皇帝老爺的老祖宗當年打天下之前，不也是在市井裡混的。」

黃茂林忙去捂她的嘴。「可不敢亂說，被人傳出去，一家子都要遭殃。」

梅香小聲說道：「我就只說給你聽，到外頭再不敢說一個字的。」

說完，梅香又問黃茂林。「你要蓋倉，總得先找地方吧？存貨物可得不小一塊地呢。」

黃茂林點頭。「頭先我找菜園子的時候，把這一帶都仔細查看過一遍。驛站離咱們鎮上有六、七里路，這中間有個小山頭，山頭邊上有一塊地。那地是沙旱地，種什麼都沒得收成。原是一家人開荒開出來的，每年也只能種幾個豆子，連稅都不用交。我仔細打聽過了，這塊地的主家就是普通的莊戶人家，若想買這塊地，也不難。」

梅香忽然笑了。「茂林哥，你背著我竟然幹了這麼多事情。」

黃茂林嘿嘿笑了。「不是背著妳，八字沒一撇，我自己瞎琢磨的，說出來也沒意思。今兒這事讓我覺得倒是可以一試，不過就怕最後幹不成，打了水漂。」

梅香聽到這話，也有些猶豫，半晌之後，她對黃茂林說道：「茂林哥，你若是覺得可行，哪怕有個三成把握，也可以去試一試。咱們現在還年輕，趁著有精力，好生去闖蕩一番，就算不成，一來也不影響到咱們家吃飯，二來以後說起來也不用後悔！你只管去幹！」

黃茂林聽得直拍手。「妳這道理一通一通的，這口氣，用明盛的話說，豪氣干雲！真可惜妳不是個男兒，不然我就要和妳拜把了！」

梅香呸了他一口。「誰要和你拜把，我要是個男人，說不定早幹出一番大事業了！」

黃茂林哈哈大笑。「可不就是，妳要是個男人，我只能給妳做跑腿的！不拜把也無妨，反正咱倆也一起拜過天地。」

梅香立刻伸手擰了他一把。「不正經！」

小倆口說笑了一番之後，把蓋貨倉的事情丟到了腦後，一起烤火。

有梅香的支持，黃茂林更想去試一把。為謹慎起見，他又去問了黃炎夏的意見。

黃炎夏有些吃驚，兒子家裡豆腐坊自從開始往縣裡送貨以後，一個月能掙不少錢，再加上兒媳婦喜饃鋪子裡的收益，還有幾十畝田地的出息，就他們一家三口，這一年能結餘不少呢！

他原以為大兒子一家以後就這樣慢慢的把家業攢起來，沒想到如今又有了這些想頭！

黃炎夏沈默了半晌，他知道大兒子一向是個有主意的，不管是當年私自和兒媳婦進山，還是琢磨香豆腐，包括後來到縣裡找代賣的豆腐坊，哪樣事情不是他自己想出來的。

若是他一味聽從家裡安排，估計仍舊是每天挑著擔子下鄉賣豆腐，一個月掙個三五兩銀子，一家人混個溫飽。

黃炎夏直接問黃茂林。「你預備什麼時候開始幹？」

黃茂林小聲回答他。「我得先去找那一家把那塊地買下來。那地方不錯，邊上就是大馬路，離驛站不遠，到我家裡就算走路也就是吃頓飯的功夫。」

黃炎夏囑咐他。「你買地的時候，先別說你要蓋房子，防止那一家拿喬或是抬價。」

黃茂林點頭。「阿爹說的我都記下了，兒子心裡沒底，慧哥兒他阿娘說讓我只管去幹，阿爹比兒子見多識廣，有阿爹的支持，兒子幹起來膽子也更大一些！」

黃炎夏笑了。「你還年輕，多想想路子總是沒壞處的。等你以後有了三五個兒子，若是沒點家業，分家的時候你會覺得對不起孩子們。」

黃茂林也笑了。「兒子倒沒想那麼遠，就是走一步看一步。」

黃炎夏言歸正傳。「你家裡事情多，若是信得過我，把蓋房子的事情交給我也行。你想蓋什麼樣的，提前畫好樣子，我給你找大師傅。論做買賣我不一定比得過你，說起蓋房子，我可比你有經驗多了！」

黃茂林忙奉承他。「阿爹不說我也想求您呢，兒子從來沒蓋過房子，可不就得您老出馬。您放心，我把銀子備得足足的，給您開大師傅的工錢！」

黃炎夏哈哈笑了。「那敢情好，衝著大師傅的工錢，我也得好生幹活！不過我可說好了，若是去給你蓋房子，豆腐坊裡我就顧不上了。再者，你是準備年前蓋還是年後蓋？年前就剩兩個月了，可得抓緊。」

黃茂林皺起了眉頭。「我先把地買了再說。」

與黃炎夏說定了之後，過了兩、三天，黃茂林悄悄的就把地買下來了。簽好地契，黃茂林立刻從家裡拿了銀子，委託黃炎夏幫忙蓋房子。

這房子是用來存貨的，不用什麼花樣，一要結實，二要防水。

先頭黃茂林準備只蓋一畝地的房子，建一個院牆，裡面蓋兩排屋子，一排四間。屋子頂上要雙層瓦，地基打牢固，上面多鋪幾層木料草灰，防止返潮。屋裡窗戶開高一些，不能太大。

黃炎夏聽了兒子的要求後，立刻就行動起來。這屋子好蓋，只要料準備足就行。

整個蓋房期間，黃炎夏一直住在荒地上。

外人見他忽然蓋這屋子，不免好奇，都來打聽。黃炎夏只說給兒子蓋的，留著以後放東西。又有人去問黃茂林，黃茂林含糊著並不明說，只有對張發財等關係親近的人他才會透露一些。

張發財一向信服這個兄弟的眼光，聽他這樣一說，也不再多問。

如葉氏，聽說女婿這個想法之後，也是先沈默了一會兒，繼而就開始給女兒、女婿打氣。「還是茂林有眼光，幾年前，誰想到平安鎮能有今天。同樣的道理，現在我們也不知道以後平安鎮會是什麼樣子。說不定就像茂林說的那樣，天南地北的人都拉了貨物到這邊來賣，東西多了，總得有個地方寄放。先蓋幾間屋試試，成的話最好，就算不成，屋子也能留作他用。」

梅香笑著回答葉氏。「可不就是，自來都是撐死膽大的餓死膽小的。茂林哥想幹，我們家既然能幹，何不試一試！」

葉氏點頭。「不要怕別人的閒言碎語，你們一不偷二不搶，正正經經做買賣，誰都不用怕。當年咱們娘倆到鎮上擺攤子，難道就沒有人恥笑我們？如今他們在做什麼，我們又在做什麼？別怕，只管去幹！」

梅香笑了。「外頭人都覺得阿娘軟，可我覺得，阿娘看著軟，卻比一般的男人都要剛強呢！」

玉茗在一邊接話。「姊姊說的對，阿娘這種剛強，才是真正的剛強，我且得好生學一學呢。」

梅香哈哈笑了。「可不就是，像我這樣動不動跟人打架的，就是脾氣臭！」

葉氏笑著嗔怪女兒和兒媳婦。「妳們兩個倒是聯起手打趣起我來了！」

黃炎夏那頭緊鑼密鼓的蓋著房子，梅香家裡的兩個作坊也有條不紊的運轉著。

少了黃炎夏，梅香偶爾要去豆腐坊裡幫忙，葉氏時常把蘭香和麥芽打發過來給梅香幫忙。

既然把蓋房子的事情交給黃炎夏，黃茂林就不再過問太多。幹一件事情有一個主事人就夠了，若爺倆都在那裡發號指令，豈不亂了套。

黃茂林中途去看了兩趟，對老父親蓋的房子十分滿意。

黃炎夏沒有吹牛，他帶人蓋的房子，果真樣樣符合兒子的要求。八間屋子蓋起來快，一個月的功夫就落成了。

黃茂林給所有工人結了工錢，又按照大師傅的標準給了黃炎夏足足的工錢。

房子蓋好的那一日，在黃炎夏的主持下，黃茂林祭拜了土地神，又放了一些鞭炮，貼了門對子。這屋子不用來住人，倒不必請人吃酒席。

房子蓋好之後的第二日，梅香在家裡做了一桌豐盛的酒席，請二房全家人過來吃飯。

父子三個你敬我我敬你，一邊喝酒一邊吃菜。

黃茂林多次起身，舉起酒杯對黃炎夏說道：「這些日子多謝阿爹幫我蓋庫房了，兒子說是單獨過了，若是沒有阿爹，不知家裡要忙亂成什麼樣子。我敬阿爹一杯！」

黃炎夏笑咪咪的喝了酒。「能給你們出些力，我活著才有意思呢！要是整日坐在那裡等飯菜吃，我渾身都難受！」

楊氏在一邊笑了。「當家的真是操心的命，多少人想當老太爺只管吃喝，你倒是只想幹活！」

一桌的人都笑了。

今兒的酒菜豐富，桌子上燉雞、燉肉、燉魚一樣不缺，中間還有個羊肉暖鍋子，至於炒菜更是應有盡有。

兩家離得近，倒不用擔心回去遲了。一頓飯吃了半個時辰，直等到兩壺酒都喝完了，一家人才陸續下了桌。

黃炎夏和黃茂源在那烤火，楊氏和淑嫻幫著梅香收拾了剩菜剩飯。

等一切妥當之後，黃炎夏就要帶著二房人回去。

臨走的時候，梅香把新買的一條豬腿讓黃茂源扛回去。

黃炎夏這些日子天天幫著大房蓋房子，二房裡黃茂源的事情就照看不過來了。為表謝意，梅香特意買了這條豬腿，還有剩下的一罈酒，加上幾斤糕點，全部送給二房。

黃炎夏也不客氣，讓黃茂源全部帶上了，拿了東西，大兒子兩口子也能安心一些。

蓋房子不難，只要願意花錢，蓋起來快得很。買地加上蓋房子，花了二十多兩銀子。

但房子蓋好了之後，想讓它能生錢，可不是件容易的事情！

黃茂林開始往外面放風聲，說自己家的貨倉對外出租，可以計天，也可以包月。

他自己也經常跑到驛站那邊去攬生意，但十幾天過去了，一樁生意都沒做成。倒是自己家裡存放的那一批貨，掙得幾個錢。

平安鎮有不少人開始笑話黃茂林，有人說他就是錢多燒得慌，這樣拿去打水漂。二十多兩銀子呢，可以買好幾畝地，就這樣白白扔到水裡去了！那荒地上蓋的房子能幹甚，又不能住人，豈不白費錢。

大多數的人都是持觀望態度，如吳掌櫃、趙老板這些人，剛開始聽說黃茂林想建貨倉，覺得倒是可行，但想做起來怕是不容易。

果真，房子蓋起來容易，眼見著都要過年了，卻沒有一樁生意。

黃茂林也不急，每日仍舊把主要精力放在豆腐坊裡。要過年了，縣城裡每隔一天都要送許多貨過去。在家裡的時候，他一大半的時間不是在豆腐坊做豆腐，就是在倒座房賣豆腐。豆腐是家裡的根本，趁著年前，他想多掙一些！

梅香的喜饃鋪子也忙，夫妻倆各幹各的，總體來說還是黃茂林更忙碌一些。梅香有時候上午會在倒座房幫著賣豆腐，連小柱都忙得很，慧哥兒基本上不是葉氏婆媳，就是淑嫻在帶。

貨倉那邊黃茂林暫時顧不上了，先放著吧，等年後再說。

但這世上許多事情都是有心栽花花不發，無心插柳柳成蔭，黃茂林不去攬生意，生意反倒主動上門了。

這一次的生意，就是上次那個小商人介紹的。

行商之人在外走動，多少都有幾個至交好友。黃茂林蓋貨倉的事情，頭先那個小商人是知道的。因黃茂林盡職盡責把他的貨物看好，不管是茶葉還是藥材，都沒有損失一丁點，而且黃茂林並沒有問他要太多錢，就當是幫個忙。

有了這個人情，那小商人就幫他拉來了一樁生意。

這回來的是個大主顧，押了一大批貨，想在周邊幾個縣城裡賣。年前是鋪不開這個買賣了，就想找個地方把所有的貨存放，等年後再過來拉走，到各州縣去賣。

得了這樁生意，黃茂林喜上眉梢。他與這大貨商簽訂協定，幫他保存一個月。

黃家貨倉一共八間，至少一間屋起租，十天之內按天收錢，十天以上按月收。大貨商一共租了五間貨倉，時長一個月。黃茂林驗過貨之後，雙方簽訂契書，並付了一半的租金。

生意到手之後，黃茂林又犯難了。這貨物放在這裡，總得有人看著呀。沒辦法，黃茂林又找父親黃炎夏去了。

兒子有困難能想到自己，黃炎夏也不拿喬，與楊氏說了幾句之後，去給兒子顧貨倉，但要求黃茂林給他工錢。

黃茂林滿口答應，並與他商議。「阿爹，要不以後您就在這裡給我看貨倉，我每個月都給您工錢，每天我讓小柱來給您送飯。要是以後生意好，再雇一個人，你們輪著回家。」

黃炎夏看了他一眼。「先把這一次的貨看過了再說，馬上要過年了，貨物更要看緊。你這裡屋子多，索性我就住在這裡算了。」

黃茂林有些為難。「那阿娘那裡？」

黃炎夏擺擺。「你只要按時給我工錢，我把工錢給了你阿娘，她再也不會說什麼。」

黃茂林還是有些擔憂。「阿爹一個人在這裡，兒子也不放心。這樣，明天兒子再找個人來陪阿爹。」

黃炎夏笑話他。「你這掙的錢還不夠給兩個人工錢呢！」

黃茂林搖頭。「掙錢是掙錢，工錢是工錢，再也不能為了掙錢，委屈阿爹一個人住在這裡。有個人輪換，阿爹也能經常回去。」

黃炎夏點頭。「你也不用給我送飯菜，把東西送過來，我自己就可以做飯吃。」

黃炎夏不是開玩笑，當年郭氏剛剛去世的時候，他自己帶著黃茂林過日子，以前他從來不進廚房，慢慢也學會了做很多飯菜。

黃茂林想了想。「這樣也行，我給阿爹送東西來。把家裡的狗也送過來，晚上牠也能看門！」

爺兒兩個說定了之後，黃茂林立刻回家，給黃炎夏送了一車的東西過來。床、鋪蓋、鍋碗瓢盆、柴米油鹽，還有家裡的狗。

黃炎夏住在貨倉裡面，中途，楊氏過來好幾回，甚至有一天晚上也住在貨倉裡。

一眨眼，又要過年了。

第六十九章　夏日忙懟打閻氏

當日簽訂契書時約定好了，客商的貨物寄存到年後。關於倉房的租金，黃茂林在縣裡打聽過，依樣畫葫蘆先照搬過來，以後再因地制宜，略作改動。

過完年之後，還沒出正月，那位大客商就來把自己的貨物都拉走了，把剩下的一半租金給了黃茂林。

黃茂林回家就把到手的租金交給梅香，足足有四兩銀子！

梅香接過銀子喜不自禁。「茂林哥，這才一單生意，就掙了這麼多銀子！」

黃茂林笑著說道：「他那麼多貨物，若是放在驛站裡，得花更多的銀子。咱們還要雇人看貨物，最重要的是，咱們擔的風險大，萬一貨物哪裡有點不好，我們還得賠償。為什麼我要花大錢讓阿爹去幫我看貨倉，就是因為阿爹靠得住！」

梅香點頭。「可不就是，一個月一兩五錢銀子，為的就是阿爹的可靠。說起來，咱們總是貨倉貨倉的叫，就不能給它取個名？」

黃茂林頓時難住了。「這可難倒我了，要不妳取一個吧，妳書讀比我多，如今也算書香人家出來的小姐。」

梅香呸了他一口。「我取就我取，這樣，就叫它如意坊吧，多吉利的名字！」

黃茂林忍不住笑出聲。「如意坊？聽起來是不錯，又好記又吉利！」

梅香斜眼看他。「不錯你還笑什麼，在外做生意的行商，肯定都喜歡我這個名，誰不盼著自己生意如意呢！」

黃茂林收斂了笑容。「行，就叫如意坊！明兒我就讓大伯給我做個牌匾，掛在如意坊的大門口。有了這個響亮的名頭，以後說出去也響嘴。不然總是貨倉貨倉的叫，誰也不知道是誰家的。」

梅香笑了。「看吧，有了這個名兒，說不定生意就越來越好了！」

黃茂林又忍不住笑了。「那可都是妳的功勞了。」

兩口子說笑間就給貨倉取好了名字。

黃茂林行動很快，三天之後就把如意坊的牌匾掛在貨倉大門口。

這如意坊的牌匾一掛，才過兩天，又有人上門來了！

一家收雜貨的才走，後腳就有人來租倉房，是個收木材的。這收木材的還沒走，又有人來問可有空貨倉。

剛開始，鎮上的人並不在意。現在發現如意坊的貨倉就沒閒著，慢慢的就有人想來分一杯羹。

還沒到端午節，如意坊附近就開始有人建倉房。

鎮上一家開貨棧的盧掌櫃緊跟著黃茂林後頭過來買了塊地，找人蓋了十幾間屋子，取名福滿堂。

明晃晃的打擂臺，黃茂林雖然不急，黃炎夏卻有些不高興。

盧家把自己的一部分貨物運到福滿堂，有來買貨的，漸漸都知道了福滿堂。不光如此，福滿堂一開始租金就定得比較低，一間貨倉一個月一兩五錢銀子，一天六十文錢。

黃炎夏急得嘴角起了泡，黃茂林安慰老父親。「阿爹不用急，這種生意不可能獨門，遲早會被人盯上。無非是少賺一些，反正本錢都已經回來了。再說了，若是以後來的人多，我再建幾間，肯定比現在掙得還多！」

楊氏在一邊急問：「當家的，茂林，那福滿堂降價了，我們是不是也要跟著降價？」

黃茂林點點頭。「降價是早晚的事情，我當初定價的時候，和縣城裡的價格一般。這會只是有盧家，後面說不定還會有別家。這期間，有人降價有人抬價，慢慢的，最後都會達成一致。等價格定下來後，也就沒人敢胡亂報價了。我們也降到和盧家一樣，後面盧家如果再降價，我們不降！」

等下一批人來的時候，黃炎夏也降價了。盧家這次並未再降價，因縣城裡的貨倉一間屋子一個月是一兩七錢銀子，平安鎮這個地方，一兩半正剛好。

黃炎夏原來擔心降價後會掙得少，結果並不如他所想。如意坊和福滿堂漸漸都有了名氣，時常有路過的商人過來寄存東西。八間屋子都沒個空閒的時候，這樣算下來，掙的錢並沒有少太多。

而且，隨著鎮上來的外地人越來越多，貨倉漸漸開始不夠用了，黃炎夏繼續催黃茂林再蓋幾間貨倉。

黃茂林想的和黃炎夏不一樣，他不單只想蓋貨倉，他還想蓋門臉兒。

黃炎夏有些吃驚。「蓋門臉兒做甚？又沒有人到這邊來開鋪子，豈不白費錢！」

黃茂林喝了口茶。「阿爹，您想過沒，他們把貨物存在這裡，不就是為了買賣。若是這邊又有貨倉又有門臉兒，把貨物拉過來存到貨倉，再直接到門臉兒交易，豈不比他們東奔西走來得強！我這只是個想頭，先蓋幾間試試，就算不行，到時候把門臉兒一封，還可以當貨倉用。」

黃炎夏沈默了一會，端起茶杯喝了口茶。「你既這麼想，那就去試一試，成與不成，試過了才知道。」

黃茂林撓了撓頭。「阿爹，您要看貨倉，這蓋房子的事情我就得另外請人了。」

黃炎夏問他。「你準備請誰蓋房子？」

黃茂林想了想。「我想請葉家兩個舅父過來幫我蓋房子，阿爹看可行？」

黃炎夏點頭同意。「那你就去請葉家人過來，這會正農閒，大夏天的又不燒木炭，都在家閒著無事幹，正好出來做活。」

黃茂林見黃炎夏不反對，提了厚禮往葉家去了。

葉厚則聽說了之後，也是毫不推辭。「外甥女婿只管放心，交給我們，再沒有半點不妥的。你岳母在鎮上的房子，當時也是我去蓋的。」

黃茂林對他拱手。「舅舅們放心，銀子我都準備得足足的。我阿爹去年已經幹過一回，且他一直住在如意坊裡面，也會給舅舅們幫忙。」

葉厚則點頭。「那最好不過了，你阿爹最是穩妥，我們有拿不定主意的，有他在，也能給我們指點。」

黃茂林再次拱手。「我既然託了舅舅們，就不預備插手了。從明兒開始，我就給兩位舅舅算工錢，一應事情都煩勞舅舅們操心，我就當個甩手掌櫃了！」

葉厚則又問了一些具體的事宜，黃茂林說清楚之後，即刻告辭了，並留下了二十兩銀子做前期工錢。

一日，梅香正帶著慧哥兒在家裡玩耍，淑嫻匆忙跑了過來。

「大嫂，大嫂，妳快來，我舅媽來了，正在我家裡鬧呢！」

梅香一聽是閻氏來了，大約猜到是為什麼事，無非就是想打秋風或佔便宜。

梅香給淑嫻倒了杯茶。「不用急，什麼大不了的事情，那是妳親舅媽，姑嫂之間說急了吵兩句還不正常。咱們家是因為妳性子好，讓著我和妳二嫂，才一直太太平平，誰家姑嫂還沒拌過嘴呢！」

淑嫻嘴巴張了又閉上，她也知道，阿娘和舅媽吵嘴，叫大嫂去不大合適。

梅香又問淑嫻。「到底是什麼事情？」

淑嫻低聲回答梅香。「二表哥遲遲說不上親，舅媽說讓阿娘給二表哥說親事，要麼就給她銀子，她自己給二表哥說親。」

梅香不置可否。「阿娘怎麼說的？」

淑嫻聲音更低了。「阿娘不答應，只說最多只能給半兩銀子算是禮錢，舅媽就去找二嫂，二嫂說自己沒錢，舅媽就罵人，說二嫂沒良心，還、還罵榜哥兒！」

梅香把手裡的茶杯放下了。「這可真是的，這是親外婆，也是舅奶奶，連個小娃兒都不放過！」

淑嫻小心翼翼的對梅香說道：「大嫂，阿娘和舅媽吵了一架，舅媽現在在二嫂房裡鬧呢，阿娘攆她也攆不走，就讓我來問問大嫂，怎麼處置這事情。」

梅香見淑嫻一副被嚇著了的樣子，反問她。「妹妹，妳也不小了，馬上就要嫁人了，以後妳家裡婆媳妯娌問題也不是沒有，依妳看，這事兒要怎麼處置？」

淑嫻有些為難，舅媽就是塊滾刀肉，沒臉沒皮，楊家也不是真窮得吃不上飯，楊二郎說媳婦雖然說不上太好的，但差一些的總是沒問題。

閻氏就是想借著這個由頭，來黃家占些便宜。

梅香想著淑嫻以前盡心照顧自己和慧哥兒，忍不住提點她。「妹妹，自古救急不救窮。

楊家又不是沒飯吃，妳給她銀子，再多也不夠！」

淑嫻低下了頭。「大嫂說的我都明白，只是中間牽連著阿娘和二嫂，我不好說話，才到大嫂這裡來躲一躲。大嫂不知道，舅媽的心比天還高。剛才，剛才還說要把蘭香妹妹說給二表哥。」

淑嫻並不是想來傳話讓大嫂生氣，實在是舅媽嘴上沒個把門的，若是出去亂說，豈不壞了蘭香妹妹的名聲，非得讓大嫂去，才能鎮住她。

梅香啪的一聲把手裡的茶盞放在桌上。「哼，好大的臉，也不撒泡尿照照自己，就這樣的賊婆娘，誰給她做兒媳婦那是倒了八輩子楣！走，我跟妳一起去會會她！要是仗著親戚關係到外頭胡說，看我不剝了她的皮！」

黃茂林今兒吃了早飯就去縣城了，小柱在倒座房賣豆腐，梅香讓家裡雇傭的婆子張媽媽看好慧哥兒，自己帶著淑嫻往黃茂源家裡去了。

才一進門，就聽見紅蓮在哭，榜哥兒也跟著哇哇大哭。

梅香一進垂花門，沿著甬道一邊往裡走一邊大聲說話。「這是怎的了？來了土匪還是進了賊？」

一進堂屋，楊氏正坐在太師椅上氣哼哼的，閻氏躺在地上，一邊哭一邊咒罵紅蓮，紅蓮抱著孩子在一邊，榜哥兒被嚇著了，摟著紅蓮哭。

梅香看都不看閻氏一眼，過去抱起了榜哥兒，輕聲安撫了幾下，然後把榜哥兒遞給淑嫻。「妹妹，妳帶榜哥兒去我家，讓他們哥倆一起玩。」

淑嫻忙抱著孩子走了，梅香轉頭就說紅蓮。「弟妹，妳也是有孩子的人了，什麼大不了的事情，把孩子嚇成那樣，妳是做阿娘的，孩子的事才是最重要的！」

紅蓮低頭小聲啜泣。「是我無用，榜哥兒跟著我受委屈了！」

梅香哼了一聲。「妳是無用，當斷不斷反受其亂，為了你們楊家的事情，把妹妹嚇跑了，把孩子嚇哭了，若是你們不知道如何處置，我現在就去叫阿爹回來！」

閻氏本來正在嚎哭，聽到這話後立刻回嘴。「大奶奶也別瞧不起人，我們楊家又沒到妳鍋裡盛飯吃！」

梅香坐到旁邊的椅子上。「妳敢想，也看我肯不肯！我聽說有人想打我妹妹的主意，我把話放在這裡，從今天開始，我若在外面聽到一句我妹妹的閒話，哼，你們楊家一共三個男丁是吧，六條腿，我全部打折了也就是一盞茶的功夫！」

楊氏看了梅香一眼，沒有說話。大嫂打蘭香的主意，簡直就是癡人說夢話，茂林媳婦放兩句狠話也好，大嫂一向欺軟怕硬，茂林媳婦可不是紅蓮。

梅香對楊氏說道：「阿娘，不是我不給您臉面。我妹妹的親事，別說我了，我阿娘都插不上嘴。以後我們家要在外頭給我妹妹說親事，不說家資萬貫，身上總得有個功名，不是什麼人都能配的。」

楊氏聽梅香話裡話外糟蹋她娘家姪子，有些不高興，拉著臉。

梅香不去管她，轉臉對紅蓮說道：「弟妹，當日妳即將落入火坑裡，妳使了什麼手段嫁到黃家我們都能體諒。但誰若是想利用什麼下作手段來算計我妹妹，我這母老虎的名頭可不是白響的！我連我堂兄都能打，更別說什麼八竿子打不著的人了！今日這話就在這裡了，我出了這個門，誰再敢跟我提這事，別怪我翻臉不認人！」

梅香說完就起身，看了一眼躺在地上的閻氏。「我說楊舅太太，您也是有兒媳婦的人了，眼見著就要做祖母了，如今還這樣動不動躺在地上大呼小叫，不怕丟人啊？在妳家裡使這手段也就罷了，茂源整日在外面跑車，最怕的就是晦氣，妳跑到他家裡來哭喪似的大呼小叫，這是不想他有個好？還是說妳巴望著妳女兒做了寡婦，好把這家業都搬回去給妳？」

楊氏聽完這話，先是生氣梅香胡說八道，再一想，覺得梅香說的有道理，兒子整日在外面辛苦，大嫂一點不擔心女婿，就知道來瞎胡鬧！

還沒等楊氏說話，閻氏立刻從地上跳了起來，衝過來就要打梅香。「我把妳這個剋死親爹的小賤人嘴巴撕爛，讓妳胡亂編排我！」

閻氏在家裡作威作福慣了，伸手就真要去打梅香，梅香用左手把閻氏伸到自己面前的手一把拍下，又伸出右手狠狠抽了閻氏一個巴掌。

「多少年我就想打妳了，我當家的小時候不懂事，我婆母原想做個好後娘，被妳這賊婆子挑唆，母子兩個總是面和心不和！如今不光想打我妹妹的主意，還想要我的強！」

說完，梅香對著閻氏的臉狠狠吐了一口唾沫。「呸，趕緊給我滾，再讓我看到妳來瞎鬧，我把妳兩個兒子的腿打折！什麼東西，看到妳我就噁心！」

楊氏和紅蓮都瞪大了眼睛，婆媳兩個沒想到梅香居然敢動手打閻氏，閻氏可是楊家的霸王，這麼多年，除了楊老太太和已經出嫁了的楊氏，家裡誰沒挨過她的打。

老天爺，今兒她也挨打了！

楊氏忽然想笑，這不要臉的果然怕狠的！

紅蓮在一邊早就嚇呆了。

閻氏愣了一下，立刻發出一聲尖銳的嘶吼，跳起來又要廝打梅香，梅香身姿靈巧，閻氏根本摸不著她的邊。

閻氏氣得抄起旁邊的凳子對著梅香狠狠的砸過去，梅香一手硬生生接過凳子，又伸出手抽了閻氏一嘴巴。

既然已經開打，索性今兒打個夠！黃茂林小時候沒少聽這賤人不陰不陽的怪話。

梅香原來不知道這些事情，黃茂林一個字都不提。後來蓮香嫁給黃茂松，從六房聽到不少黃茂林小時候的事情。

那時候閻氏時常到黃家來，今兒打一塊豆腐走，明兒要兩個銅板走，這也就罷了。她居然趁著黃炎夏不在家，對著黃茂林一個小孩子出言譏諷，什麼拖油瓶小野種都敢說，還背著人偷偷掐黃茂林。郭舅媽就算看得再嚴，也不能天天過來。

閻氏以為自己做得隱秘，但世上沒有不透風的牆，時間久了總是瞞不住，黃氏族人都聽到了一些風聲。

後來黃炎夏略微聽到兩句，他沒有實際證據，也不好直接和楊氏吵架。每次出門賣豆腐時，他藉口楊氏要操持家務，忙不過來，把黃茂林寄到隔壁黃炎斌家裡。

梅香當時聽得一陣陣心疼，黃茂林當時也就跟慧哥兒這樣大。一想到這裡，梅香就恨不得拿刀剁了這婆娘！

楊氏本來想出聲呵斥梅香，可一聽到梅香話題提到黃茂林小時候，她自知理虧，又不知如何回嘴。

那邊，梅香已經抽了閻氏十幾個巴掌，閻氏打不過梅香，又躲不好，又急又氣，最後一聲長嘯，躺在地上假裝昏過去了！

梅香走過去，在她臉上狠狠吐了一口唾沫。「黑心肝的賊婆娘，我當家的吃妳肉了？他一個小孩子又礙不著妳，妳竟然背地裡折磨他。妳如今的不如意，我告訴妳，都是我婆母看不下去要懲罰妳個賊婆娘。不妨告訴妳，我今兒就是來報仇的！這幾個巴掌，一是回妳當初折磨我當家的，二是打妳不知天高地厚要打我妹妹的主意，第三，妳想打紅蓮是妳的事情，榜哥兒是我們黃家的孫子，我是這家裡長房長媳，有權力護著他。妳若不服氣，只管回去把妳楊家子子孫孫都叫過來，我在家裡等著！」

說完，梅香轉身就回家去了。

梅香出門後頓時感覺神清氣爽，這賊婆娘，非打一頓才解氣！

第七十章　算舊帳夫妻齊心

梅香進家門時，淑嫻正帶著兩個姪兒在堂屋裡一起玩耍。

梅香笑著先打招呼。「怎麼樣，哥倆打架沒？」

淑嫻忙搖頭。「他們好著呢，大嫂放心。」

梅香笑咪咪的搬個小板凳坐在旁邊，看慧哥兒與弟弟一起玩。

淑嫻小心翼翼的問梅香。「大嫂，我舅媽走了嗎？」

梅香笑著搖頭。「誰知道呢，我打了她一頓！妳暫時別回去，等晚上妳大哥回來了，我們一起送妳回去。」

淑嫻頓時目瞪口呆。「大嫂，妳打了我舅媽？」

梅香看向淑嫻。「這事妳不要管。我知道妳夾在中間為難，特意把妳打發到我家裡來，等會在這邊吃了飯再說。」

淑嫻木呆呆的，半晌後點點頭。「我聽大嫂的安排。」

很快，張媽媽做好了晚飯，梅香讓她給黃茂林留一些，幾個人先吃了。

一行人吃過飯，張媽媽正在收拾碗筷，黃茂林回來了。

他一進堂屋門，二話不說，先抱著慧哥兒親兩口，見榜哥兒和淑嫻在，摸了摸榜哥兒的頭，又和妹妹打招呼。

梅香親自去廚房，把留下的飯菜端了出來，黃茂林肚子餓了，端起碗就大口吃起來。

梅香笑。「有兩件事情，一件喜事一件禍事，你要先聽哪樣？」

黃茂林見梅香在笑，想了想。「那先說喜事吧！」

梅香看了一眼淑嫻，也沒避諱。「我下午回娘家，阿娘說我弟妹有身子了。」

黃茂林立刻接話。「那可是喜事，有了兒子，明朗也算是個真正的男子漢了！」

梅香斜看了他一眼。「這話我不同意，是不是個男子漢，和有沒有兒子可沒關係。有些人兒孫一大群，倒是慫得讓人看不上眼！」

黃茂林哈哈笑了。「妳說的對，那妳且說說另外一件禍事是什麼。」

梅香看了淑嫻一眼。「是我闖的禍，我把楊家舅媽打了一頓！」

黃茂林嘴裡的飯差點沒噴出來。「妳把、妳把楊家舅媽打了一頓？真是妳打她，不是她打妳？」

梅香認真的點點頭。「就是我打了楊家舅媽，她先動手想來打我，我豈能讓她騎到我頭上來！」

黃茂林飯也吃得差不多了，他把碗放下。「她欺負妳了？」

梅香看見黃茂林滿臉擔憂，忙解釋道：「也不算欺負我，我早看她不順眼，今兒居然癩蛤蟆想吃天鵝肉，要把我妹妹說給她家二小子。再者，我聽六嬸子和蓮香說了，她以前沒少欺負你！」

半晌之後，黃茂林嗯了一聲，也不管淑嫻在場，摸了摸梅香的頭髮。「我知道了，妳帶著慧哥兒在家，我送妹妹和榜哥兒回去。打就打了，多大個事啊。」

梅香忙從頭上拿下他的手。「好好說話，別動手。」

黃茂林點了點頭。「天兒不早了，我送他們回去。」

榜哥兒還小，一天得睡好幾覺，這會正在淑嫻懷裡睡得香。淑嫻抱著榜哥兒，跟在黃茂林的身後，一起往黃茂源家裡去了。

才一進二門，黃茂林發現堂屋裡坐了不少人。楊家父子三個都來了，黃茂源也坐在旁邊，閻氏不知所蹤。

紅蓮見淑嫻抱著兒子回來，忙迎過去接過孩子。

黃茂林對她二人說道：「都回屋歇著，沒事不要出來。」

紅蓮被閻氏為難，如今這事有人管，她也不想出頭，淑嫻就更不適合管，姑嫂二人都回房去了。

黃茂林進了堂屋之後，自己找張凳子坐下。

黃茂源主動給他打招呼。「大哥來了。」

黃茂林嗯了一聲。「我剛從縣城回來，才吃了飯，把妹妹和榜哥兒送回來，你吃飯了沒有？」

黃茂源點頭。「吃過了。」

楊老大見黃茂林若無其事的樣子，心裡很不高興。「茂林，你媳婦今兒把你舅媽打了，你難道就沒個說法？」

黃茂林略微抬了抬眼皮。「我舅媽？我舅媽晌午還過來做喜饃，這會早就回去了。」

楊老大被氣得噎住了，用手指著黃茂林半天說不出話。

楊氏有些生氣。「茂林，你當我是個死人不成？這點臉面都不願給我？」

黃茂林又看向楊氏。「阿娘，我既然叫您阿娘，一輩子都不會改口。但楊家，和我沒有半點關係。」

楊老大又看向楊氏。「妹妹，妳聽聽，人家何曾把我們放在眼裡！」

黃茂林冷笑了一聲。「你也別挑撥，我要把誰放在眼裡呢？當年我才三歲呢，舅太太就說要把我扔到井裡淹死。我吃的是黃家飯，穿的是黃家衣，礙著舅太太什麼事了？那時候茂源還沒出生呢，把我弄死了，是想把這家業都搬回楊家去？欺負我也就算了，還想欺負我屋裡人？韓家妹妹是什麼人，你家二小子泥豬癩狗一樣的人，也想吃天鵝肉！」

黃茂源有些為難。「大哥！」

說完，他又有些羞愧，沒想到舅媽以前竟然這樣對待大哥。

黃茂林又看向弟弟。「茂源，你是我弟弟，咱們兄弟之間，不必為了外人生分了。我忍了這麼多年，就是看你和淑嫻的面子。今兒你大嫂心疼我，動手打了你舅媽，我這心裡暢快得很！人活一輩子，總不能太過窩囊。這一點，我不如你大嫂。」

楊老大冷哼了一聲。「你們如今有錢有勢，欺負起人來自然腰杆挺得直！」

黃茂林不理他，對黃茂源說道：「你去，把阿爹叫回來。」

黃茂源立刻起身就走了，他夾在中間太為難了，還是讓阿爹回來處理吧。

黃茂源一走，雙方都沒有什麼忌憚了。

楊二郎年紀雖小，心眼卻多。「黃大哥，就算韓家妹妹矜貴得很，我配不上，難道說一說就要挨打！再說了，黃大哥娶姊姊，我娶妹妹，親上加親有什麼不好。」

黃茂林手一伸就抽了楊二郎一個巴掌。「你是什麼狗東西，也配提韓家妹妹！我再從你嘴裡聽到一個韓字，我把你腿打折了！」

楊老大把桌子一拍，立刻站了起來。「妹妹，這不是我們找事，人家都欺負到頭上來了，我再不還手，那就是個牲口了！」

話音剛落，外面傳來梅香的聲音。「你別糟踐牲口了，牲口都比你體面，一輩子全指望靠著女人過活！把妹妹賣了還不夠，又要賣閨女！我要是你，找一泡牛尿淹死算了，白活著糟蹋糧食！」

梅香在家裡久候黃茂林不歸，心裡擔心，讓小柱和張媽媽看緊慧哥兒，從屋裡把門插上，自己快步到了二房來。

幸虧梅香來得及時，楊老大可不就想趁著這會把黃茂林打一頓，一來報仇，二來氣。

楊老大是個蠢人，也只能想到這樣的法子。

梅香還沒進門就把楊老大罵了個臭死，楊氏不樂意了。「茂林媳婦，妳今兒可真威風，打了我嫂子，又罵我大哥，妳眼裡還有個長輩嗎？」

梅香看了楊氏一眼。「阿娘，您是黃家人，他們是他們。您和茂林哥的帳，一輩子都算不清，我們也不想算了。但楊家人不一樣，茂林哥小的時候就被舅太太虐待，如今還想敗壞我妹妹的名聲，她挨打也是應該的。」

楊氏忽然哭了出來。「這是都想逼死我呀！」

梅香看向楊二郎。「你剛才提我妹妹了？」

還沒等楊二郎回答，梅香伸手啪啪抽了他四個巴掌。「再讓我聽見你提我妹妹一個字，我把你腿打折了！」

楊二郎被打懵了，他這幾日在家裡聽閻氏嘀嘀咕咕，說要把韓家二姑娘說給他。楊二郎美得要上天，今兒嘴裡不知不覺就帶了出來。

正吵嚷著，黃炎夏回來了。

黃茂林起身迎接。「阿爹回來得這樣快？」

黃炎夏嗯了一聲。「我聽人說楊家來人了，怕要出事，回來的路上遇見了茂源，事情我都知道了。」

一進屋，黃炎夏先和楊老大打招呼。「大哥來了。」

楊老大從鼻子裡哼了一聲。「我可不敢當你這句大哥，你們家老大和老大媳婦好威風，今兒打了你大嫂，又輪番打二郎！」

黃炎夏看了眼楊老大。「大哥，二郎說親，我們送半兩銀子的禮錢，哪裡不合適嗎？茂源成親，你們只送了一百文錢呢！大嫂為何在我家又哭又鬧？榜哥兒那麼小，大嫂是親外婆，竟然不心疼外孫嗎？」

楊老大頓時被問住了，只得辯解。「親戚之間，相互幫襯不也是常理。我們家窮，也只能來找你了。你大嫂就是性子急，並不是要打紅蓮。」

黃炎夏垂下眼皮。「大哥，我也不想多說。我給你一兩銀子，你帶著大嫂回家，二郎娶親的事情不要再來找我們。還有，我這邊親戚家的姑娘，和你們沒有半點關係，不要在外面說一個字閒話。第三，紅蓮如今是我黃家的兒媳婦，大嫂若是還想像以前那樣，伸手就打張嘴就罵，那以後就不用來了！」

楊二郎見黃炎夏這樣說話，訥訥道：「姑父，他們兩個打我！」

黃炎夏瞥了他一眼。「你該打！人蠢倒無妨，又蠢又自作聰明，打死你都不虧！」

楊二郎被黃炎夏一席話說得臉紅了又白。

楊老大聽見有一兩銀子，心裡有些活泛了，不過是挨了兩個巴掌，換一兩銀子倒值得。但他礙於面子，仍舊僵持在那裡。

黃炎夏等了一會兒沒等到楊老大的回話，自己先主動開口。「既然大哥看不上這一兩銀子，那就算了。」

楊大郎忙打圓場。「阿爹，一家人磕磕絆絆也是常有的。二郎滿嘴胡言，表哥表嫂教訓他兩句也是為他好。阿娘這一天也累了，我們不如早些回去，咱們都不在家，阿奶和我媳婦在家，也讓人不放心。」

楊大郎對於閻氏的異想天開很不贊同，韓家是什麼人家，自己家又是什麼樣，人家就算把姑娘拿去漚糞，也不會拿到楊家來填坑。但閻氏在家霸道慣了，聽不得大兒子夫婦的勸告，一意孤行過來找楊氏。要麼給十兩銀子，要麼把韓家二姑娘說給二郎。

楊老大扭捏了半天。「一兩也太少了，你大嫂被打得可狠了！」

黃炎夏斬釘截鐵。「就一兩，多的一文都沒有！」

事情鬧到現在，都是閻氏無理取鬧而開的頭，黃炎夏願意息事寧人，態度又堅決，楊老大只得作罷。

「算了，我看在妹夫的面子上，不和他們計較。大郎、二郎，去廂房扶上你阿娘，咱們回去。」

還沒等黃炎夏掏錢，黃茂源主動掏出一兩銀子塞到楊二郎手裡，並囑咐他。「以後切莫滿嘴胡說八道，更不能隨意提人家姑娘，壞人名聲是會要命的！」

楊二郎眼睛一亮，黃茂林一看就知道他在想什麼，定然是想只要把姑娘名聲壞了，只能嫁給他了。

黃茂林冷笑了一聲。「收起你那一肚子鬼祟，你敢在外頭提韓家妹妹一個字，我說到做到，立刻把你腿打折！然後出十兩銀子把你買過來，生死由我！你看，你和你阿娘挨了一頓打，也就值一兩銀子，你以為你能值幾兩銀子？」

楊二郎呆住了，黃茂林把楊家人只愛銀錢的醜陋嘴臉都扒開了，讓楊家人異常難堪，也突破了楊二郎的認知極限。

楊大郎忙打圓場。「表哥，有我在呢，二郎不敢胡說，你別嚇唬他！」

黃茂林見楊大郎倒是個腦子清醒的。「那你好生看著他，不准在外面多說一個字。我不妨告訴你們，你們不用怕我，我不算個什麼，就是個賣豆腐。但你們敢得罪韓家嗎？」

楊家父子三個頓時噎住了，他們不敢！

楊老大低下頭，吩咐兩個兒子。「回家！」

楊家人走後，黃炎夏先沈默了半晌，然後轉臉看向大兒子夫婦。「茂林，今兒鬧了這一場，我不怪你們。楊家婆娘當初刻薄你，都是我的錯，沒照顧好你，你媳婦給你出頭，是你小子的福氣。二郎嘴裡不乾淨，該打。只是，打也打了罵也罵了，以後我少讓楊家人來，你們的氣都出完了沒？」

黃茂林忙起身，先給黃炎夏鞠躬。「阿爹，不關梅香的事，她不過是心疼我。阿爹今天偏著兒子，兒子心裡有數。這麼多年了，今天梅香一頓打，兒子心裡的氣也出來了。以後，咱們還是一家子。」

說完，黃茂林又看向黃茂源。「茂源，楊家的事和你沒關係，你不要為此和我生分了，咱們兄弟二人以後要繼續互相幫襯，仍舊一起太太平平過日子。」

黃炎夏點了點頭。「你們先回去吧。」

黃茂林帶著梅香回去了，楊氏仍舊呆呆的坐在那裡。

黃炎夏看了看她。「洗洗睡了吧！」

楊氏抬頭看黃炎夏。「當家的，我沒有說要把茂林扔到井裡淹死！大嫂說那話時，我還制止她，讓她別亂開玩笑。」

黃炎夏嗯了一聲。「我知道妳沒有那個膽子，妳大嫂嘴巴壞，挨打也是應該的。再說了，她兒子娶親，我為甚要給十兩銀子？以後除了人情往來，再不許給她錢和東西。茂源，你媳婦也是一樣，我們爺倆整日在外辛辛苦苦，這錢是天上掉下來的不成！」

楊氏擦了擦眼淚。「我命苦，這都是我該的！」

黃茂源勸慰楊氏。「阿娘，兒子和紅蓮做得不好嗎？」

楊氏忙搖頭。「你們都是好孩子，孝順阿娘，阿娘心裡高興得很！」

黃茂源笑了。「阿娘，兒子媳婦孝順，咱們家裡和睦，外頭的事能管就管，管不了也就算了。阿娘只管安心等著過一陣子給妹妹發嫁，再和紅蓮一起帶著榜哥兒。若願意去如意坊，就去跟阿爹一起住。這日子多美呢。阿娘以前想的不就是這樣嗎？」

楊氏有些神情恍惚。「是啊，以前我不就夢想著這樣嗎。你說得對，阿娘為娘家操心了一輩子，如今也該放下了。大郎、二郎都大了，我一個做姑媽的，管不到他們頭上去。」

說完，楊氏又笑了。「算了，你舅媽那樣的人，也就得你大嫂教訓教訓她，不然整日在作白日夢。」

那邊，黃茂林和梅香才出二房大門，梅香立刻看向黃茂林。「茂林哥，他們沒有欺負你吧？」

黃茂林拉住梅香的手，搖了搖頭。

夫妻二人不說話，手牽著手一起回了家。

夜深人靜，白天的炎熱已散去許多。紗帳中，慧哥兒攤開四肢在最裡面呼呼大睡，一個人占了半張床，梅香與黃茂林面對面，躺在外面半張床上。

梅香用手摸摸黃茂林的臉。「茂林哥，你受委屈了。」

黃茂林心中一陣暖流湧過，伸出右手把她攬進懷中。「都過去了，如今有妳和慧哥兒，我的日子美得很。」

梅香不知道要怎麼安慰他，主動摟住了他的脖子。

窗外，朗月皎皎，紗帳內，熱情流動。

梅香甚少這樣主動，黃茂林喜不自禁。

梅香一想到黃茂林從小受的那些委屈，越發心疼他，她想用自己的熱情去暖化他，讓他漸漸忘了以前的傷痛，只記得當前的甜蜜和美好。

梅香一直慢騰騰的磨蹭著，黃茂林被她撩撥得火起，只得化被動為主動，翻身而上。
待風停雨歇，夫妻二人相擁而眠。

第七十一章 生意火淑嫻出嫁

第二天一大早，黃茂林吃過早飯後，讓小杜看著豆腐攤，自己又往二房去了。

黃茂林如往常一樣與二房人打招呼，並給黃炎夏帶來一些銀子。

「阿爹，今兒我讓小杜看著豆腐攤，我跟您一起去工地上看看吧。」

黃炎夏點頭。「也行，東西都備得差不多了，過幾天稍微涼快一點就能開工了。」

爺倆一起到了工地，葉厚則正在準備木材。

雙方打過招呼，葉厚則問黃茂林。「茂林，過幾日就要正式開工了，那麼多人，這工地上怕是得有個人做飯，你想好了人沒？」

黃茂林斟酌了一下回答他。「一事不煩二主，舅舅再給我找個做飯的吧，我按天給工錢。每天要用的柴米油鹽，我讓小杜送過來。」

葉厚則想了想。「這樣，我舉賢不避親，你看你兩個表嫂怎麼樣？」

黃茂林點頭。「舅舅家的人自然是不錯的，只要表嫂們能錯得開功夫，我沒有意見。」

葉厚則又問黃炎夏。「黃親家有什麼看法？」

黃炎夏搖頭。「親家舅舅安排得很好，我們這邊實在是沒有合適的人。」

看了一圈工地，黃茂林又去看了看黃炎夏的住所，見裡面柴米油鹽和菜樣樣都不缺，遂放心的回家去了。

梅香在家裡正閒著無事，忽然，葉氏來找她。

葉氏先問了昨天發生了什麼事，梅香也沒瞞著她，仔細說個明白。

葉氏也跟著罵。「什麼東西，下回再敢胡說八道牽扯妳妹妹，妳去叫我，我也抽她兩個巴掌！」

梅香哈哈笑了。「阿娘也會打人？」

葉氏笑著看女兒。「我年輕的時候也不是麵團捏的，要不然，就算有妳阿爹給我撐腰，我能在妳阿奶手底下安生過日子？」

慧哥兒本來在跨院裡攆老母雞，聽見外婆來了，噔噔噔跑了過來，一頭栽進葉氏懷裡。「外婆外婆！」

葉氏被叫得心都化了，摟著慧哥兒一頓親。「走，你們跟我一起去吃西瓜，等會再給茂林帶一點回來。」

慧哥兒聽見去吃瓜，高興的拽著梅香的裙子。「阿娘阿娘，吃瓜吃瓜！」

梅香點了點兒子的小鼻尖。「成日家也沒缺你的零嘴，怎的就這樣嘴饞！」

葉氏摸了摸慧哥兒的頭。「小孩子可不就是這樣！」

梅香囑咐了張媽媽和小柱幾句話，抱著慧哥兒一起跟著葉氏往韓家去了。

葉氏買了兩個西瓜，先切了一個，把玉茗和蘭香也叫出來，娘兒幾個坐在一起吃瓜，麥芽和玉茗的丫頭柳葉也分了一小塊。

梅香拿了根小勺子，一邊挖西瓜子一邊餵慧哥兒吃。

西瓜性涼，葉氏只給玉茗切了小小的一塊，略微嘗兩口。

梅香看了看玉茗的肚子。「弟妹這些日子怎麼樣了？胃口好不好？」

玉茗比前些日子瘦了一些。「多謝姊姊關心，我還好，雖每頓吃得不多，勉強也能進一些。」

慧哥兒吃得滿臉都是西瓜汁，梅香中間也吃了幾口。「真甜！明年我也想種幾個！」

葉氏笑了。「妳家的菜園就幾間屋子大，能種些菜就行了。」

娘兒幾個正說著話，黃茂林來了。「怎的吃西瓜也不叫我？我聽小柱說你們跑到這邊來吃西瓜，趕緊過來，來遲了可就沒了！」

梅香在屋裡回嘴。「你那大肚皮，一個瓜還不夠你吃，我們可不就得背著你吃！」

屋子裡的人都笑了，慧哥兒看見阿爹進來，忙掙脫梅香的懷抱，跑過去抱住黃茂林的腿就要抱抱。

蘭香給黃茂林端了兩塊瓜過來，黃茂林毫不客氣接過就吃。

外面大熱的天，屋裡的人一邊吃瓜，一邊說笑，炎炎夏日裡，難得一幅溫馨和樂的場面。

過了幾日，早晚的天涼快了起來，如意坊那邊正式動工。

黃家這邊，楊氏已經把淑嫻的嫁妝都備妥了，就等著女兒上花轎。

淑嫻是個好姑娘，從來沒與嫂子們發生一句口角。以前沒分家時，老實幹活，幫忙帶孩子，不挑嘴不抱怨，這樣的小姑，還是後娘生的，極難得了！

梅香給淑嫻買了一根銀簪子和一只銀戒指，又買了一疋上好的料子，用今年新得的棉花給她打了兩床棉被，被裡被面全是新的。除了這些，又另外加了二兩添箱銀。

這一份添妝，已經算不錯的了。

一眨眼，如意坊那邊的新房子落成了。

新房落成當日，梅香多備了幾樣葷菜，葉家妯娌把工地上飯菜做得油水足足的，所有師傅和小工們吃得滿嘴流油，直誇韓掌櫃仗義。

吃了一頓豐厚的飯菜，黃炎夏按照帳本上記的出工量，給所有人結了工錢。黃茂林只在一邊坐著，一句話不插。

等所有師傅小工都走了之後，只剩下黃家人和葉家人。

黃茂林對葉家男丁拱手。「這些日子辛苦二位舅舅和表兄們了，今兒不要走了，我請舅舅和表兄們去我家吃頓便飯！」

葉厚則擺擺手。「我們不過是拿工錢幹活，你阿爹才是最辛勞的，拿著一份錢幹著兩樣活。」

黃炎夏忙客氣道：「親家舅舅客氣了，我和你們都一樣的，看中了這份厚厚的工錢！」

一席話說得眾人都笑了起來。

葉家人停留了一會之後，堅持走了。

沒有外人在場，黃茂林又塞給黃炎夏二兩銀子。「工錢是工錢，這是兒子的孝心，還請阿爹不要拒絕。」

黃炎夏接過銀子，笑咪咪的。「你放心，老子才不會客氣呢。」

說笑完了，他又與黃茂林商議。「蓋了這麼大一片房子，我一個人也看不過來呀。」

黃茂林收斂了笑容。「阿爹說的我也想到了，阿爹看可有合適的人選？」

黃炎夏想了想。「不如還是把葉家人叫來吧，做生不如做熟，我看葉家人靠得住。」

黃茂林贊同了老父親的意見，親自去葉家，請了葉厚則來幫忙，一個月八百文錢，包吃住。

葉厚則答應了黃茂林，但也提出了一個條件：等到了冬天，一家人要進山燒木炭，到時候他可能會讓葉思賢去如意坊替換自己。

黃茂林點頭同意了，葉厚則第二天就去了如意坊。

如今如意坊的規模比以前大多了，黃茂林再也不像以前那樣全權交給黃炎夏打理。他自己一有空，也會往驛站那邊去，一來和驛丞搞好關係，二來也能攬一攬客。

黃茂源給外地客商拉貨的時候，也會幫著推一推如意坊。碰到大主顧來存貨取貨時，黃茂林還會熱情請人家吃飯，或是在租金上略微打些折扣，也不忘介紹附近都有什麼東西是緊俏貨，什麼東西在什麼地方更好賣。若有客商想在本地採買貨物，黃茂林會大方的介紹哪家貨物好、哪家掌櫃的好相處。

外地的客商們都喜歡他這活絡性子，有個本地人做嚮導，行事總是方便一些。漸漸的，如意坊的生意又蓋過了福滿堂。

再說韓家那邊，七月底的時候，明朗與葉氏商議秋闈的事情。此前，明朗也問過玉茗的意見。

玉茗知道的多一些，如實說出自己的看法。「官人若是想去，試一試也使得，說不定就中了呢，就算中不了，也能多得一些經驗。我聽我阿爹說，這秋闈不光考文章，還要考應變能力。」

明朗輕輕摸了摸玉茗的肚子。「妳才有了身子，我若走了，家裡怎麼辦。」

玉茗小聲笑了。「官人只管去，有我和阿娘在呢，姊姊姊夫也在邊上，不用怕。」

葉氏聽說後也滿口支持。「你只管去，不多考幾次，哪裡有經驗。你就當去跑路，看一下人家如何考的。不光你去，你把明盛也帶去，讓他也看一看秋闈的氣勢，去過了省城，明年他去參加院試也更從容一些。」

明朗對葉氏說道：「阿娘，我若去省城，把明盛也帶走了，家裡就剩下一屋子婦人，我如何能放心。」

葉氏笑了。「有什麼不放心的，你別小瞧我們婦人，雖然我們不能考科舉，照看家裡樣樣都不差的。你姊姊就在旁邊，你舅舅在如意坊，你儘管放心。」

明朗也笑了。「又要煩勞姊姊姊夫幫我看家。」

葉氏擺擺手。「你不用跟你姊姊講這些客套，等你以後中了舉人，多照看照看你姊姊就是了。」

既然決定去考試，明朗先去姊姊家打過招呼，給學生們放了假，佈置了功課。自己收拾了一些東西，帶著弟弟就出發了。

韓家兩兄弟走了一陣子後，淑嫻的婚期就要到了。

淑嫻的婚事是以黃茂源的名義操辦的，黃炎夏夫婦和黃茂林夫婦只是從旁協助。

方孝俊提前十天從縣城裡回來成親，常老爺除了把兩個孩子的束脩全額給了方孝俊，又另外送了一份厚厚的賀禮，兩個學生聽說先生回家娶親，也各自送了賀禮。

黃家這邊，黃炎夏提前三天從如意坊裡回來了，那邊全部交給葉厚則打理。

讓人驚奇的是，明朗兄弟竟然在方孝俊成親前一天回來。

還沒等明朗給葉氏行禮問好，明盛笑嘻嘻的先給葉氏鞠個躬。「阿娘，我們回來了，大哥不負眾望，落榜了！」

明朗抬腿踢了他一腳。「笑話我做甚，明年你去考院試，可別讓我笑話你！」

葉氏忙笑道：「你才多大，落榜就落榜了，快進屋去看看玉茗！」

明郎給葉氏正經行了個禮。「阿娘，兒子回來了，沒考中舉人。阿娘在家裡好不好？」

葉氏笑著點頭。「都好，你們平安回來就好，快進屋去吧！」

明朗又問了家裡的一些事情，然後才回房去了。

明盛挽著葉氏的手。「阿娘在家裡想不想我？」

葉氏摸了摸兒子的頭。「都這麼大了，還如此油嘴滑舌！」

明盛往葉氏身邊湊了湊。「大哥整日正經得很，我若再拉著個臉，阿娘自然是不怕，麥芽她們兩個豈不連大氣都不敢喘！」

兩個兒子才回來，葉氏說了幾句話之後，就打發他們各自回房歇息去了。

黃茂林兄弟二人一起出力，在各方親朋族人的幫助下，順利操辦了淑嫻的婚事。

等三日回門，淑嫻才一進門，楊氏立刻迎了過去，先和女婿打過招呼，拉過女兒的手上下打量，見淑嫻面色紅潤，眼角含笑，猜測女兒應該過得不錯。

方孝俊始終面帶微笑，溫聲與眾人行禮問好。

慧哥兒也跑了過來，先叫了一聲大哥哥。眾人都大笑起來，原來在學堂時，慧哥兒習慣性以為學子們都是大哥哥。

梅香忙糾正他。「這是姑父，不是大哥哥！」

方孝俊也笑了，摸了摸慧哥兒的頭。「又長高了，等再長大一些，姑父和舅舅一起教你讀書。」

黃炎夏父子幾個在堂屋裡陪方孝俊說話，楊氏把淑嫻拉進屋裡說私房話。她摸了摸女兒整齊的髮髻。「這幾天如何？公婆和女婿對妳好不好？」

淑嫻點頭。「阿娘放心，公婆對我很和善，他對我也很好。」

楊氏笑咪咪的看著女兒，忽然低下頭湊到淑嫻耳邊。「女婿夜裡體貼不體貼？」

淑嫻頓時雙臉通紅。「阿娘，您別問了，都好得很！」

楊氏笑著點頭。「阿娘也是白操心，女婿是讀書人，又一向斯文，自然不會莽撞。不過阿娘也得提醒妳，女婿都十八、九歲了，大小夥子血氣方剛，難免沒個饜足，妳可不能一味的縱著他，把自己身子累壞了。」

淑嫻的臉更紅了。「我都曉得了，阿娘放心吧。」

可憐的方小哥還不知道，他熬到十八、九歲才娶親，因丈母娘這一番囑託，他過了個把月吃不飽的日子。

晌午吃飯之前，黃炎夏打發黃茂林去把黃炎斌父子和黃炎禮父子都叫了過來，一起陪新女婿吃飯。

想到女婿是讀書人，黃炎夏又與黃茂林商議。「能不能把慧哥兒的舅舅們請過來，咱們這些大老粗，與你妹夫說不到一起去。」

黃茂林點頭。「行，兒子去請他們。」

了。

黃茂林親自去請，葉氏立刻打發兩個兒子過來了，大房和六房父子也沒猶豫，一起過來了。

吃晌午飯的時候，方孝俊是新女婿，自然要坐上席，黃家人又請明朗陪方孝俊一起坐在東面，兩個年輕的秀才郎坐在一起，看起來真是養眼。

一想到這都是自己家親戚，黃炎夏頓時止不住的笑了出來。

楊氏在廂房裡擺了張小桌，帶著兩個兒媳婦和女兒以及兩個孫子湊了一桌。

今兒是姑奶奶回門，眾人只撿著好話說，不管是堂屋還是廂房，都熱熱鬧鬧的。

淑嫻一會兒抱著慧哥兒，一會兒又抱著榜哥兒。楊氏笑咪咪的看著女兒，但願明年，女兒也能生個大胖小子。

楊氏一邊吃飯一邊問女兒。「女婿這請假回來的，過幾天怕不是又得回去，妳家裡是怎麼安排的？」

淑嫻紅了紅臉。「公婆的意思是，讓我一起跟著去伺候官人起居。」

梅香笑了。「妹妹說話文謅謅的，我們都是叫當家的，妳和我弟妹一樣，都是叫官人。阿娘，弟妹，我們是不是也得改口？」

紅蓮抿嘴笑。「我要是這樣叫，茂源得嚇壞了！」

楊氏嗔怪她們兩個。「都是做嫂子的，倒一起打趣起小姑子來了！」

淑嫻的臉通紅。「嫂子們真是的！」

楊氏又開始叮囑女兒。「既然讓妳跟著去，妳可千萬別說什麼要留在家伺候公婆。趁著年輕，多陪陪女婿，小夫妻的情分不就是打年輕的時候來的。就算要留在家伺候公婆，好歹也得先生個兒子。」

說起生兒子，梅香也開始跟淑嫻絮叨。「妹妹，這生孩子的事兒可不要急，心裡越急越沒有，放寬了心思，緣分一到，說來就來了。」

淑嫻點點頭。「我知道了，多謝阿娘和嫂子們。」

楊氏又問女兒。「妳的嫁妝田都交給妳公婆打理，田地裡的出息，願意給妳妳就拿著，不願意給妳，就當做你們不在身邊孝敬公婆的補償。」

說完，楊氏又低聲問女兒。「女婿的束脩，全部都給了妳公婆？」

淑嫻點點頭。「以前是的，昨兒公婆和官人說，以後只給家裡交一半，剩下的我們自己收著。」

楊氏滿意的點頭。「這才是明事理的公婆，既公婆明事理，妳也要多孝順他們。」

淑嫻繼續點頭。「我都曉得了，阿娘只管放心。」

娘兒幾個在廂房裡絮絮叨叨，堂屋裡面，酒越喝越多，漢子們的聲音也越來越高，場面也越來越熱鬧。

一頓飯吃得賓主盡歡，黃炎禮父子先走了，隨後黃炎斌父子也告辭了。

方孝俊和淑嫻又逗留了一陣子，方家帶來的回門禮豐厚，楊氏只留下一半，另外還添了兩樣給女兒帶回去。

送走了妹妹妹夫，黃茂林就要帶著妻兒回家，楊氏也把方家送來的東西分了一些給梅香帶回去。

第七十二章 得千金轉移產業

如意坊那邊有條不紊的運轉著，有了葉厚則的加入，黃家父子有更多的精力去攬更多的客人，生意越來越好。

沒想到才入了十月，梅香忽然又被診出了有孕。

隨著梅香的肚子越來越大，黃茂林越發不放心，他因為各處忙碌，無法整日跟在梅香身後，最後，他不顧梅香的反對，也去買了個小丫頭。

這丫頭有十一歲了，骨架子粗大，看來是粗活幹多了。再看相貌，眼睛小，嘴唇肥厚，國字臉。這相貌放在男孩子身上都普通，更別說女孩子了。

梅香問她叫什麼名字，她小聲回答。「回大娘子的話，我叫細月，趙大叔取的。」

梅香想了想，名字倒是可以，仍舊用這個吧。

梅香讓細月和張媽媽住在一起，並讓張媽媽教導她家裡的事情。

張媽媽也不藏私，反正黃家又不會因為多了個細月而辭退了她，故而一樣樣仔細教導細月。

細月在黃家住了幾天之後，很快就把家務事攬去許多。做飯、洗衣裳、灑掃、帶孩子，樣樣都行。

過了端午節沒多久，天氣漸漸熱了起來，梅香有些發愁，忍不住和黃茂林抱怨。「天兒這麼熱，坐月子多遭罪啊！」

黃茂林摸了摸她的頭髮。「妳受苦了，到時候我多給妳擦洗擦洗。」

梅香摸了摸肚子。「日子也差不多，也該出來了。」

說來也巧，當天下午，梅香就陣痛了。

唐氏婆媳、楊氏、葉氏等一群女人在產房裡忙碌，黃茂林在外頭等得焦急不已，感覺每一息的時間都那麼難熬。對著一屋子女眷，他又不好說出口，只能不停的喝茶。

梅香在屋裡越來越疼，漸漸開始呼叫出聲。黃茂林聽見她的叫聲，拿著茶杯的手都有些發抖，他知道梅香要強，若不是疼極了，怎麼會叫出聲。

這樣熬到了後半夜子時末，產房裡的聲音越來越大，最後，隨著一聲歡呼，很快，一陣嬰兒的啼哭聲傳來。

黃茂林再也忍不住了，奔到窗戶口，急得大喊。「梅香，梅香，妳怎麼樣了？」

唐氏忙隔著窗戶回答姪子。「茂林放心，梅香好得很，母女平安！」

黃茂林哦了一聲，一瞬間，他感覺雙腿有些發軟，一屁股坐到了地上，長長出了一口氣。

平安就好！

等人都走了之後，黃茂林輕輕趴在床沿上，摸了摸女兒的小手，又摸摸梅香的頭髮。

「妳辛苦了！」

梅香也輕輕笑了。「茂林哥，咱們有女兒了！」

黃茂林臉上的笑頓時綻放到最大。「是呢，咱們有女兒了，以後一定像妳一樣好看！」

兩口子說笑了幾句後，梅香又問黃茂林。「給孩子取個名吧。」

黃茂林撓了撓頭。「慧哥兒的名字是三爺爺取的，三爺爺從來不給女娃取名，妳讓我取名，怕取得不好聽，還是明兒讓她舅舅取吧。」

梅香嗔怪他。「你也是做阿爹的！」

黃茂林嘿嘿笑了。「要不妳來取吧，我只管掙錢給你們花就行！」

梅香想了想。「我前兒看到一池子的蓮花，真好看。讀書人不都說蓮花高潔，不如叫她青蓮吧，大名小名都能用。」

黃茂林一聽，立刻鼓掌。「這個名兒好聽，像大家小姐，聽著就是讀了一肚子詩書的姑娘。」

梅香忽然想到紅蓮，問黃茂林。「和她嬸子名兒重了一個字，這個可有妨礙？」

黃茂林擺擺手。「無妨，只要不是按輩分取的，字有重的也常見。」

過了青蓮的洗三禮，梅香開始安心坐月子。

青蓮比慧哥兒好帶一些，因她肚子不脹氣，沒有黃昏哭鬧的毛病，梅香也不用一天到晚把她抱在懷裡。

等青蓮滿月的時候，黃茂林從縣城回來給母女兩個一人帶了件金首飾。

梅香的是一支雙股金釵，頂端用金絲纏繞一朵梅花，梅花中間鑲嵌了一顆玉石，這支金釵價格不菲。青蓮的是一只小金鎖，正面是如意平安四個字，反面雕刻一朵蓮花。

梅香拿著兩樣首飾，雖然很喜歡，還是忍不住抱怨黃茂林。「給青蓮買也就算了，我有金鐲子，還有金簪子，如何又買這麼貴的金釵！」

黃茂林笑著把她摟進懷裡。「我喜歡買給妳，等妳坐完月子，做上兩身新衣裳，戴上這金釵，好看得緊！」

梅香聽他這樣說，忙把他推開了。「你快離我遠一些，我身上都要餿了，別熏著你！」

黃茂林哈哈笑了。「胡說，妳身上香得很，一股奶香味！」

兩口子嘻嘻哈哈在房裡笑鬧，慧哥兒不明所以，也跟著笑。

青蓮滿月之後，黃家的日子又恢復了平靜。

梅香每日只管帶著兩個孩子，家裡的事情並不用她操心，因近來吃得好，梅香比以前略微豐滿了一些，看得黃茂林雙眼放光。

因怕梅香勞累，且聽說婦人生產後一個月並不能完全恢復，黃茂林一直克制著自己。

等到青蓮一個半月的那天晚上，兩個孩子早早睡了。天氣熱了，梅香穿了一身有些透亮的月白色紗裙，裡面是大紅色的小衣。

黃茂林洗漱過後才一進房門，就看見梅香穿著這一身坐在燈下，頓時眼睛都直了。

梅香對他招招手。「你過來。」

黃茂林感覺自己像被人施了法一樣，呆呆的走了過去。

梅香指指身邊。「坐下。」

黃茂林依言坐下了。

梅香撫了撫胸前的一縷頭髮，雙眼含笑問他。「我這一身好不好看？」

黃茂林覺得梅香就是故意的，他死死的盯著梅香，透過月白色的紗裙一眼就看到裡面紅色的小衣。

半晌之後，黃茂林抬起頭，雙目灼灼的看向梅香，也不回答她，直接上前，一把撩起紗裙，又匆匆去了自己的衣衫，溫存了一會後，見她意動，立刻欺身而進。

生了兩個孩子的梅香比以前更加有風情，身段軟，皮膚細膩。

六月的天，炎熱混雜著躁動，幾乎要把紗帳都點燃了。

日子不緊不慢的過，熬過了伏天，漸漸到了涼快的初秋。

韓家那邊立刻又緊張起來，因為明盛要去參加院試了。除了他，學堂裡還有另外一個學子要去。

兄弟倆一走，家裡女眷日夜擔心。

等師徒三人帶回了喜信之後，家裡頓時又熱鬧了起來。

明盛過了院試，是一名正經秀才郎了。葉氏喜不自禁，才一聽到這個消息，眼淚止不住下來了。

一家子兒女忙勸慰她，葉氏一邊哭一邊搖頭。「你們不用擔心，阿娘這是高興的。明兒咱們就去給你阿爹上炷香，告訴他兩個兒子都成才了。」

葉氏這一回去韓敬平墳頭上並沒有哭，一邊燒紙一邊跟他絮絮叨叨，把家裡的事情都說了個遍，一麻袋的紙錢也燒光了。

明盛中了秀才以後，葉氏開始操心小兒子的親事。親朋好友裡扒一扒，也沒找到十分合適的。

正當葉氏發愁的時候，縣城裡韓敬博給明盛說了門親事。

自明盛過了院試的消息傳到縣城，韓敬博就有心要給明盛說一門好親事。韓氏家族裡只有這兩個姪子有了功名，且他二人年紀尚小，以後定然還能再往前走一走，親事說高一些，於整個韓家都有益處。

韓敬博這回費了心力，給明盛說的是張縣尉家的三姑娘。

張縣尉管著一縣安防之事，是榮定縣縣令與縣丞之下第三人。

張縣尉自己是個粗人，卻喜歡讀書郎。

他原來想把二姑娘許給縣丞家的公子，哪知縣丞家裡另外擇了兒媳婦。張縣尉憋了一口氣，一定要挑個像樣的女婿。

輪到三姑娘說親事，韓敬博聽說之後，立刻去說項，同時讓人回來與葉氏商議。

張縣尉雖無功名，但他家三代人做縣尉，在滎定縣也算響噹噹的人家。

張縣尉有二子三女，全部是嫡出，三姑娘最小，容貌像張太太，性子卻隨了張縣尉，是滎定縣城出了名的小辣椒。長得好看，卻潑辣得很。

韓敬博也不瞞著葉氏，直說了張三姑娘性子火爆，但並非不講理的人。

葉氏有些猶豫，問明朗，明朗又看向明盛。

明盛撓了撓頭。「阿娘，四叔四嬸的眼光既然是不差，潑辣些倒無妨，只要講道理就行。人家還說姊姊是母老虎呢，可姊姊哪裡不好？兒子沒有意見，全憑阿娘和大哥作主。」

明朗笑著對明盛說：「你如今不反對，以後若是張三姑娘拎著寶劍把你追得滿院子跑，你可別來叫饒！」

明盛對著大哥翻了個白眼。「她再厲害，還能有姊姊厲害，姊姊什麼時候追著姊夫滿院子跑了？女人家麼，多疼一疼，說些甜言蜜語，再厲害的母老虎都變成小花貓。」

說得一屋子人都笑了，玉茗抱著女兒清溪坐在一邊開玩笑。「可不得了，二叔還沒娶妻，倒是把女人家的性子摸得透透的！」

明盛又嘿嘿笑了。「大哥就是太正經，你也跟姊夫學一學。」

玉茗瞇著眼笑，看了一眼明朗。

明朗咳嗽了一聲，端起旁邊的茶杯喝了一口茶。

葉氏見兒子們都不反對，她自己自然也無話可說。「既這麼著，明兒我就回了你四叔四嬸，請他們作媒，保下這門親事。」

在韓敬博夫婦的促成之下，明盛與張三姑娘訂了親。

一家人的日子和和美美的，等冬日來臨的時候，從縣城裡傳來一個消息，頓時整個平安鎮都炸開了鍋。

往年平安鎮沒有這麼發達時，鎮上稀稀疏疏有幾家店鋪，各村子裡偶爾會有些小作坊，一年掙不了幾個錢，縣衙也沒人來管這塊。辛苦跑來跑去，收的稅還不夠茶水錢。

如今不一樣了，平安鎮越發繁盛，店鋪鱗次櫛比，大作坊、大貨倉先後建立起來。賀大人走後，新來的縣太爺李大人盯上了平安鎮。吏部每年給官員考評，稅賦是重頭。除了糧稅就是商稅，縣城裡的商稅從來沒漏過，平安鎮這一塊，如今也該整治整治了。

眾人商議了幾天之後，由縣丞帶著三個書吏和八個衙役到平安鎮收商稅、定戶籍。因韓敬博是平安鎮之人，為避嫌，李大人並沒讓他來，但韓敬博還是提前把消息送了回來。

此次縣衙來整治平安鎮，一則為收今年的商稅，二則將各家戶籍重新認定。凡沒有功名的普通人家，一旦做了行商或是倒手買賣的，不論一年盈利如何，必要定為商戶。家裡有作坊的，若戶主是作坊主，年盈利超過二十兩銀子，也要定為商戶。第三，已經有了功名之人，名下所掛商鋪不得超過兩家，否則一律上報學政大人，褫奪功名。

這些規矩，也只是對老百姓管用。真做了官，誰家不是良田千頃產業成林。但沒有辦法，平安鎮全是小老百姓，就得守著這規矩。

黃茂林聽到消息後，立刻坐不住了，家裡的豆腐坊和如意坊，哪一樣一年也不止掙二十兩銀子，這都有帳可查，瞞也瞞不住。慧哥兒已經到明朗的學堂裡讀書了，以後他還想讓兒子去參加科舉呢，若被定為商戶，什麼都白費。

焦急了兩天之後，黃茂林做出一個重大決定。他要把家裡除了田地以外所有的產業，通通轉到梅香名下，作為梅香的嫁妝，這樣朝廷就管不著了。

梅香聽到之後瞪大了眼睛。「轉到我名下？阿爹會同意？你們黃氏宗族會同意？」

黃茂林摸了摸梅香的頭髮。「不管他們同不同意，我必須把這件事情辦成！」

梅香訥訥開口。「我倒是不在意作坊在誰的名下，就怕人家說你是吃軟飯的。」

黃茂林哈哈笑了。「我吃軟飯礙著別人什麼事，再說，我老早之前不就是吃軟飯的。我是掌櫃的，妳是掌櫃的掌櫃的。」

梅香伸手擰了他一把。「我跟你說正經的，又胡說八道！」

黃茂林做了決定之後，第一個去如意坊找黃炎夏。

黃炎夏沈默了半晌。「你真決定這樣幹？沒有別的法子？」

黃茂林點頭。「阿爹，就算我請縣裡的官老爺們吃飯，再託敬博四叔，這一回躲過了，以後呢？慧哥兒以後要是有了功名，那眼紅的人還不生事？索性我一次辦好，以後也沒有後顧之憂！媳婦的嫁妝，朝廷總管不著。」

黃炎夏嘆了口氣。「我這邊沒有意見，你明兒備一份厚禮，我帶你去看一看你三爺爺，與他說明白，也省得以後族裡人說閒話。」

第二日，父子兩個一起去拜訪黃知事。

宗族子弟科舉，這是合族大事，黃茂林的理由冠冕堂皇，黃知事也不好說不能這樣幹，且中間又連著韓家，最終也同意了。

其實只要把作坊都停了就無妨，但作坊每年收益多，以後家裡孩子科舉考試，費錢著呢！不光是自己家裡，族裡若是有可造之材，黃茂林也不會小氣。黃知事就是看中了這一點，才同意黃茂林把家裡作坊全部轉到梅香名下。

把黃炎夏和黃知事說通了，後面的事情就好辦了。

過了幾日，縣衙來了一群人，都住在張里長家裡。書吏們帶著衙役四處登門，查各家帳本。沒有帳本？沒關係，這些書吏和衙役們都快成精了，看你家一天的流水就能算出你一個月的盈利，若有所隱瞞，罰款！

連殺了兩隻雞，猴子們都老實了，各家各戶老老實實報稅。

黃茂林在縣衙裡來人之前，把門口的豆腐坊牌匾換掉，從原來的黃家豆腐坊變成水玉坊。

梅香聽到這名字之後笑了半天。「不過一個賣豆腐的攤子，如何取個這麼文謅謅的名字？」

黃茂林笑了。「那綠色的石頭叫玉石，我這水豆腐又白又嫩，不比那石頭差，叫水玉哪裡使不得？」

梅香笑過之後又點頭誇讚。「好好，你這名字取得好，就叫水玉坊吧，聽起來和如意坊倒是一家的。這喜饃鋪子我也得換個名，不如叫生肖閣如何？」

黃茂林品了品，揶揄梅香。「雖然不如我的水玉坊好聽，比喜饃鋪子算是好多了！」

兩口子立刻換了兩個牌匾放在大門口，頭一天把街坊鄰居們搞懵了，問了半天才知道家裡的營生沒變，就是換了個名字。

有人嘻嘻哈哈說黃家兩口子有意思，也有人撇嘴說臭講究。

換過名字之後，書吏帶著衙役上門時，黃茂林先熱情招待他們，拿出上好的茶葉和果子，又請了明朗在一邊陪著說話，一再強調家裡的作坊全是屋裡人的陪嫁。

書吏問：「既是家裡奶奶的陪嫁，可有契約書？」

黃茂林賠笑道：「大人可問倒我了，我們鄉下小民，開作坊時說開就開了，因也賺不了幾個銅板，未曾到官府備案。既然大人這樣問，敢問大人這裡可能幫著備案？」

書吏驕傲的點了點頭。「備案倒是可以，不過得交些手續費。」

黃茂林急忙點頭。「多謝大人。」

那書吏也知道，這是韓書吏的姪女婿，張縣尉女婿的姊夫，也不太為難，按照流程收了黃家三個作坊半年的稅，幫著把三個作坊全部登記在梅香名下。

縣衙裡的人在平安鎮盤桓了七、八天，終於將所有的商鋪都記錄完畢，該收的稅都收了，所有戶籍認定完畢。

臨行前，張里長請縣衙裡的人吃飯，明朗去作陪，黃茂林雖然沒去，也送了兩罈好酒過去。

鬧哄哄的稅戶事情終於塵埃落定。

第七十三章　買新車府城求學

家裡的日子繼續波瀾不驚的往前過，黃茂林說自己如今是個長工，每日夜裡越發涎皮賴臉，直說讓掌櫃的給他暖被窩，若掌櫃的不答應，他給掌櫃的暖被窩。

到了十月，如意坊那邊越發熱鬧起來。不光如意坊，附近的福滿堂和其他兩家新蓋的貨倉也都不差。

貨倉生意火爆，帶動黃茂源的生意也跟著好了起來。黃茂源漸漸感覺一輛車不夠用，整日從早到晚都沒得閒，連吃飯都是匆匆扒兩口。

黃茂源覺得自己不能再這樣悶頭一個人苦幹，他得找人搭夥。

拿定主意後，黃茂源先去找黃炎夏。「阿爹，我想再買一輛車，請人幫我拉車。」

黃炎夏有些吃驚。「怎麼忽然想再買輛車？」

黃茂源笑了笑。「阿爹，如今大哥的生意好，兒子也跟著沾光。一輛車實在是不夠用了，不如再買一輛，我租給別人，阿爹看可使得？」

黃炎夏想了想之後，點頭回答他。「使得使不得，你得去試一試。我也沒拉過車，不好說。既然要再買輛車，去找你大伯再給你做一輛，到牲口市場再買頭騾子。」

黃茂源笑了。「有阿爹這句話，兒子幹起來也更有底氣。」

爺兒兩個又說了一會話，黃茂源回去之後立刻去找了黃炎斌。

黃炎斌手腳快，很快又給黃茂源做了一輛一模一樣的車。黃茂源請了黃茂林，兄弟二人一起去買了一頭強壯的騾子回來。

對黃茂源再買車的行為，黃茂林大加讚嘆。「這樣才對，光看著腳下的一畝三分地，只能混個溫飽。如今你趕在人家前頭買車租給人拉，一步先步步先，後面人就算想學你，也不一定有你做得好。」

黃茂源摸了摸頭。「我也是跟大哥學的，我看大哥家業越來越大，我雖不如大哥有本事，也不想給阿爹阿娘和大哥丟臉。」

黃茂林拍了拍他的肩膀。「有什麼需要大哥為你做的，儘管開口。如今車也有了騾也買了，你可想好了讓誰給你拉車？」

黃茂源有些猶豫。「大哥，你那裡可有合適的人選？」

黃茂林搖頭。「這是你的車，你自己拿主意，你選定了人，我和阿爹可以幫你掌掌眼，但人選還是你自己來定。」

黃茂源猶豫了半天，試探性的問黃茂林。「大哥，你覺得楊家大郎如何？」

黃茂林明白黃茂源說的是紅蓮的大弟弟。「我一個外人說句公道話，楊大郎倒是歹竹出好筍了，不像你舅舅那樣無能，也不像你舅媽一樣不講道理。他是你表弟，又是你小舅子，若是靠得住，自然是先緊著他。」

黃茂源點頭。「大哥說的不假，大郎確實不像舅舅舅媽，若是換成二郎我定然是不肯的。既然大哥都覺得大郎好，我再回去與阿娘商議商議。大哥陪著我忙碌了一場，去我家吃頓便飯。」

黃茂林搖頭。「不急，你先回去與阿娘商議拉車的事情，我家裡事情也多。等過陣子你的新車掙錢了，再請我喝酒！」

黃茂源咧嘴笑了。「那就多謝大哥吉言了。」

兄弟二人各自歸家，楊氏和紅蓮聽說黃茂源想請楊大郎拉車，自然都不反對。

黃茂源一邊吃飯，一邊與她二人說道：「阿娘，表姊，我把醜話先說到前頭，大郎若是好生幹，以後就是長久的買賣。他每個月給我租金就行，剩下的都歸他。但一樣，妳們得去與舅舅舅媽說好，我按行情收錢，不多要一文錢，但既然是談生意，也別來占我的便宜。」

楊氏急忙點頭。「我兒放心，你舅媽被你大嫂打了一頓之後，如今也不敢輕易到咱們家來撒野。大郎在家閒著不是閒著，你願意給他一份營生幹，你舅舅家裡再沒有一個人反對的。你跟我說好行情價，我去跟你外婆談。願意幹就幹，不願意幹我找旁人！」

紅蓮感激黃茂源這樣為自己娘家著想，當日夜裡，用心服侍黃茂源，並說了許多感激的話，黃茂源讓她不用多想，只管好生在家帶孩子做家務，外頭的事情有他操持。

楊氏回娘家後，直接與楊老太太商議。楊老太太自然不反對，楊大郎更是喜形於色。

第二天，楊氏回娘家一趟，立刻就把事情說妥當了。

楊大郎一大早就上了門，黃茂源帶著妻舅，兩個年輕人一起，開始在平安鎮拉車行業裡拚命苦幹，日漸嶄露頭角。

年底的時候，常家來韓家提親，這是方孝俊和淑嫻年前做的媒。

常大郎過縣試的時候，常家夫婦託方孝俊來問過親事，韓家這邊只說再等一等，蘭香還小呢。

直等到現在，常家夫婦終於按捺不住了。

韓家並無人反對這門親事，從常家第一次開口到現在，已經過去一年多，這已經是常家第三次求娶，既不反對，也不能再拿喬了。

後來常大郎來給方孝俊拜年，方孝俊帶他來拜訪明朗。葉氏找了個機會，母女兩個在庭院中單獨和常大郎說了幾句閒話。

常大郎給葉氏鞠躬行禮。「大娘好，妹妹好。」

葉氏看了看常大郎。「頭先你師傅剛去你們家的時候，都說你們哥倆調皮，可見如今是長大了，看起來越發沈穩。」

常大郎聽了有些不好意思。「幼時不懂事，幸虧先生耐心教導，我兄弟二人才能有所進益。」

葉氏問常大郎。「聽說你們家良田千頃，宅院成林，奴僕成群，你看我們家，就這淺淺的兩進院子，只有兩個丫頭，家常有什麼重活，還得他們兄弟倆動手。」

常大郎認真回答葉氏。「大娘，我家裡只是有幾百畝地而已。至於宅院，鄉下房屋並不值錢。雖有幾個奴僕，但我阿爹阿娘一貫主張讓我們兄弟二人多吃些苦頭，不能一味嬌縱慣養。再者說，錢財再多，都是父母辛勞而來，並非我掙來的，自然不會依仗這點子錢財而驕矜。如大娘家裡二位兄長這般，自己考來的功名，那才是我輩男兒楷模。」

葉氏滿意的點點頭。「你能這樣想，可見是個通透的好孩子。不瞞你說，我們家也擔心，一則家貧，女兒妝奩簡薄。二則，外頭有一些眼皮膚淺的人傳一些風言風語，說什麼我們家是圖你們家錢財，你們家是圖我兩個兒媳婦娘家門第。但我想著，君子從不以聚天下錢財而為己任，我們並不在意你家裡有多少錢財。況且，連我們蘭香都知道，宦海浮沈，誰知道明天是升官還是貶官，想來你們家也不會在意這些。」

常大郎又鞠躬。「大娘一番話，振聾發聵。我家裡來求親，就是仰慕大娘人品高潔，父母怕我不成器，見兩位兄長年少有為，想讓我跟著學一些好處。」

葉氏笑著點了點頭。「看我，你遠來是客，倒拉著你絮絮叨叨說了一堆沒用的閒話。你也進堂屋跟你師傅說說話。」

常大郎第三次鞠躬，用眼角瞟了一眼蘭香，轉身往堂屋裡去了。

有了這一次談話，蘭香點頭應了親事。

常家人走了之後，明盛與家人開玩笑。「阿娘，這輩分可亂了。大哥好不容易長了半個輩分，這會又降了一個輩分。」

葉氏笑著嗔怪他。「胡說，各叫各的，誰也不礙著誰。」

蘭香有些羞澀。「二哥成日嘴裡沒個把門的，讓姊姊知道了，定要打你！」

明盛哼了一聲。「如今妳是有婆家撐腰的人了，就敢跟二哥強嘴。」

葉氏拍了他一下。「不許跟你妹妹開玩笑！」

蘭香的親事定下之後，又要過年了。

家裡的日子波瀾不驚的往前走，韓家學堂照常開學，明盛已經有了秀才功名，不用再去學堂讀書。

明朗想到自己上一次落榜，看到弟弟獨自一人在家讀書，心中隱隱有些擔憂，兄弟二人這樣蝸居鄉下，全靠自己埋頭苦讀，時間久了，怕是難有進益。

玉茗是枕邊人，且一向心細，第一個發現明朗憂心忡忡。

夜深人靜時，玉茗小聲問明朗。「官人，我見你近來心思難安，可是有何難事？」

明朗用下巴頂著玉茗的頭頂。「玉茗，我與先生不愧是翁婿，以後我們的命運怕是也一樣。」

玉茗一聽就明白了。「官人，你可是想到外地求學？」

明朗苦笑了一聲。「我如今是走不開了，我想把明盛送出去。明盛讀書比我還有天分，他的文章靈氣足，考官們都喜歡這樣的。」

玉茗沈默了半晌。「官人，不若你與二叔一起去吧。我知道府城官學裡一直招學生，如官人和二叔這樣已經是正經生員的學生，官學裡最喜歡了，不用交束脩，只須交些茶飯錢即可。官人若是與二叔一起去，咱們家也不是供養不起。油坊裡阿娘作主分了一半給姊姊，這都是姊姊姊夫辛苦該得的，但咱們家還有一半的分成，我聽阿娘說一年有好幾十兩銀子呢，我的鋪面一年也有十幾兩收成，咱們家還有田地，供你們兄弟二人讀書綽綽有餘。」

明朗仍舊搖頭。「讓明盛去吧，我留在家裡，一來照看學堂，二來家裡都是婦孺，沒個男人如何能行。再者，就算家裡能供得起我二人讀書，過幾年明盛娶親，妹妹出嫁，總不能寒酸的糊弄過去。」

玉茗知道明朗責任心重，不肯拋下家人，也不再勸他。

第二日，玉茗直接找葉氏說了此事。

葉氏神情嚴肅。「妳說的有道理，他們兄弟二人如今都中了秀才，總不能就這樣滿足了。若想再往前走一步，沒有師傅引路如何能成。」

說完，葉氏又有些擔憂的問玉茗。「若是去了府城官學，多久能回來一趟？」

玉茗想了想。「聽我阿爹說，也就逢年過節讓回來。」

葉氏看了兒媳一眼。「你們小夫妻才成親多久，如何能分開，就算要去，妳也要跟著一起去。」

玉茗忙搖頭。「我不去，我在家裡陪著阿娘和妹妹。官人和二叔去府城官學，住在官學裡就行，每日只需交一些茶飯錢，費不了多少銀錢。若是我們母女也跟過去，還要另外租房子，每日柴米油鹽，哪一樣不費錢。」

葉氏點了點頭。「我先去說服他們兄弟二人，剩下的回頭再說。」

葉氏當天就與兩個兒子商議，明朗看了玉茗一眼，玉茗低下了頭。

葉氏忙說明朗。「你不要看玉茗，玉茗是為了你好，也是為了咱們家好。」

明朗忙賠笑。「阿娘誤會了，兒子沒有怪玉茗。兒子的意思是，讓明盛一個人去吧，兒子在家裡守著學堂。」

葉氏搖頭。「你們都去！」

明朗也搖頭。「阿娘，學堂總得有人看著。這是先生十幾年的心血，先生與我有恩，又把愛女許給我，我豈能辜負先生。」

葉氏想了想。「不如讓俊哥兒回來管學堂？」

明盛立刻拍手。「還是阿娘有見識，方大哥在常家能教多久呢，等常家兄弟倆不需要他的時候，他又能去哪裡！大哥，你別猶豫了，咱們一起去府城。不是說鄉下不好，只有我們都中了舉人，阿娘和姊姊妹妹們才能過上好日子，大嫂跟著你也不算是低嫁。」

明朗仍舊不同意。「我們都走了，家裡都是婦孺怎麼辦？」

明盛詫異的看了大哥一眼。「大哥，不是我笑話你，只要學堂能託個可靠的人，你留在家裡真沒多大用。做飯洗衣你不會，下田地你不會，帶孩子你更不會，你就會吃白飯！」

明朗抬腳踢了他屁股一下。「難道你不是個吃白飯的！」

葉氏忙點頭。「明盛說的對，趁著年輕，你們不出去搏一把，還要等到什麼時候！這事我作主了，你們都去，把玉茗和清溪也帶過去！」

說定了之後，葉氏託梅香去方家說項，請方孝俊回來接管學堂，可以把常家兩個兒郎帶過來讀書，就住在韓家。

方父方母不敢擅自作主，淑嫻也不敢替方孝俊拿主意。方父立刻動身去常家，與兒子商議此事。

方孝俊想了一個晚上，答應了韓家請託，早上起來就去與常家夫婦辭別，並邀請常家兩個孩子一起去平安鎮學堂讀書。

常家夫婦有些猶豫，反倒是常大郎主動要求跟著先生去平安鎮讀書。

常老爺笑話兒子。「我看你不是想去讀書，就想天天去看媳婦！」

常大郎頓時雙臉爆紅。「阿爹怎麼這樣笑話兒子，兒子成日在家裡好吃好穿，就我們兄弟二人，也沒個同窗，時間久了難免消磨意志。若是跟先生去平安鎮，有一群同窗一起讀書，進益更快。再者，遠離父母，錘煉意志，以後不管到哪裡，不說頂天立地，總不會天天跟沒斷奶的娃一樣想家。」

常二郎聽說可以有一堆同窗，也願意去。常家夫婦無奈，只得把兩個兒子託付給方孝俊。

方孝俊回來後，明朗立刻把學堂交給了他，並把今年學生們的束脩一併給了他。

方孝俊打聽了如今鎮上租房子的價格，按照市價給了明朗學堂的租金。明朗想著學堂的宅子是玉茗的陪嫁，他也無權替玉茗拒絕，只得接了下來。

明朗出發之前，收到秦先生的一封來信。秦先生鼓勵兄弟二人及早去府城求學，並介紹了一個熟人讓他們去拜訪。同時囑咐玉茗，帶著女兒在家好生侍奉婆母，莫要跟著女婿一起去，一來女婿分心，無法專心讀書，二來更費銀錢。

玉茗聽見父親這樣要求，更加不肯去府城了。

梅香一早就聽說弟弟們要去府城求學，也在家裡與黃茂林商議。

黃茂林非常支持。「趁著年輕，就要多出去闖一闖。方家妹夫是因為走不開，只得先看著學堂。你們家不一樣，能供養得起，他們兄弟二人早就該去了！」

梅香想了想，看向黃茂林。「你也知道我娘家的家底，我兩個弟弟去府城讀書，雖說不要束脩，但府城的茶飯錢定然也不便宜，我想送他們一份厚厚的儀程，你看可行？」

黃茂林點頭。「行行行，妳不說我也要送的。一次給多了錢他們肯定不要，明兒咱們去先送五兩，以後每次他們回來，走的時候再送五兩。」

梅香看了一眼熟睡的兩個孩子，笑著撲進黃茂林懷裡。「茂林哥，你對我真好！要是別人家，哪會這麼大方！」

黃茂林立刻摟著她小聲說道：「我不過是個長工，掌櫃的說怎麼辦，我豈敢有二話！」

梅香立刻伸手擰了他一把。

第二日，夫妻二人一起去了韓家，送了五兩銀子的車馬費。

梅香叮囑兩個弟弟。「你們去了之後，只管用心讀書，家裡的事情不用你們操心，有我和你姊夫呢。」

明盛笑嘻嘻的湊了過來。「我前幾天就跟大哥說了，我們在家除了吃白飯也幹不了別的，都走了還省心，家裡少做兩個人的飯！」

梅香敲了敲明盛的腦袋。「你也是個秀才公，整日這樣嘻嘻哈哈。」

一屋子說說笑笑，沖淡了許多離別的憂愁。

等方孝俊把學堂捋順之後，明朗兄弟二人準備出發。

出發當日，黃茂林叫了黃茂源來送他們。葉氏帶著兒媳和女兒把兩個兒子送了老遠才停下腳步。

透過車後的窗戶，明朗看見家人站在路口仍舊沒有回去，等車越行越遠，直到看不見人影，明朗才放下窗簾。

兄弟二人帶著不捨和堅定，一起往府城進學去了。

第七十四章 進官學茂林受傷

明朗兄弟二人去府城之後，葉氏帶著女兒和兒媳婦深居簡出，除了招呼上門來打油的客人，偶爾去女兒家，其餘時間她極少出去串門子。

平安鎮這邊的日子安靜悠然的往前走，韓家兄弟二人到了縣城之後，辛苦奔波了幾天，終於順利進了府城官學。

剛到府城，明朗拿著秦先生寫的書信，帶著弟弟去找秦先生介紹的熟人。此人是秦先生的幼時同窗，姓胡，如今在知府衙門裡謀了份小差事。

明朗想著自己初次登門，不好空著手去，先帶著弟弟去採買了一些禮品，找了家便宜的客棧住了一宿，把自己打理得乾乾淨淨之後，才去胡家拜訪。

胡老爺身上只有個童生，生平最喜歡讀書的孩子。韓家兄弟一到，胡老爺親自在家招待兩個孩子。

明朗帶著弟弟給胡老爺夫婦行禮。「晚生見過胡老爺、胡太太，我們兄弟給二位長輩添麻煩了！」

胡老爺笑咪咪的扶起明朗和明盛。「不麻煩不麻煩，我家裡雖然宅院淺窄，總還有兩間空屋子，你們兄弟莫要嫌棄，以後就住在我家裡。明兒我帶你們去官學報名，官學裡的王大人最和氣不過，只要是有功名的學生，平生沒有作奸犯科，是不會拒收的。」

明朗再次鞠躬。「多謝胡老爺！」

胡老爺擺擺手。「賢姪莫要這樣客氣，我與你岳父兄弟相稱，賢姪若是不嫌棄，叫我一聲伯父也使得。」

明朗從善如流，立刻帶著弟弟行大禮，叫了一聲伯父。

胡老爺再次把兄弟二人扶起來。「既叫了我一聲伯父，以後就是自家人，莫要再說那些客氣話。你們在這府城裡也無親眷，就把這裡當作自己的家。」

雙方又客氣了一陣子，胡老爺給韓家兄弟介紹自己家裡人。

胡太太是個性格爽利的中年婦人，胡老爺有二子三女，兩個女兒出嫁了，其中一子是州府大牢裡看大門的，油水豐厚，另外一子是衙門裡的衙役，日常負責街面上的安防，類似張發財的差事，不過人家這更正經一些。

胡家熱情招待韓家兄弟二人吃了頓晚飯，兄弟二人在胡家歇息了一晚上。

第二天一大早，胡老爺帶著他們去官學。

等到了官學之後，兄弟二人拿出自己生員的證明，胡老爺還往接應的人手裡塞了塊碎銀子。

有銀子開道，後面的事情就順利多了。

王大人親自考校了兄弟二人的功課，見他們回答得條理清晰，頗有見解，又這樣年輕，當場收下了這兩個學生。

報名的過程中又發生了一件小插曲。

兄弟二人的意思是住在官學裡，胡老爺卻堅持讓韓家兄弟住在他家裡。

王大人見他們雙方拉扯不已，插了一句話。「敢問這位胡老爺家住何方？」

胡老爺不好意思笑了笑。「讓王大人見笑了，卑職家貧，住在城南護城河一帶。」

王大人想了想。「胡老爺家離這裡七、八里地呢，若是每日來往，一則不便，二則費時。不若就讓他們住在官學中，待休沐日再過去也就罷了。」

胡老爺聽王大人這樣說，也就不再苦勸，只再三叮囑韓家兄弟。「你們先生把你們託付給我，你們就是我的子姪，若得空，定要去我家裡，別的沒有，一起吃頓粗茶淡飯，也是我們做長輩的心意。」

韓家兄弟再三道謝，胡老爺這才走了。

王大人忙得很，讓他們兄弟二人自行先去報名。

兄弟二人先找了官學裡的管事，正式報了名，交了一個月的茶飯錢，兩個人一共一兩四錢銀子。管事的給了他們一人一個牌子，有這個牌子，每日吃飯打水算是憑證。

兄弟二人在管事的帶領下，去了居住的房舍。這房舍低矮得很，也就勉強能住人。但住房便宜，還管茶飯，也是官學裡才有的待遇。若是身上沒功名，王大人還不收呢。

晌午飯時刻，兄弟二人去了飯堂才知道，一個月七百文的茶飯錢只能吃最基本的飯菜。

飯管夠，菜都是素的，若想吃葷菜，得另外花錢買。
韓家兄弟並不是那等奢侈之人，只吃了大鍋飯。
就這樣，兄弟二人算是在府城官學落下了腳。
每逢休沐日，明朗帶著弟弟去胡家拜訪。胡老爺知道官學裡飯菜少油無鹽，讓胡太太多做兩樣葷菜給兩個孩子吃。
兄弟二人每次在胡家吃一頓有油水的飯菜，教導胡家兩個孫子讀書寫字，雙方關係愈加和諧。
來了官學一陣子後，明朗寫了封簡短的書信，輾轉送回家。
書信是黃茂林先收到的，他叫上梅香一起，去韓家把書信讀給葉氏婆媳聽。
婆媳兩個聽得眼眶都紅了，雖然明朗並沒在信中說官學飯菜寡淡，但玉茗清楚得很。
葉氏止不住的又誇讚玉茗。「好孩子，明朗能娶了妳，真是有福氣。這去府城，若不是有妳阿爹介紹的胡老爺，他們兄弟二人不定要吃多少苦頭呢。果真是人以群分，妳阿爹是個正派人，交的朋友也正派。等以後有機會，定要去拜訪胡老爺和胡太太！」
梅香在一邊湊趣。「阿娘，不用急，等以後弟弟們都中了舉，您再備上厚禮去感謝秦先生和胡老爺也不遲。今兒咱們得了弟弟們的回信，暫時都能放心了。先不說別的，咱們娘兒們一起慶賀慶賀！」
葉氏高興的大聲說好。「你們一家子都別走了，等會再讓細月去把慧哥兒帶回來，把大郎、二郎也叫到後院來，咱們一起吃頓飯。」

府城裡的事情終於讓人放下了心，黃茂林卻忽然受傷了。

那一日，黃茂林在跨院裡清點家裡的糧食和黃豆存量，見一麻袋黃豆擺放得不整齊，就想去把它整理好。但那麻袋上面還堆了兩麻袋，黃茂林一個使勁過猛，把腰閃了。

一向堅強的黃茂林當場忍不住叫了一聲，梅香正帶著女兒在院子裡玩耍，聽見這一聲不同尋常的叫聲，一把抱起女兒就往跨院裡跑。

等她到庫房的時候發現，黃茂林疼得趴在地上，額頭上全是冷汗。

梅香大喊張媽媽和小柱，立刻趕到黃茂林身前，跪在地上焦急的問他。「茂林哥，你怎麼樣了？」

黃茂林忍不住哼了一聲。「我，我腰閃了。」

梅香大驚失色，腰扭了可不是小事，一個不好，癱瘓都有可能。

張媽媽和小柱二人急匆匆趕來，梅香把女兒往張媽媽懷裡一塞，對黃茂林說道：「你不要動，我抱你回房。小柱，去把王老大夫叫過來！就說你師傅腰閃了，快去！」

小柱轉頭就跑了。

因黃茂林趴在地上，梅香一手伸到黃茂林胸口，一手抱住他兩條腿，直接把黃茂林托著抱了起來。

梅香怕傷著黃茂林，路上慢慢的走，平穩的把他放到床上。床上比較軟，黃茂林這才感覺舒適一些。

梅香不敢隨意動他，在黃茂林肚子下面墊了個枕頭，省得腰間吃力。又用帕子給他擦了擦汗，讓細月倒了杯熱水過來。

很快，小柱拉著王老大夫過來了。

才進二門，梅香立刻迎了出去。「老先生，我當家的腰扭了，我才剛把他抱到床上，也沒敢動他，請您老去看一看！」

王老大夫點點頭。「莫要慌張，我一年看閃腰的沒有十個也有八個，好好養養，都能好的。」

王老大夫直接進了臥房，看見趴在那裡的黃茂林，他先問了受傷的過程，又輕輕在黃茂林腰間按了幾下，問問他哪裡疼。

問過看過也摸過了之後，王老大夫心中大概有了數，立刻提筆刷刷寫了藥方，讓小柱去他家裡抓藥。

小柱走了之後，梅香焦急的問王老大夫。「老先生，您看我當家的如何？」

老大夫沈吟了一下，叮囑梅香。「黃掌櫃怕是要臥床一陣子，等會藥來了，我先給他敷上，以後每日換一次。黃掌櫃這傷在腰上，要仔細，千萬不能隨意動他，偶爾幫他翻一翻身。若是躺久了，再給他捏捏腿。」

黃茂林在床上聽得心焦不已。「老先生，我會不會以後就這樣不能動了？」

王老大夫急忙安慰他。「黃掌櫃莫要怕，這閃腰也分輕重，我觀您這現狀，不算輕也不算重，多養幾個月能好。這幾個月可千萬要養好，不能吃一點力。就算後面能動了，也不能逞強，至少一年半載之內，不要搬重物。」

梅香急忙點頭。「老先生放心，定然不會讓他吃一點力。」

正說著，小柱抓了藥回來了。

王老大夫開的藥分兩種，一種是外敷，一種是內服。王老大夫先讓梅香打來一盆熱水，把黃茂林的後背和腰擦乾淨，然後給他敷上一層藥，用細紗布裹好。

敷好了藥之後，又告訴梅香內服的藥要如何用。

叮囑完之後，老大夫就要告辭，梅香忙付了診金，並親自把王老大夫送到大門口。

隨後，梅香讓小柱看著豆腐攤，讓細月帶著女兒，自己回房去照看黃茂林。

黃茂林因為疼痛，趴在那裡不作聲，又因為聽老大夫說可能幾個月不能動，心裡有些沮喪，更加不想說話了。

梅香進來後，輕輕摸了摸黃茂林的頭髮。「茂林哥，你不要想太多，家裡還有我呢。自從搬到鎮上，我跟著你享了幾年的清福，這回你好好歇一歇，外面的事情都交給我。」

黃茂林悶頭哼了一聲。「萬一我以後癱瘓了，你們娘幾個可怎麼辦！」

梅香輕聲反駁他。「胡說，你正年輕力壯，不過是扭了一下，何至於會癱瘓，王老大夫也說，養幾個月就好了。」

黃茂林又嘆了一口氣。「就算養幾個月能好，家裡一攤子事情呢。我還預備後天去縣城送貨，這回可怎麼辦呢。」

梅香想了想。「茂堅哥平日跟著你一起，自然是熟悉路線的，明兒不管是我還是小柱，跟著一起去也無妨。家裡的豆腐我和小柱都會做，這個倒不用擔心。如意坊那邊有阿爹和舅舅，也不用我們操心。你只管好好生養傷。」

黃茂林看向梅香。「妳又要受累了。」

梅香笑了。「我這叫受什麼累，我的日子，在整個平安鎮也是最好的。如今不過是多做一點活，比起鄉下那些又下田地又帶孩子還要操持家務的媳婦們，輕省多了。」

黃茂林想了想，對梅香說道：「家裡做豆腐的事情妳帶著小柱一起，縣城裡送貨的事讓小柱跟著去，把豆腐攤看好就可以。」

梅香點頭。「好，我都聽你的。」

黃茂林無奈的笑了笑。「我還說趁著這陣子天氣好，多掙些錢呢！」

梅香俯下身子，在他額頭上輕輕親了一口。「你已經做得很好了。別擔心，咱們家好著呢。」

黃茂林點了點頭。「妳不用一天到晚看著我，家裡的事情也離不開妳呢。」

梅香點了點頭。「那你先歇息會兒，有事就叫我。」

議。

黃茂林乖巧的閉上眼睛，梅香給他蓋了床薄被子，輕手輕腳出去了。

梅香先去街上買了一條豬後腿，又讓小柱和細月去給黃炎夏和葉氏報信。

葉氏聽聞女婿受傷，立刻急匆匆趕了過來，親自到房裡看過黃茂林，再出去與女兒商議。

「茂林不能幹活了，妳家裡的買賣就得妳來操持，我這些日子每天過來，家裡的事情都交給我。」

梅香點了點頭。「那我就不與阿娘客氣，實在是忙不過來了。」

葉氏抱著青蓮。「你們也不要太擔心，這傷養一養也就能好了。」

梅香勉強笑了一下。「我頭一回經歷這事，可不嚇壞了。阿娘不知道，茂林哥平日多要強的人，居然也忍不住叫喚，可見當時有多疼！」

葉氏驚得直皺眉頭。「可不就是，腰扭到最疼了。」

娘兒兩個正說著話，黃炎夏和楊氏一起來了。

黃炎夏去房裡看黃茂林，楊氏留在外面和葉氏母女二人說話。

黃炎夏見兒子一副垂頭喪氣的樣子，連忙給他打氣。「你莫要灰心，好生養傷，家裡有我們呢，如今又不種田種地了，能忙得過來。」

黃茂林勉強笑了笑。「兒子不爭氣，拖累阿爹了。」

黃炎夏勸慰他。「胡說，你是我兒子，都是我該做的。」

黃炎夏看過兒子，自己先回如意坊去了，讓楊氏留下給梅香幫忙。

慧哥兒回來之後聽說阿爹受了傷，書袋一扔跑進房間裡，擔心的看黃茂林。「阿爹，你疼不疼？」

黃茂林溫和的安慰兒子。「有一些疼，但阿爹能忍受。這些日子阿爹不能動彈了，你是家裡長子，要擔負起責任，幫阿娘一起照顧妹妹，不要調皮搗蛋。」

慧哥兒見一向意氣風發的阿爹趴在那裡一動不動，立刻兩眼淚汪汪。「阿爹，我給你揉一揉就不疼了。」

黃茂林伸手摸了摸慧哥兒的頭。「乖，阿爹的傷這會還不能揉，等過一陣子好些了，你再幫阿爹揉。你阿娘一個人家裡家外的忙，你自己好生做功課，別讓你阿娘分神。」

慧哥兒重重的點頭。「阿爹放心，我會好生做功課，帶著妹妹玩。」

黃茂林忍著痛笑了笑。「去吧，阿爹一個人歇一會。」

慧哥兒點點頭，乖乖的出去了。

自此，梅香每日照顧黃茂林，照看豆腐坊，帶女兒，一刻都沒歇過。

郭舅媽和郭二姨見外甥受了這麼重的傷，立刻讓梅香不要再一起做喜饃，還時常幫梅香幹些家務活。

伺候黃茂林的吃喝倒是不難，難的是解手的問題。好在梅香力氣大，能輕輕鬆鬆抱起黃茂林。

黃茂林剛開始有些不好意思，梅香就和他打趣。「咱們老夫老妻，孩子都兩個了，有什麼不好意思的。」

黃茂林想到二人自相識至今，一路共同經歷了多少風雨坎坷，如今自己身負重傷，梅香二話不說立刻挑起家裡重擔，自己還矯情什麼呢。

黃茂林索性徹底放開，把自己當成青蓮，隨意梅香怎麼擺弄。

除了照顧他的生活，梅香一有空就陪著黃茂林說話，給他捏捏腿。黃茂林怕梅香過於擔心自己，並不在家人面前垂頭喪氣，每天還講笑話給梅香聽，逗兩個孩子玩。

這樣過了八、九日之後，黃茂林在梅香的攙扶下能站起來了，雖然腰部仍然很疼，至少可以略微站一站。

身體的好轉，讓黃茂林十分高興。

自從黃茂林受傷以來，各路親朋紛紛來探望，送來許多進補的食物。

今兒烏魚湯，明兒後腿骨，或是老母雞，或是新鮮羊排，一天兩個大葷，不管黃茂林吃不吃，這都是雷打不動的分量。

過了中秋節，因梅香照顧得好，換藥換得勤，每天都擦洗，黃茂林的傷勢一天比一天好轉。

王老大夫來看過了，囑咐黃茂林每天略微走動走動，但也不能過量，還讓梅香多給黃茂林捏捏腿。有些人閃腰之後，一輩子落下個腿疼的毛病。

梅香不敢輕忽，每天早中晚給黃茂林捏腿，看著他在院子裡轉圈。

黃茂林不願意再躺回床上，梅香去黃炎斌家裡買了張躺椅，鋪上褥子，讓黃茂林躺在上面。或是坐在堂屋裡看慧哥兒讀書寫字，或是坐在豆腐坊裡看梅香和小柱做豆腐，再或者坐在倒座房裡，和梅香一起賣豆腐。

街坊鄰居們都知道黃茂林受了傷，見梅香盡心照顧，都大力誇讚。

家裡一帆風順，如意坊那邊，卻又出了些波折。

第七十五章　破計謀成立行會

這一日上午，梅香帶著黃茂林正在院子裡散步，青蓮在後面一扭一扭的跟著。一家三口正玩得高興，忽然有街坊來傳信，說有人在如意坊鬧事。

梅香當機立斷。「茂林哥，你在家裡看著，我去如意坊那邊看看！」

黃茂林沈聲道：「我也一起過去。」

梅香搖頭。「不行，王老先生說了，你不能勞累。」還沒等黃茂林再說話，梅香立刻叫來細月。「好生看著青蓮，聽你們掌櫃的話，我去去就回來！」

梅香回房換了一身普通棉布衣裳，把頭上的釵環通通卸掉，給黃茂林一個安撫的眼神，轉身就往前院去了。走到倒座房門口，梅香叫了小柱。「你過來，把大門插上，我若不回來，除了這幾家親戚，誰來也不許開門。再有，不許你師傅出去！」

梅香快步往如意坊那邊去，不到一盞茶的功夫就到了。

一進如意坊，就看到裡面鬧哄哄的。

有個外地人正在大吵大鬧。「我好好的貨放在你這裡，如今壞掉了這麼多，你們不賠錢，以後也別想再做生意了！」

葉厚則在一旁回答。「這位兄弟，你前幾天走的時候，我們當面驗得清清楚楚，若有問題，你當時怎不說，這會倒來訛人？」

葉厚則沒想到梅香過來了。「妳來做甚，這裡有我呢，妳好生在家照看茂林。」

梅香搖頭。「舅舅，如意坊如今是我名下的產業，聽說有人鬧事，我豈能不來看看。」

那個正在叫嚷的人見東家來了，立刻過來糾纏。「這位娘子，妳得賠我家的貨！」

梅香一手揮掉那人伸過來拉扯她袖子的手。「有話就說話，休要拉拉扯扯。」

那人斜眼看了一下梅香。「也不是想與娘子動手動腳，只是我家的貨放在妳家貨倉裡壞掉了，當初契約書上寫得清清楚楚，你們不該賠嗎？」

梅香哼了一聲。「這位客人不認字？契約書上寫的清清楚楚，一手交錢、當面驗貨，出了這個門誰都不認帳。如今跑到我家門口來訛人，怎麼，是覺得我一個女人家好欺負嗎？」

那人立刻提高了聲音。「你們不給我換貨，就別想再做生意了！」

梅香也提高了聲音。「你是哪裡來的潑皮無賴，有什麼鬼祟想法趁早給我說清楚，若在這裡胡言亂語，咱們就一起上公堂，說個清楚明白！」

那人忽然斜眼看梅香。「我上公堂倒無所謂，小娘子這樣年輕媳婦，又長得漂亮，上了公堂，那還能有個好？」

梅香頓時大怒，看見院子角落柴火架上晾著一雙鞋，過去拿起鞋底轉過頭，對著他的臉左右開弓抽了四、五下。「你再敢不乾不淨滿嘴噴糞，我打得你祖宗都不認識！該驗貨時不好好驗，如今又來訛人！我拚著這如意坊不要，也不能讓你這樣的小人得逞！」

那人頓時覺得奇恥大辱。「弟兄們，這如意坊欺辱外來客人，還行兇打人，咱們把這如意坊給我拆了！」

另外兩個人應聲道好，就要來打砸搶，黃炎夏不在，這邊只有葉厚則，還有黃茂源以及楊大郎，再加一個梅香，另外幾個客商站著不說話。

挨了打的這個人伸手就來摸梅香。「小娘子這樣潑辣，非讓我好生調教調教！」

梅香飛起一腳，把他踢趴在地上。「混帳東西！」

那邊，葉厚則三個人與另外二人糾纏，不讓他們去砸別人的貨物。

梅香大叫黃茂源。「你來把這個狗東西給我捆起來，我來收拾這兩條狗腿！」

黃茂源立刻找來繩子，把起頭鬧事的那個人捆了起來。另外兩個人不過是這人花錢請來鬧事的，一見主事的被人打趴下，立刻就老實了。

正吵嚷著，忽然，大門口進來一輛驢車，梅香一看，是小柱拉車帶著黃茂林過來了。

梅香連忙迎了過去，把黃茂林從車裡扶了出來。「不是說讓你不要來的，有人想佔便宜，我已經把他制伏了。」

黃茂林笑著誇讚她。「妳做得很好，剩下的就交給我吧。」

梅香扶著他走了過去，黃茂林低頭看了看趴在地上的那個人。「王老爺，如何出爾反爾？你的貨已拉走了，再來說驗貨的話豈不晚了。」

王老板被梅香踢得雙腿疼痛。「哼，我是說不過你們，也打不過你們，但你們總不能堵黃茂林嗤笑一聲。「王老板，做下這樁事，你還能有什麼臉面。」

雙方僵持了許久，王老板終究被迫答應。

事情結束之後，梅香忙問黃茂林。「還撐得住嗎？腰疼不疼？」

黃茂林溫和的安慰大家。「我無事，不過是換個地方坐罷了，咱們先回去。舅舅，這裡煩勞您了。」

葉厚則點頭。「你們去吧。」

回到家之後，梅香小聲對黃茂林說道：「茂林哥，你那個法子也太損了，這樣敲鑼打鼓一頓張揚，另外幾家豈不恨死我們！」

黃茂林也笑了。「這姓王的話半真半假，我也不知是誰家幹的，這樣吆喝幾天，那正主必心虛不敢吭聲，沒幹過的自然會跳出來喊冤，讓他們三家先去攀咬，總能咬出真相。」

梅香聽得大讚。「茂林哥，還是你有辦法，我去了見他鬧事，就想打他！」

黃茂林摸了摸她的頭髮。「儘管打，有我呢！」

梅香把頭蹭到黃茂林胸口。「茂林哥，若是沒有你，我怕是守不住家業！」

黃茂林用臉蹭了蹭梅香的頭。「怎麼會，咱們兩個一個都不能少。」

如意坊那邊，葉厚則把兒子和姪子叫了過來，看著姓王的，押著他在附近轉了三天，一邊走一邊說，喊一聲敲一下，所有外地人都來看熱鬧，打聽清楚之後，各有說辭。

這樣喊了三天之後，福滿堂第一個不答應，跑到另外一家門口大聲叫罵。

被罵的這家是新開沒多久的貨倉，掌櫃的姓劉，與那老劉頭有些瓜葛。

他們見姓王的手裡剩下的貨沒賣出去，就主動找姓王的，給了他些錢，讓他去尋如意坊的麻煩，也不要求他得到賠償，只要鬧一鬧就行了。以後再來平安鎮，劉家貨倉八折租給他，老劉頭給他拉貨也打些折扣。

王老板走南闖北過，一眼就知他們沒安好心。他提前打聽過，黃家在平安鎮可不好惹，家有母老虎，還有兩門貴親呢！但劉家人找上自己，若被有心人知道，就算自己什麼都沒幹，說不定哪一天也會被人潑髒水，索性將計就計，上門去鬧一鬧。

他們之間的勾當，福滿堂知道得一清二楚。

黃茂林接下來沒有任何動作，盧家當家人卻主動來家裡找黃茂林，要求成立平安鎮貨倉和車行總行會，並讓黃茂林擔任會長，黃茂林再三推辭。

過了幾日，盧掌櫃在福滿堂廣發請帖，邀請另外三家貨倉的掌櫃以及所有拉車的車主，一起到福滿堂商議成立總行會的事情。

眾人紛紛前往，盧掌櫃擺設茶點，再次說明自己的意思。

黃茂林連忙拒絕。「我年少才薄，哪能擔此大任。盧掌櫃才德兼備，又一向公道，合該由您來做這個會長才對。」

盧掌櫃又勸黃茂林。「黃掌櫃，您是頭一個開貨倉的，可見比我們有眼光，這兩、三年間，鎮上人越來越多，各處大宗交易都跑到這裡來，如今我們各家幹各家的，混亂得很，也沒個規矩。若是有了總行會，誰若犯了規矩，直接踢出去，也省得壞了我們平安鎮的名聲！諸位覺得盧某人說的可有道理？」

黃茂源頭一個點頭同意，拉車的生意好不好，還是要看貨倉，故而拉車的車主們對貨倉有依賴性，也希望貨倉這邊能更規矩一些。

劉家兄弟被福滿堂治了一場，這會當起了縮頭烏龜。另外一家貨倉的高掌櫃，知道如意坊的黃掌櫃一向光明磊落，有這樣的人做總會長，又年輕有為，自然於大家都無礙。

眾人也都明白，盧掌櫃之所以推薦黃茂林，一是覺得黃茂林確實能幹，二是看中黃茂林財勢大，與張縣尉連著親，兩個小舅子以後前程不可限量。

黃茂林一再謙虛，眾人仍舊推舉他做會長，他最後只能接下，並與所有人共飲三杯茶，又與眾人商議，定下平安鎮貨倉車行總行會的整體規矩細則，包括存貨、拉貨、交易和取貨等各個環節。又說弄個公中的基金，每年一人湊些銀子，一來年底給大家吃酒，二來誰家若是有個災難，也能接濟一下。

選過會長，又推舉盧掌櫃和一名處世公道的拉車張師傅做副會長。

鬧哄哄了一、兩個時辰，終於把貨倉車行總行會的事情定下了。

盧掌櫃轉頭看向劉家。「劉掌櫃，我們這規矩可不是寫著玩的。您前兒做了什麼事情，不會這麼快就忘了吧？」

劉掌櫃繼續賠笑。「看您說的，都是兄弟，哪裡犯得上拿規矩說事。」

高掌櫃在一邊插話。「劉掌櫃，您這不聲不哈的，好險沒把我們幾家都坑進去了。這事可不能就這樣過去，要麼您給大家賠禮道歉，賠償黃會長家的損失，要麼，劉掌櫃自己去成立一個行會，與我們無關。」

劉掌櫃嚇一跳。「高兄弟言重了，我們並沒有那等歹毒心思，也是被那姓王的挑唆，才幹下這糊塗事！」說完，立刻起身給黃茂林作揖行禮。「黃會長，都是我一時糊塗，對不起弟兄們，還請您看在我也是行會一分子的分上，給我將功補過的機會。」

黃茂林喝了口茶。「劉掌櫃，您這樣誠心認錯，我自然不會苦苦相逼。但咱們既然立了規矩，總不能就這樣一筆帶過。劉掌櫃想一想，若是哪天有人這樣針對您，我若是輕輕揭過，您會如何作想？」

劉掌櫃咬了咬牙。「這樣，我賠給黃會長十兩銀子，算是給如意坊的損失。過幾天我在王家飯館擺幾桌酒席，請所有弟兄們一起喝酒！」

黃茂林拍手。「好，劉掌櫃果然是個爽快人。剛才盧副會長不是說弄個公中的帳目嗎？我先把這十兩銀子填進去，留著年底弟兄們一起喝酒。」

說完了事情，黃茂林有些疲憊，腰部也有些發痠。黃茂源打發楊大郎去幹活，自己趕車把黃茂林送回來。

黃茂源一邊趕車一邊興奮的和他哥說話。「大哥，恭喜你做會長了！以後我在這拉車行裡，比以前也更有臉面了！」

黃茂林點頭。「自然是可以的，只要你們與孩子商議好，我不干涉孩子的親事。」

小柱家裡已經給他說了親，就等著明年回去娶妻成家。自古天地君親師，黃茂林雖也有權利過問徒弟的親事，但人家父母在，他也就懶得操心。

大福拜師誠意足，雙方簽訂了契約書，羅家父母叮囑了大福幾句話，又懇請黃茂林好生照顧孩子，然後一起回去了。

正式的拜過師，叫過師傅師娘和師兄，大福也算黃家豆腐坊的一分子了。

當天夜裡，慧哥兒回來的時候，發現家裡多了個大哥哥，好奇了半天。

大福心眼活，又機靈，拿出自己看家的本事逗慧哥兒玩，慧哥兒立刻喜歡上了這個大哥哥。

梅香讓大福跟小柱住一間屋，小柱的床大，且如今天冷，睡兩個人完全沒有問題。等明年天熱的時候，小柱已經回家了。

小柱蓋的被子是當日來的時候梅香給的，如今還有個六、七成新，被子大得很，兩個少年郎蓋足夠了。

第二天一大早，大福起得最早，還去廚房燒了鍋熱水，伺候黃茂林洗漱。

黃茂林有些不習慣，背著小柱跟大福說：「你不需要這樣伺候我，你師兄也從來不做這些。」

大福立刻明白了，又給小柱也打了盆熱水。「師兄，我不大懂家裡的規矩，還請您以後多教導我。」

小柱想著自己明年就要走了，師傅師娘這幾年對自己不錯，若是把這個師弟教導好了，能給師傅師娘分憂，自己明年也能放心的回家。

大福的勤快不亞於小柱，磨豆腐、掃院子、賣豆腐、洗一些粗笨的東西。來黃家後兩、三天，他很快熟悉了去各家親朋的路線，每天下午接慧哥兒的任務也交給了他。

黃茂林很滿意，肯學，肯下力氣，眼睛裡有活，這樣的徒弟誰不喜歡呢。

等到快過年的時候，客棧終於建好了。

客棧不像貨倉，落成禮不能隨意。黃茂林廣發請帖，請了各路親朋以及總行會裡所有人。

宴席是張發財主持的，因年前客棧並不營業，暫時還沒有請夥計，張發財自己備齊了宴席要用的東西。黃氏族人許多人主動來幫忙，一則是族內慣例如此，二則，有人開始打聽客棧招工的事。

黃茂林與梅香一起出現在落成典禮上，按照規矩，要由主人家剪綵。

黃知事讓黃茂林剪綵，黃茂林擺手。「這客棧記在內子名下，剪綵自然也由她來。」

眾人都愣住了，梅香笑著解圍。「茂林哥，咱倆一起來吧。」

夫妻二人共執一把剪刀，一起剪綵。綢緞剪開後，滿場歡呼聲。

葉氏在人群中看見女兒立在客棧前，神采飛揚，內心也跟著高興，這個女兒，人生前十二年一直憋屈著過日子，如今跟著女婿在一起，真是暢快。

辦過了酒席，黃茂林開始考慮年後營業的事情。

張發財與黃茂林商議招人的事宜。「兄弟，這招人的事情還是你來負責，我拿個大，以後給你做個掌櫃的，跟著兄弟混點飯吃，你一個月給我開些工錢就行。」

黃茂林想了想。「發財哥，既然客棧交給你來打理，這招的人還是得你用著順手才行，暫時就從黃家和張家裡面找。」

張發財點頭。「既然兄弟信賴我，我明兒就開始找人，找過了之後給你掌掌眼。兄弟放心，那些偷奸耍滑的，臉面再大我也不要。」

黃茂林笑了。「發財哥，年前我還照一兩半的工錢開給，等年後營業了，我給你三成的乾股。」

張發財連忙擺手。「使不得使不得，我就是個幹活的，一文錢沒出，豈能有乾股。」

梅香在一邊插嘴。「發財哥，這也不是說送你乾股，客棧的事情多，整日忙碌，還得與客人打交道。我說句不好聽的話，若是給死工錢，東家也要擔心掌櫃懈怠呢，反正幹多幹少都有工錢拿，何苦多幹。」

張發財聽了之後不好再反駁。「兄弟和弟妹看得起我，我自然盡心盡力。乾股的事情，給我兩成，我再多拿，說出去人家要戳我脊梁骨了。」

黃茂林夫婦都同意了。

過了幾日，總行會開了酒席，請所有弟兄們喝酒，黃茂林作為會長，聚會上，他挨桌敬酒。

眾人打趣。「黃會長，您這家業越來越大了，以後兄弟們就跟著你一起幹！」

黃茂林謙遜的對大家說道：「我家這生意也要靠諸位捧場，年後我的客棧就要開張了，弟兄們在驛站拉貨的時候，還請幫我提一提，別讓我賠了本兒！」

等到過年的時候，明朗兄弟從府城回來了，聽說黃茂林蓋了客棧，興沖沖跑去看，並給出了很多經營上的意見。

等到過年寫門對子的時候，黃茂林問梅香。「咱們總得給客棧取個名字吧？妳是東家，妳來取！」

梅香睨了他一眼。「您是會長，還是您來！」

黃茂林見孩子們都不在，把梅香摟進懷裡。「東家，我這一年幹得如何？要過年了，可要給我些獎賞？」

梅香轉臉親了他一口。「幹得不錯，明兒給你封十個銅板！」

黃茂林吃吃笑了。「我不要銅板，我就要東家！」

梅香又睨了他一眼。「不是說給客棧取名？又沒個正經！」

黃茂林忙正色道：「不是說讓東家取，我等著呢。」

梅香想了想。「咱們這客棧住的都是外地客人，你讓我取名，我只能想到個迎賓樓，不怎麼喜慶，也不怎麼高雅。」

黃茂林想了想。「雖不高雅，卻有誠意，就叫這個！明兒我就讓大伯給咱們做個牌匾，年前一定掛上！」

忙忙碌碌的一年又過去了，年三十中午，黃茂林放了鞭炮，祭過祖宗和郭氏，帶著妻兒和兩個徒弟以及細月一起過年。

兩個徒弟端著酒杯說了許多祝福的話，慧哥兒也跟著湊熱鬧。

桌子上酒香菜香混在一起，桌子底下炭火正旺，一家子邊吃邊說，好不熱鬧！

第七十七章　招人手搭救周郎

夏日裡，送走小杜之後，迎賓樓的生意越來越好，再加上水玉坊和如意坊，這三處地方的收益，讓黃茂林賺得缽滿盆滿。

黃茂林賺了錢，就見不得梅香整日忙碌。「梅香，不如咱們把生肖閣都轉給舅媽和二姨，妳也清閒一些。」

梅香詫異的看向他。「我若不幹了，舅媽和二姨該如何幹呢？我權當帶著她們掙些油鹽錢。」

黃茂林摸了摸梅香頭上的金步搖。「二位長輩能幹，咱們以後只幫忙接單子，一來妳不用太忙，二來長輩們也能多分一些。」

梅香又覺得黃茂林說的也有道理。「那，過幾日與舅媽和二姨商議商議，就說實在忙不過來。」

黃茂林點頭。

過了幾日，黃茂林親自與她們商議，二位長輩並無異色。

「梅香成日家忙碌，就算她不幹了，該怎麼分錢還怎麼分。」

黃茂林搖頭。「舅媽，二姨，若是我們不做了，豈能還分那麼多錢。」

郭舅媽想拒絕，黃茂林又壓住了她的話頭。「舅媽，您就權當外甥看不上這兩個錢。」

郭二姨噗哧笑了。「大嫂，茂林說的不假，這幾個錢於他來說不算什麼。他既有這孝心，我們就接著吧。一來我們多掙兩個，二來他媳婦也不用那麼辛苦。」

郭舅媽點頭。「外甥有本事，我們也跟著沾光。」

黃茂林又與二人商議。「舅媽，二姨，表兄弟們如今在家可忙？迎賓樓和如意坊那裡我想加兩個年輕人，表兄弟們可願意來給我幫忙？」

郭舅媽大喜。「果真？你若真缺人，我們自然願意跟著你幹，但千萬不可為了照應我們而多加人！」

黃茂林笑了。「確實需要人，一共三個名額，請舅媽和二姨一家出一個人，剩下的一個我要留給葉家舅父。」

郭舅媽點頭。「這是自然的，都是親戚，不能只我們一家沾光。」

郭舅媽與郭二姨都有兩個兒子，至於讓哪一個來，黃茂林由她們自己決定。

過了幾日，郭舅媽把郭二郎帶來了，郭二姨把大兒子帶來了，葉厚則帶來了姪子葉思遠。

黃茂林把郭二郎打發去迎賓樓給張發財做幫手，並一再叮囑郭二郎。「去了迎賓樓，表弟切莫仗著親戚名分與發財哥為難，我若知道你不好生幹活，定要打你！」

郭二郎連忙作揖鞠躬。「表哥放心，張大哥是掌櫃，我定會敬重他，聽他調度。」

黃茂林點頭，讓他自己去迎賓樓找張發財。

黃茂林又看下郭二姨的大兒子曹大郎。「你我就不用多說了，自己去如意坊找我阿爹，他會教你規矩。」

曹大郎也給黃茂林拱手。「多謝表哥，我這就去找姑父。」

打發走了兩個表弟，黃茂林不管郭舅媽和郭二姨做喜饃的事情，自己回正院和梅香說話去了。

過了幾日，周地主忽然一臉憂愁的上門來找黃茂林。

黃茂林親自迎接。「周老爺安好，周老爺大駕光臨，寒舍蓬蓽生輝。」

周地主也抱拳行禮。「黃掌櫃家裡不愧是有讀書人的，說話都比旁人更好聽。」

黃茂林把周地主往倒座房小客廳裡面引，細月上了茶水，梅香並未出來。

黃家與周地主並不熟悉，二人東拉西扯的寒暄著，過了半晌之後，周地主按捺不住，終於說出了實情，他今天是來求黃茂林的。

周地主滿臉愧色。「黃掌櫃，我教子無方，家中逆子又在縣城惹事，被人扣下了，對方家中有勢力，道歉也不接受，送禮送錢財也不接受，只說要把小兒送進大牢裡吃牢飯。」

黃茂林很是吃驚。「大公子招惹了什麼人？」

周地主一臉憂愁。「說是府城哪位官員家的公子，到榮定縣來玩耍，在戲樓裡看上個小戲子，哪知我那蠢兒子不知天高地厚，與人家爭，拉扯的過程中打了那家公子一下。這可不得了，人被扣住了，我也見不著面，送禮都沒有門路。我求告無門，想請黃掌櫃幫忙去縣裡問一問，賠禮道歉都行，還請那位公子放了我家大郎。」

說完，他不容黃茂林拒絕，從懷裡掏出一張五十兩的銀票放在桌上。「此去縣城通融，必定花費不少，我先準備了這些，我再回去賣些田地，一定不讓黃掌櫃破費。」

黃茂林有些猶豫，見周地主又再三央求，心想也罷，他去問問，若是小事幫著說一說，若是事兒大，只能把銀子退給他了。

周地主千恩萬謝的走了

第二日，黃茂林把貨送了後，自己買了一份厚禮獨自去了韓敬博家。

他先問四叔四嬸身體，又說了家裡的一些近況，最後捎帶嘴，說了一句周地主家的事情。

韓敬博笑了。「我知道這事，那是陸通判家的四公子，是一位得寵的姨娘生的，跑到榮定縣來玩，哪曉得被一個鄉下小子拉扯，惱羞成怒，扣下了人家。」

黃茂林試探著問韓敬博。「四叔，周地主您是認得的，他跑來求我，還給了我五十兩銀子，我也不知要如何處置，請四叔教我。」

韓敬博想了想。「你今兒別回去了，晚上我帶你去張縣尉家。我職位低微，陸四公子又一向驕縱，我去了怕是連門都不會給我開。」

黃茂林連忙拱手。「那我先去告訴我的族兄，讓他先回去，再去備一份厚禮。」

韓敬博點頭，告訴黃茂林去哪裡買什麼禮物，連價錢都說好了，防止別人矇騙他。

買完了禮物，周老爺的五十兩銀子花了個精光。

張縣尉聽說韓書吏來訪，急忙讓人帶他進來。

韓敬博與張縣尉相互客氣，又向張縣尉介紹黃茂林。「張大人知道這孩子是誰？」

黃茂林急忙按照韓敬博教他的規矩躬身行禮。「晚輩黃茂林見過張大人！」

張縣尉實在不知這是誰家孩子。「可是兄弟家的子姪？」

韓敬博哈哈笑了。「這是我姪女婿，貴府三姑娘大姑子的夫婿。」

張縣尉立刻笑了。「哎呀，原來是親戚家的孩子，韓老弟還捉弄我，明兒我定要灌你兩罈酒！」

寒暄了一番之後，韓敬博說了周地主家的事情。

張縣尉撇撇嘴。「陸大人也是不講究，一個姨娘生的，比嫡長子派頭還大。我去府城，陸大公子見了我都叫一聲伯父，這陸四公子見了我，卻拿鼻孔對著我。」

韓敬博哈哈笑了。「陸四公子還小呢，想來過幾年就好了。」

張縣尉安慰黃茂林。「這事賢姪不用擔心，我明兒就去找陸四公子，他一個通判家的公子，怎麼能隨意扣押良民。」

黃茂林立刻起身鞠躬。「多謝張大人，因周老爺在鄉下聲譽尚可，一把年紀求告上門，晚輩實在不忍拒絕，才來煩擾張大人。」
張縣尉擺擺手。「賢姪不用放在心上，不過是小事罷了。你既然時常到縣城來，除了去看你四叔，也經常來看看我。也別叫什麼張大人，叫一聲大伯也使得。」
黃茂林沒想到張縣尉是這樣的豁達之人，立刻打蛇隨棍上。「姪兒茂林見過張大伯！」
張縣尉哈哈笑了，立刻把腰上的那塊玉扯了下來，塞到黃茂林手裡。「既然叫了大伯，以後就常來，今兒夜裡你們都別走了，在我家裡吃飯。」
韓敬博也不拒絕，帶著黃茂林在張家吃了頓晚飯。
轉天上午，黃茂林還沒走呢，張縣尉就打發人把周大郎送了過來。
周大郎蓬頭垢面，黃茂林對他拱了拱手。「周大公子，令尊託我來接你回家。」
哪知這周大郎好不識趣，只把黃茂林當作家裡的下人，讓黃茂林伺候他洗澡。
黃茂林沒理他，讓韓家下人備了熱水，周大郎自己隨意洗了洗，吃了些東西之後，黃茂林辭別韓敬博夫婦，先帶周大郎回家去了。
到了平安鎮之後，黃茂林親自把周大郎送回了家，周地主千恩萬謝。
黃茂林也不客氣，與周地主說了實話。「周老爺，陸四公子性情驕縱，我四叔也沒有能耐去說動他放人，還是託了張縣尉才把大公子撈回來。周老爺給的五十兩銀子，我買了一份厚禮送到張縣尉家裡去了，張縣尉往陸四公子那裡送了多少好處我也不清楚。」
周地主懂人情世故，立刻起身拱手作揖。「多謝黃掌櫃！黃掌櫃稍坐，我去去就來。」

周地主一會之後再次返回，從懷裡摸出兩張一百兩的銀票。「小老兒只剩這些現銀，還請黃掌櫃轉呈張大人！」

黃茂林接過銀票。「我明兒去問我四叔，若是不夠，怕周老爺還得再破費。」

周地主連忙說道：「黃掌櫃只管把這轉呈給張大人，韓書吏、韓太太與黃掌櫃家裡，小老兒明日再去拜訪。」

黃茂林也不想再說太多，客氣了幾句話之後，自己先回家去了。

才一進門，梅香就問他。「如何？」

黃茂林抱起女兒。「也不是多大的事，就是周大郎不知天高地厚，去招惹通判家的公子，可不就吃了虧。」

梅香跟著感嘆。「我看周大郎這樣的，不下死手管他，要不了多久，這家業都能讓他敗光！」

還沒等黃茂林再去縣城，周地主第二天就找了鎮上的中人，要賣一百畝地！

聞此訊，黃茂林立刻行動起來。

他先與梅香商議。「一百畝地咱們家雖說吃得下，但此次四叔出了力，又借了明盛的臉面，不如咱們三家一起吃下這一百畝地？」

梅香點頭。「你覺得合適就行，我現在就去與阿娘商議。」

葉氏聽說之後也不反對。「明兒先讓茂林去問妳四叔，看看他要多少，剩下的我們兩家分。」
黃茂林先穩住中人，自己又往縣城跑了一趟，把那二百兩銀子給了韓敬博，又說了買田地的事情。
韓敬博先接下了二百兩銀子。「張大人送了陸四公子一百兩銀子和一個漂亮丫頭，我把這二百兩銀子都給他，多餘的算是酬謝張大人。至於田地的事情，你回去與我阿爹說，買下三十畝，剩下的你們兩家分。」
黃茂林連忙點頭應了。「此事煩勞四叔了，周老爺說過，這幾日會去拜訪七爺爺與我岳母。」
韓敬博笑了。「周老爺為人倒是不錯，就是不會教孩子。那周大郎草包一個，看著忒討人嫌。」
黃茂林沒想到韓敬博會開玩笑，也跟著笑了。
韓敬博留黃茂林吃了頓晌午飯，又寫了封給韓文富的手書，就打發他回來了。
黃茂林一個人把事情都辦下來，韓文富和葉氏等田地買好之後，先後把銀子給了他。
周地主賣了地之後，轉天先去拜訪韓文富，送了厚禮，外加一些銀子，韓文富接到兒子的手書之後，並沒有拒絕周地主送的禮。
周地主又帶著厚禮來拜訪黃茂林，把周大郎也帶過來了。
一進門，周大郎扭扭捏捏的給黃茂林抱拳行禮。「多謝黃掌櫃搭救我！」

黃茂林笑了。「無妨，都是鄉里鄉親，搭把手是應當的。」

雙方說了一會閒話後，周地主先掏出五十兩銀票。「此次黃掌櫃為犬子奔走，小老兒無以為報，這些銀子還請黃掌櫃莫要推辭，留著喝口茶。」

黃茂林也不拒絕，只是他沒想到周地主會送給他這麼多，原以為最多二、三十兩也就罷了。

周地主給黃茂林送這麼厚的禮，一是感謝，二是存了結交的心思。

黃茂林這邊打發了，周地主又為難的看向他。「黃掌櫃，韓太太家裡都是婦孺，小老兒實在不好上門，還請黃掌櫃代為轉呈小老兒的心意。」

說完，周地主又掏出了五十兩銀票。

黃茂林看了看。「這樣，周老爺隨我一起去我岳母家，周大公子就在我家裡候著吧。」

周地主連忙點頭，與黃茂林一起去韓家。葉氏在前院兒子們的書房裡招待了周地主，周地主再三感謝，呈上了禮物和銀票。

葉氏推辭兩句之後也接下了，周地主說了幾句感謝的話之後就要告辭，葉氏也沒留他，黃茂林又帶著周地主回家了。

黃茂林出於客氣，留周家父子吃飯，哪知周地主並不客氣，真留下來吃飯了。

梅香趕忙上街買了些魚肉，又打了一壺酒回來，讓細月去菜園裡摘了些蔬菜回來，全部交給張媽媽烹煮。

黃茂林與周地主喝酒吃菜，喝了幾杯酒之後周地主有些上頭，聲音哽咽。「黃掌櫃呀，我再大的家業也遭不住一個敗家子呀！就這回的禍事，一來一往，花了近五百兩銀子啊！」

周地主說到氣憤之處，踢了兒子一腳，越想越傷心。「從我太爺爺輩開始，幾代人辛苦攢下的家業，若是都毀在我手裡，我有什麼臉面去見祖宗！」

周地主一邊說一邊哭，黃茂林只得在一邊一直說寬慰話。

哭了一陣子之後，周地主把眼淚一擦，看下黃茂林。「黃掌櫃，小老兒有個不情之請，還請黃掌櫃幫我！」

黃茂林連忙說道：「周老爺請說。」

周地主看向周大郎。「他雖叫大郎，其實家裡只有他一個。我與老妻慣了他二十年，如今忽然要下死手管他，實在是忍不下心。想請黃掌櫃替我管教他一些日子，打也好罵也罷，反正我看不見，只要能讓他變老實就行！」

黃茂林愣住了，周大郎更嚇呆了。「阿爹，阿爹我要回家！」

周地主拉住黃茂林的手。「黃掌櫃，您是咱們平安鎮年輕人中首屈一指的能幹人，我相信您的本事，小老兒說到做到，不管您怎麼管教他，挑大糞也好、下田地也罷，我年紀大了，老妻心腸軟，實在沒有能力管好他。我們還能活多久呢，等我們死了，這個不成器的到時候不光要敗光家業，怕是要賣掉妻兒，請黃掌櫃救我一家人！」

黃茂林有些為難。

周地主再三懇求，就算黃茂林下狠手，只要留他一條命，絕不追究。為了表示誠意，周地主當場寫了份契書，把周大郎算作夥計在黃家，為期一年，不要工錢，任打任罵！

不管周大郎怎麼哀求，周地主鐵了心腸，寫下契約書之後，自己按了個手印，對著黃茂林說了一通感謝的話之後，萬般不捨的看了兒子一眼，扭頭就走了！

周大郎哭了，跟著周地主跑了好遠，最後被黃茂林和大福一起拖了回來。

黃茂林在屋子裡來回踱步，梅香進來了。「當家的，聽說家裡多了個夥計？正好，菜園要挖了，下午讓周大公子去給我挖菜園。」

黃茂林頓時笑了。「好，讓他去挖菜園。」

周大郎翻了個白眼。

等到下午，梅香喊周大郎去挖地，周大郎理都不理梅香。

梅香哼了一聲。「你不去是吧，可以，什麼時候把地挖好了什麼時候才有飯吃！」

周大郎瞪大了眼睛。「妳這個蛇蠍婦人！」

梅香眼睛瞪得比他更大。「你再罵一句試試！」

周大郎知道梅香厲害，立刻又蔫下了。

梅香說到做到，當天晚上真的就餓了周大郎一頓，只讓他睡在前院倉房裡，床板是硬的，鋪了一層薄薄的褥子，被子也是硬的，連枕頭都沒有。

第二天早上，讓細月給周大郎盛了半碗稀飯，那稀飯裡算算也沒幾粒米。

周大郎餓了一夜，只得了一碗稀粥，頓時又破口大罵起來。

黃茂林起身抽了他兩個巴掌。「你是什麼泥豬癩狗，也敢罵我屋裡人！」

周大郎被打哭了。

吃了早飯之後，梅香把鐵鍬扔到周大郎腳邊。「想吃飽飯，就去給我挖地！」

周大郎哭著扛起鐵鍬去了菜園，黃茂林親自監督他，不管他做得好壞，只看他有沒有偷懶！

辛苦了一上午，周大郎終於吃了頓飽飯。

第七十八章　光陰轉兄弟登科

周大郎長這麼大，頭一回幹如此重的活，還是餓著肚子幹，一肚子委屈。

黃茂林也有些不忍心，但想起周地主的請託，也罷，就當是做好事。

梅香把黃茂林的幾件舊衣裳找了出來，給周大郎穿。

周大郎吃了頓飽飯，又開始原形畢露，見梅香拿出的舊衣裳，撇了撇嘴。「黃大奶奶，這衣裳我的貼身隨從都不穿。」

梅香哼了一聲。「你如今就是我家裡的夥計，有你穿的就不錯了，大福穿的也是我當家的舊衣裳，你吃得比大福多，幹得比大福少，還敢挑剔。」

周大郎不想穿，但天氣熱了，他昨天晚上就沒洗澡換衣裳，這會身上難受得很，也只能委屈拿走了舊衣服。

他想洗澡，又不想動手，就去找大福，想讓大福給他打水。

大福搖搖頭。「周大公子，師傅師娘說了，不許我伺候你。我屋裡有木盆和木桶，您自個去拿，張媽媽每天都在廚房裡留有熱水，您只管去打。」

周大郎使喚不動大福，只好自己委委屈屈的去打水，隨意洗了個澡，換上了黃茂林的舊衣裳。

黃茂林個子比周大郎高一些，周大郎雖然胖一點，衣裳寬大，穿起來也合身。

從那以後，梅香對於使喚周大郎幹活樂此不疲，挖菜園、掃地、舂米、燒火……什麼事都讓他幹，七、八天的功夫，周大郎就變得跟個夥計一樣。

周大郎心裡不服氣，經常想造反，梅香當著他的面徒手掰斷了一根大腿粗的柴火，周大郎頓時變得敢怒不敢言。

黃茂林夜裡與梅香開玩笑。「還是妳有法子，才幾天就把他治得服服帖帖！」

梅香俏眼斜看了他一眼。「哼，什麼懶人到我手裡都能給他收拾好了。不肯幹，不給飯吃就是了！周大郎長得又肥又壯，餓幾頓也無妨。」

黃茂林偷笑。「周老爺和周太太要是知道了，不心疼死。」

梅香撇撇嘴。「要是心疼，趕緊領回去，我還嫌他吃得多呢。」

黃茂林笑著抱住梅香親兩口。「老天爺，幸虧我不是個懶人，這才有飽飯吃！」

梅香也忍不住笑了。「你是我當家的，我豈敢讓你餓肚子！」

青蓮已經睡著了，慧哥兒在西屋睡呢，兩口子笑著笑著就滾在一起。

才入夏沒多久，玉茗掙扎了一天一夜，生下個六斤一兩的胖兒子。

葉氏非常高興，一邊張羅著孫子的洗三和滿月，一邊往府城那邊給兒子送信。

玉茗給兒子取名叫登哥兒，眾人一聽就明白，這是盼著孩子的親爹早日喜登金科，都說這名兒取得好。

登哥兒滿月禮操持的過程中，常家兄弟可出盡力道。今年四月，常大郎過了院試，常二郎也過了縣試，葉氏越發喜歡這小兄弟兩個，也就不把他們當外人。

葉氏雖然得了孫子高興，但並未忽視清溪。登哥兒的滿月禮規模和清溪的不分上下，也安一安玉茗的心。

辦過登哥兒的滿月禮，天氣更加炎熱了。

梅香如今並沒有太多的事情，夏日炎熱，院子裡的葡萄架又爬滿了葡萄藤，梅香時常帶著女兒在葡萄架下玩。

母女兩個一起丟沙包、數螞蟻，好不快活。葉氏時常把清溪送過來，表姊妹兩個頭挨著頭，一起說悄悄話。

有時候地上爬過一群螞蟻，姊妹兩個就蹲在那裡數數。「一隻，兩隻，三隻……十隻，一隻，兩隻……」

這樣熟悉的場景，讓梅香忽然想起了蘭香小的時候，也是這樣數螞蟻，從來數不了十隻往上，自己卻樂此不疲。

時光流轉，一眨眼十年過去了，當初數螞蟻的小女孩已經長大，下一代又蹲在地上數螞蟻。

韓敬平去世已經十年了，這十年中，梅香與葉氏經歷了諸多風雨，娘兒兩個咬牙一起往前走。一路艱辛的途中，她遇到了黃茂林，二人相識相知，到如今育有一雙兒女，又變成平安鎮屈指可數的富戶。

梅香覺得，上天果真沒有辜負自己，曾經的磨礪和苦難，都變成了今天這甜滋滋的日子。

這邊梅香內心感慨萬千，那邊，小姊妹倆數螞蟻數累了，一起擁了過來，一個喊阿娘，一個喊大姑媽。

梅香一手抱了一個，在姊妹倆臉上各親一口。「妳們兩個小乖乖，想不想吃西瓜呀？」

清溪重重的點頭。「想吃！」

青蓮也跟著點頭。

梅香把兩個女孩抱進了堂屋，給兩個小丫頭都戴上圍嘴，一人給了一小片瓜，教她們姊妹如何吃西瓜吐瓜子。

青蓮不小心吞了瓜子，清溪立刻大喊：「頭上會長西瓜苗！」

青蓮被嚇壞了，癟嘴哭了起來。

梅香忙摟過女兒安慰。「姊姊跟妳開玩笑的，頭上不會長西瓜苗！」

屋子裡正熱鬧著，黃茂林回來了，一進來就抱怨。「這天真熱！」

梅香笑了。「快來哄你女兒，才剛不小心吞了西瓜子，姊姊說她頭上要長西瓜苗，嚇哭了。」

黃茂林哈哈大笑，先摸了摸清溪的頭，清溪喊了聲大姑父，黃茂林高興的哎了一聲。

他又抱起女兒，逗了青蓮半天，青蓮終於破涕為笑。

梅香讓細月給前院的大福和周大郎一人送去兩塊西瓜，大福在倒座房賣豆腐，周大郎在前院裡餵牲口。

梅香雖然押著周大郎幹活，只要他不偷懶，並不刻薄他吃穿。

這才多久的功夫，周大郎徹底蔫了下來，再也不敢跟梅香頂嘴。

周地主和周太太中間來過一趟，周大郎抱著父母的腿一頓痛哭，直說自己知道錯了，以後再也不敢了。

周太太想帶兒子回家，周地主攔住了。「這個孽障整日滿嘴花言巧語，騙了妳多少回。這才一、兩個月的功夫，誰知他是真心悔過還是假裝的，我與黃掌櫃簽的是一年的契約，且讓他在這裡待著吧。」

周大郎知道回家無望，也就死了心不再反抗。雖然幹活不如大福，多餓他幾次，也越發乖巧。

梅香在家裡一言九鼎，她說不給周大郎飯吃，誰也不會偷偷塞給他吃的。

歲月不居，時節如流，一眨眼又過了一年。

周大郎經過這一年的用心管束，不說脫胎換骨，至少在黃家憋了一年沒有往縣城裡去，什麼聽曲看戲吃喝玩樂的勾當全丟下了。

一年契約書一到，黃茂林就讓周地主夫婦把周大郎領回去了。周地主過年的時候來送了份厚禮，帶兒子走的時候千恩萬謝，回去之後發現兒子不挑吃穿，還主動問起家裡莊稼的事情，又關心起自己的妻兒，老倆口頓時老淚縱橫。周地主轉頭又往黃家送了份厚禮，還加上二十兩銀子，黃茂林也不拒絕，就當是束脩了。

到了七月底，葉氏委託黃茂林往府城去一趟。無他，因為明朗兄弟二人要參加今年的秋闈了。

黃茂林與妻兒告別，又囑託黃茂源幫忙照顧家裡，帶著厚厚的盤纏和韓明輝一起往府城去了。

梅香一個人在家裡照看幾處地方，如今家裡只有大福一個人幫忙，黃茂林一出遠門，梅香頓時感覺有些忙不過來，她計劃著等黃茂林回來之後，定要再買個隨從。

黃茂林帶著韓明輝到了府城之後，先奔官學。

兄弟二人聽說姊夫來了，急忙出來迎接。黃茂林立刻讓他二人收拾了行李，帶著他們一起直奔省城。

花了幾天功夫，四人一起到了省城，先找了家離貢院不遠的客棧住。

黃茂林訂了兩間屋子，他和韓明輝住一間，明朗兄弟二人住一間。

住下之後，黃茂林想到秦家兄弟很快也會過來，經與明朗商議後，怕後面客房難訂，又給秦家兄弟也訂了兩間上房。

好巧，第二天吃過早飯沒多久，秦家兄弟就來了，還帶著兩個隨從，眾人一頓廝見敘舊。

黃茂林帶著韓明輝仔細照看兄弟二人的起居，凡入口的茶飯，樣樣仔細。秦家兩個隨從有樣學樣，事事看黃茂林如何做，依樣畫葫蘆照顧自家兩位公子。

除了照顧兄弟二人的起居，黃茂林帶著韓明輝給兄弟二人準備考籃。衣裳、炭火、筆墨紙硯、飲食等，一樣都不能馬虎。

考試前兩天，眾人一起探了考場，從學政大人那裡領了自己的考試憑證。

考試前一天晚上，黃茂林讓明朗兄弟早些歇息，並把他們明日要帶的東西仔細整理了一遍，見沒有遺漏，方才回房歇息。

當天早上，天還沒亮黃茂林就起來了，韓明輝也跟著一起。

黃茂林讓韓明輝去給明朗兄弟二人打熱水，自己去給他們端早飯。

明朗很不好意思。「我們年紀小，倒讓姊夫和大哥這樣伺候我們。」

黃茂林擺擺手。「不要計較這些小事，你們只管好生考試，照顧你們是我這回到省城來的職責。」

明盛開玩笑。「大哥，你好生考個舉人，姊夫和明輝哥也算沒白忙一場！」

眾人都笑了，然後一起坐下吃早飯。

吃了飯之後，黃茂林和韓明輝一人背了個包袱，帶著明朗兄弟要往貢院去。剛出房門，遇到了秦家主僕四人。一行人一起往考場去，因今兒人多路擠，黃茂林也沒雇車，直接走過去的。

這一考就是九天，中間還得換場，入了闈場，黃茂林再也幫不上他們什麼忙了，就開始帶著韓明輝滿省城亂轉。

黃茂林有兩個任務，一是給家人買些禮物。多少年才來一趟省城，這些年他手裡也掙了不少銀子，不能虧待家人。

他先去銀樓，給梅香買了兩件金首飾，又去省城比較有名的綢緞莊，給梅香挑了兩身衣服料子，又給黃炎夏和葉氏也買了些上好的料子。

韓明輝買不起金的，給阿娘和媳婦各買了樣銀首飾，在普通的綢緞莊買了些料子。其餘吃的東西，等回去時再買也不遲。

黃茂林還給慧哥兒買了兩塊上好的墨錠和兩根狼毫筆，韓明輝看到狼毫筆的時候很是驚奇。「這為了做一支筆，還得去山裡殺一頭狼不成？」

黃茂林笑了。「明輝哥跟我以前一樣誤會了，這不是狼身上的毛，是從黃鼠狼身上拔的毛。」

韓明輝窘迫的摸了摸頭。「哦，原是黃鼠狼的毛，我以為是狼毛呢。」

買過了東西之後，黃茂林繼續到處亂逛。他先去看了看省城裡的豆腐坊，把各樣豆腐都買了一些。

逛過豆腐坊之後，黃茂林回到客棧後問店家借了後廚，自己做了幾樣菜吃。有自己家沒有的樣式，他仔細琢磨又琢磨，預備回去也試一試，看看能不能做出新花樣。

黃茂林和店家套近乎，店家在與他打交道的過程中，見黃茂林雖年紀輕，穿著和神態都得體，忍不住問：「這位客人，我觀您這幾日四處打探，可是在求取經營之道？」

黃茂林也不客氣。「掌櫃的好眼光，我一個鄉下小子，只能開一個小作坊，混個溫飽罷了。不瞞掌櫃的，我也開了個小客棧，但跟您這客棧一比，我家裡的客棧就是牛棚了！您這客棧經營得這樣好，我看著都眼饞。」

黃茂林出手闊綽，又善於交際，且他的客棧離這裡十萬八千里遠，礙不著掌櫃的做生意，客棧掌櫃也願意指點他一些，把自己的一些經營之道都傳授給他。

黃茂林把這家客棧的經營之道摸得透透的之後，每天要抽半天時間出去逛，順帶也給孩子們買了些小玩意。

眨眼到了秋闈結束之日，雖已經考完了，但大夥的心情越發沈重，誰也不知道結局如何。

忙活了幾日之後，終於放榜了。

黃茂林帶著秦家一個隨從去貢院門口等榜，時間一到，有衙役鳴鑼警示，所有人退出一射之地，貢院兩側開始張貼榜單。

榜單一貼好，所有人一擁而上，黃茂林的衣裳都被人扯歪了。

今科秋闈只取一百八十人，正榜一百五十人，副榜三十。

正榜每列二十人，黃茂林在人群中擠擠挨挨，掃過三列之後，沒有看到一個熟悉的名字，心裡開始發沈。

等看到了第四列第一個名字時，黃茂林頓時欣喜若狂，上面正是明盛的大名，六十一名。繼續往下看，七十四名是秦玉炴，緊挨著七十七名是明朗。

等黃茂林把榜單掃完，仍舊沒有發現秦玉璋的姓名。

黃茂林不死心，又仔細看了兩遍，連副榜都找了兩遍，最後不得不相信，秦玉璋落榜了。

秦家隨從半喜半憂，大公子中了，二公子沒中，這可如何是好？

他看向黃茂林，黃茂林知道他為難。「先報喜，不要提二公子沒中榜的事情。」

二人回到客棧後，還沒上樓，眾人都圍了過來，黃茂林立刻拱手開始報喜。

黃茂林報了兩遍，始終沒有提秦玉璋的姓名，眾人都知道他落榜了。

秦玉炴拍了拍弟弟的肩膀，先跟兩個師弟道喜。

所有參加考試的生員住處都做了登記，方便衙門來人報喜。當天，就來了人到客棧報喜，並送來明日鹿鳴宴上穿的衣裳。

黃茂林給了厚厚的打賞，他只管兩個小舅子，秦家的事情，他並不插手。

放榜第二天，巡撫大人主辦鹿鳴宴，除了秦玉璋，其餘三人都穿戴整齊一起去了。黃茂林跑去陪秦玉璋說話，中途不停的說笑話給他聽。

秦玉璋反倒開解黃茂林。「黃大哥不用擔心我，我此次來，知道自己勝算不多，權當歷練一番。我阿爹當年也是考了三次才中，我這是頭一回，不中也不丟人。」

黃茂林見他神色不似作假，遂放開了與他閒話。

鹿鳴宴結束後，師兄弟三人一起回來了。

轉天，一行八人雇了兩輛車，先一起到府城。到了府城後，雙方都買了厚禮，一起去拜訪胡老爺。

胡老爺這些天一直等著，今兒休沐，正好在家。見到一群出色的後輩一齊登門，胡老爺高興得跟自己兒子中了舉一樣，一定要放鞭炮迎接他們，然後高興的把一群後輩一起引進正房。

先是一頓廝見，秦家兄弟轉達了秦先生的問候，胡老爺也問過秦家夫婦。相互問候過後，胡家人熱情恭賀三人中舉，又安慰秦玉璋，怕他失落。

說了許久的話之後，胡太太帶著兩個兒媳婦整治了兩桌酒席，把兒子們都叫回來，連兩個出了門子的姑奶奶都帶著夫婿一起回來慶賀。

明朗兄弟在府城上兩年學，與胡家人都非常熟悉，秦家與胡家更是老相識，眾人一起熱熱鬧鬧吃了頓酒席。

黃茂林先代表岳母表達了對胡家人的感謝，連敬胡老爺三杯酒。胡老爺知道韓家的實際情況，也敬佩黃茂林，互相推杯換盞相談甚歡。明盛和秦玉炔與胡家兄弟划拳，響聲震天，明朗和秦玉璋陪著胡太太以及兩位姑爺說話，三位姑娘並未上桌。

轉天，黃茂林帶著兩位小舅子辭別胡家人，明盛還單獨和胡老爺嘀嘀咕咕說了半天悄悄話。

胡老爺雇了輛車，一再相送，直到快上了官道才停步。

車夫一甩鞭，帶著四人一起飛奔榮定縣。

第七十九章　錦衣還滿門慶賀

到了榮定縣之後，四人一道去了韓敬博家裡。韓敬博不在家，李氏立刻著人去叫韓敬博回家。

縣令大人正在與大夥議事，韓家隨從來報，說家裡兩位姪少爺中舉了，整個縣衙都歡呼起來。

榮定縣這麼多年也沒出幾個舉人進士，這一下子就中了兩個舉人，縣太爺李大人也被驚動了，這也能算作他的政績呢。

李大人忙打發韓敬博回家。「孩子們遠道而歸，一路風塵僕僕，你既是叔叔，回去招呼他們一口吃喝，這兩日也無甚要緊事，帶他們回去還鄉祭祖也使得。」

韓敬博連忙躬身行禮。「多謝大人體恤，卑職這就告辭。」

張縣尉在一邊嚷嚷。「大人，您光顧著韓書吏，怎的把我忘了，那裡面有一個是我女婿呢！」

李大人也哈哈笑了。「都去都去，你們倆一起去，回頭給我捎一罈喜酒回來，這少年兄弟齊中舉，也是一樁美事。來人呀！」

立刻有隨從進來，李大人吩咐他。「等會你置辦一份厚禮，送到韓書吏家裡去。」

縣丞和其他各房書吏，忙一迭連聲的拱手對張縣尉和韓敬博道喜。客氣了一番之後，張縣尉與韓敬博聯袂出來，一起去到韓敬博家裡。才一進門，張縣尉立刻大聲嚷嚷。「女婿，女婿在哪裡？」

明盛急忙跑了出來，笑著大喊：「岳父，我在這裡！」

張縣尉衝了過來，哈哈大笑，然後恨不得把他抱起來轉兩圈。「好孩子，真有出息，給我爭臉了！走，去我家裡！」

韓敬博攔住了。「張大人，兩個孩子還等著回家呢，張大人又不是不知道，我那寡嫂青年喪夫，帶著女兒拚命苦幹，才養活這兒弟二人，娘兒兩個正在家裡盼著呢！不如吃了飯先讓他們回去，等家裡的事情處理妥當了，我再帶他們去拜訪張大人和嫂夫人。」

張縣尉高興歸高興，也不是不通人情。「韓老弟說的是，親家母在家裡定是日夜焦心也罷，你趕緊讓人伺候他們兄弟幾個洗漱，好生吃頓飽飯，再雇輛車送他們回去。」

等一行人到平安鎮的時候，天已經黑透了，黃茂林把他們一起送到了韓家。

葉氏娘兒幾個聽見兄弟二人一齊中舉，頓時喜極而泣。

玉茗也跟著紅了眼眶，但仍舊不忘安慰婆母。「阿娘，官人和二叔齊登桂榜，又平安歸來，是大喜事，恭喜阿娘，賀喜阿娘，有了兩個舉人兒子！」

葉氏忍不住笑了，一邊擦眼淚一邊回答兒媳婦。「玉茗，我也要恭喜妳，以後就是舉人太太了。」

蘭香在一邊插話。「姊夫，你快回家吧，姊姊這些日子整日盼著你呢！」

葉氏連忙接話。「是呢，看我，越老越糊塗，茂林和明輝這一路辛苦了。茂林你先回家，明輝晚上就住在這裡。」

黃茂林笑著與大家告別，出了大門後，往家裡飛奔而去。

家裡的大門已經插上了，黃茂林砰砰的敲門。「大福，開門，我回來了！」

大福驚喜的連忙來開門。「師傅回來了，師娘這幾日天天念叨，可算把您念回來了！」

黃茂林進門先誇讚大福。「我不在家裡，你辛苦了！」

大福又把門插上了。「都是我該做的，當不得師傅的誇讚。」

黃茂林點頭。「我先去後院了，你早些歇著。」

梅香在屋裡聽到了動靜，趕緊出來迎接。「喲，黃會長回來啦！黃會長遠道而來，小婦人這廂有禮了！」

黃茂林哈哈笑了。「韓掌櫃忒是禮多！」

兩口子一邊說笑一邊攜手進屋，一進堂屋，黃茂林立刻對梅香拱手作揖。「恭喜大姑奶奶，賀喜大姑奶奶，貴府兩位舅老爺齊登桂榜，姑奶奶以後就是舉人老爺的親姊姊了！」

梅香立刻高興得手都沒地方放。「果真？那可真是太好了，老天爺，我們家有了兩個舉人，我也是舉人的姊姊了！」

梅香說著說著，忽然眼淚就流下來了。「我與阿娘這麼多年辛苦，就是盼著他們兩個能有出息，他們可真爭氣，小小年紀就中了舉人！」

黃茂林也不管孩子們和張媽媽等人在場，連忙掏出帕子給梅香擦眼淚。「是呢，這麼多年妳與阿娘辛苦，總算有成果了！別哭，這是喜事。」

梅香點頭嗯了一聲。「我就是高興的。」

張媽媽連忙過來說吉祥話。「恭喜大奶奶、賀喜大奶奶！」

細月也跟著過來湊趣，連慧哥兒也舉起小拳頭作揖。「恭喜阿娘，賀喜阿娘！」

梅香高興極了。「好，好，明兒給大家一人做一身新衣裳，你舅舅們辦酒席的時候，咱們都穿新衣裳去！張媽媽和細月多加一個月工錢，大福也封個紅包，咱們一起慶賀慶賀！」

張媽媽和細月連忙趕著道謝，梅香吩咐她們去給黃茂林做些吃的。

黃茂林報過喜之後，一手拉過兒子，一手抱著女兒坐在一邊的凳子上。「阿爹不在家，你們想不想阿爹？」

青蓮在黃茂林的臉上吧唧親了一口。「阿爹，我可想您了！」

青蓮已經三歲多了，說話清清脆脆的，比她哥的嘴巴巧了許多。

慧哥兒覺得自己大了，不好像妹妹這樣撒嬌。「阿爹，我每日用心做功課，幫阿娘帶妹妹！」

黃茂林摸了摸兩個孩子的頭。「好，你們都是好孩子，阿爹給你們帶了禮物呢！」

青蓮的雙眼立刻發亮。

黃茂林把旁邊的包袱打開，從裡面拿出給兩個孩子的禮物。慧哥兒的是筆墨紙硯，青蓮的是幾樣小玩意和幾朵用各色紗布堆起來的花朵，五顏六色，正適合小女孩戴。

兩個孩子接到禮物後都高興不已。

黃茂林又掏出一個小盒子，打開一看，裡面是一支金簪和一對金耳環。他把盒子捧到梅香面前。「我在省城銀樓裡給妳挑的，看看，喜不喜歡？」

梅香接過盒子，仔細看了看，高興得瞇起了眼睛。「真好看，省城裡的東西果真更精緻一些！」

黃茂林把金簪插到梅香頭上。「戴妳頭上才更好看！」

黃茂林又掏出那兩疋料子。「這是省城近來時興的料子，妳明兒做兩身衣服，等他們兄弟辦喜宴的時候，妳穿這新衣服去，保管比誰都體面！」

梅香高興的摸了摸那料子。「這料子真好，沒少費錢吧！」

黃茂林擺擺手。「錢掙來就是花的。」

青蓮把小腦袋湊了過來。「阿娘，我也要做新衣裳！」

梅香高興的摟著女兒親了一口。「好，給妳做好看的花裙子好不好啊？」

青蓮連忙點頭。「做兩條，換著穿！」

梅香頓時笑了。「黃會長，看看你閨女，多會吃穿！」

正說著，張媽媽端了一碗麵上來。麵上臥了個雞蛋，裡面還加了些新鮮肉絲，中間夾雜著幾根碧綠的青菜，麵裡頭滴了幾滴香油，看起來就讓人食指大動。

黃茂林接過碗筷，坐在桌子旁邊，呼嚕呼嚕吃了起來。

韓家兄弟中舉的消息如同長了翅膀一樣，瞬間飛遍整個平安鎮，各路親朋立刻上門道賀。

轉天下午，韓文富帶著韓敬堂、韓敬奇和韓敬博一起過來了，葉氏連忙出去迎接。「七叔，您老怎的過來了，我還說明兒就帶著他們兄弟回去呢。」

韓文富高興的拍了拍兩個姪孫的肩膀。「好孩子，給咱們老韓家爭光了！我哪裡還等得了，敬博一回來，我們立刻就來了！姪媳婦不用多禮，咱們進去說！」

一行人進到堂屋，韓文富先開口。「姪媳婦呀，妳總算是熬出頭了！」

一句話說得葉氏立刻又紅了眼眶。「七叔，這也不是我一個人的功勞。自從我當家的去了，七叔和二叔在族裡處處維護我們。他們兄弟二人在外讀書，又遇到秦先生這樣的恩人。女兒女婿這麼多年一直為家裡辛苦操勞，他們兄弟二人的成就，是我們大家的功勞。」

韓文富怕葉氏傷心，又轉變了話題。「姪媳婦，我預備帶著他們兄弟二人一起祭祖，然後修族譜。你們這邊可要辦酒席？妳若忙不過來，我代為辦也行。」

葉氏連忙搖頭。「多謝七叔，我都預備好了。我們在鄉下也沒有房子了，就在這鎮上辦，到時候我雇了車去接七叔和二叔過來主持。」

韓文富點頭。「那也行，祭祖的事情妳也要跟著回去，一應東西我都準備好了，你們不用操心。」

葉氏點頭。「多謝七叔。」

說定了祭祖的事情，韓敬博又對明朗兄弟說道：「這些年讀書辛苦，先在家歇一陣子，把明盛的親事辦了，後面的事情再謀劃也不遲。」

明朗朝韓敬博拱手。「多謝四叔一直照應我們，可惜四叔這回沒去，若不然我們叔姪一起中了，那才更好呢！」

韓敬博搖了搖頭。「我自己的事情我心裡有數，這幾年公務繁忙，並未沈下心讀書，就算去了，也是竹籃打水一場空，不如好生照看家裡，讓你們兄弟二人先去。」

一屋子人繼續熱熱鬧鬧說著要如何慶賀。

過了兩天，葉氏帶著兩個兒子回鄉下祭祖，梅香因為是出了門子的姑奶奶，倒不用跟著回去。

祭祖之後，就是酒席。

葉氏預備辦流水席，除了各路親朋和街坊鄰居，凡平安鎮的人，都能來吃一頓酒席。

梅香回去後又與黃茂林商議。「我們家難得有這樣大的喜事，咱們要不要送一場戲？」

黃茂林立刻點頭。「自然是要的，妳說是送皮影戲還是送舞獅子？」

梅香想了想。「還是送皮影戲吧，又不是搬家或開業，不用送舞獅子。」

黃茂林立刻又去找了頭先那師徒二人，先給訂金，讓他們預備齣好戲。

班主與黃茂林商議。「黃會長，一齣喜登科，再加一齣闔家歡，您看如何？」

黃茂林聽了立刻拍手叫好！

正日子當天，梅香給全家人都換上新衣裳。

梅香穿了從省城買來的料子做的新衣裳，頭上插了金簪子，戴上金耳環，再無其他首飾。梅香知道，今兒必定會有很多縣裡的讀書人家來相賀，自己若是滿頭金飾，保不齊會被那群人笑話，有這兩樣也就夠了。

黃茂林抱著青蓮，梅香牽著慧哥兒，細月跟在後面，夫妻二人一起往韓家去了。

還沒到呢，就聽見那邊鑼鼓喧天，人聲鼎沸。

到了韓家大門口，只見明朗兄弟和韓文富父子在門口迎客，夫妻二人上前與眾人打招呼。

明朗摸了摸慧哥兒的頭，明盛抱過青蓮。「還認不認得二舅呀？」

明朗笑著說他。「我們在家少，剛才我都沒敢抱她，就是怕她認生。」

夫妻二人正要進去，明朗叫住了黃茂林。「姊夫，裡面女眷多，您就留在這裡跟我一起迎客吧。」

梅香知道明朗的意思，這是想讓姊夫站在身邊一起跟著露臉，她也不反對，自己帶著兩個孩子進去了。

葉氏帶著兒媳婦在二門那裡迎客，蘇氏也陪在一邊。見女兒來了，葉氏忙過去抱過青蓮。「小乖乖，外婆這幾日忙亂，也沒去看妳，想不想外婆呀？」

青蓮摟著葉氏的脖子。「想外婆，想舅媽，想二姨，想姊姊！」

眾人都哈哈大笑。「這姑娘小嘴兒真甜！」

葉氏把她放到地上，讓細月帶著青蓮去找清溪。

說笑的功夫，各處賓客陸續來了，鎮上的，鄉下的，還有縣裡的。

今兒張縣尉沒過來，把大兒子兩口子打發過來送禮。

上午吃酒席的時候，黃茂林和梅香也跟著坐了個上席，明朗和明盛挨桌敬酒，葉氏和玉茗照看女眷這邊。

熱熱鬧鬧到快天黑，眾人才漸漸散去。

辦過了酒席，葉氏來問女兒。「阿娘問句冒昧的話，妳家裡現在有多少田地？」

梅香實話實說。「有個八十來畝地。」

葉氏繼續與女兒商議。「妳兩個弟弟如今名下有四百畝免稅田，我給妳掛五十畝地可行？雖說你們家如今不缺這點銀子，但總是妳弟弟們的心意。」

梅香想了想回答葉氏。「等我晚上與茂林哥商議，明兒再去回阿娘。」

葉氏點頭。「那是自然，女婿雖說把產業都挪到妳名下，但他才是真正的管事人呢。」

回頭梅香和黃茂林提了，他毫不猶豫的答應。「五十畝田地，一年也能省不少糧稅呢。

只是，咱們掛這麼多，妳娘家族人會不會有意見？」
梅香哼了一聲。「這是我弟弟給我的好處，再多再少都是心意，我接得心安理得。」
韓家那邊，葉氏先給女兒留了五十畝地的分額，又給韓敬奇和兩個兄弟家裡各留了一些，再加上自己家的，四百畝地的分額都沒用完。

日子呼啦啦又到了年底，梅香意外的發現自己又懷上了。
黃茂林有些高興，又有些擔憂。
梅香問他。「茂林哥，你如何不高興？」
黃茂林連忙摟著她親兩口。「我怎麼會不高興呢，我只是有些害怕。每回妳生孩子，我在外頭聽得兩腿發軟。」
梅香聽了後十分感動，把頭靠在他的胸口。「你別擔心，我會好生養胎，我如今的年紀正是生孩子最好的年紀，不會有事的。」
黃茂林摸摸她的頭髮。「好，我不擔心。家裡的事情妳別管了，全部交給我。」
梅香忽然又想起一件事情。「如今前院光指望你和大福，你整日要到處跑，大福要看著豆腐攤，我想使個人出去跑腿都不行。」
黃茂林立刻點頭。「妳說的有道理，我明兒就去買個小么兒回來，專門給妳跑腿。」
梅香不好意思笑了。「也不是專門給我跑腿，是給家裡用的。」

黃茂林第二天就去找人牙子趙老板，要買個小男孩。

趙老板問黃茂林。「黃掌櫃想要什麼樣的孩子？」

黃茂林直截了當。「男孩子，十歲以上，十五歲以下。身子骨結實，沒病，口齒伶俐，可靠。」

趙老板啜一口茶水。「黃掌櫃可是買了給家裡使喚用的，我這裡有三個男孩子，都叫過來給您看一看。」

趙太太把三個男孩子都引了過來，黃茂林問了幾個問題後，毫不猶豫挑了中間那個。這孩子說話不急不緩，聲音不諂媚不害怕，且一直低著頭，沒有與黃茂林直視。

趙老板笑了。「黃掌櫃可真有眼光，這孩子家裡祖上不錯的，後因出了幾代的敗家子，家道中落，才流落為奴身，他還認幾個字呢，是這三個孩子中資質最好的。」

黃茂林付了銀子，與趙老板簽訂買賣契約，把這孩子帶回了家。

這孩子姓吳，叫貴仁，今年十二歲，黃茂林也沒給他換名字。貴仁到家裡後，先給大爺大奶奶磕頭，又見過慧哥兒和青蓮。

梅香見這孩子長得唇紅齒白，心裡很是詫異，這麼漂亮的孩子居然賣身為奴，但聽說這孩子遭遇坎坷，梅香也不再去揭他的傷疤。

「我也不去問你過去的事情，既然到了我家裡，就把過去的都丟開。我家雖然不是什麼大富人家，從來不會苛扣你們的吃穿用度，你只管好生聽你們大爺的吩咐，偶爾給我跑個腿，也沒有太多的事情。只一樣，家裡的事情不許到外頭去說。」

貴仁立刻躬身回應。「大爺、大奶奶放心，我定會好生幹活，不往外頭嚼舌根子。」

梅香如今有些精神不濟，把貴仁打發去和大福住一間屋裡，自己回房歇著去了。

第八十章　定前程福緣深厚

自辦完酒席之後，明朗兄弟二人這些日子專心在家讀書、侍奉母親，把前面幾年不在家人身邊的遺憾都彌補過來。才過完元宵節，正月十九的上午，韓敬博突然讓人來傳信，請葉氏及明朗兄弟二人即刻去縣城。

母子三個到了縣城之後，韓敬博夫婦親自接待他們。才進門，韓敬博先給葉氏行禮。「因事情緊急，驚擾三嫂了。」

葉氏連忙回禮。「四弟不必多禮，你一心為了咱們韓家，我豈有袖手旁觀之理。」眾人一頓廝見之後，也不分男女，一起進了韓敬博的書房。

韓敬博直截了當。「三嫂，縣丞大人年前就出發進京趕考去了！」

葉氏有些發愣，明朗和明盛卻聽懂了。

韓敬博又道：「縣丞大人這幾年搭上了上頭的關係，此次春闈若能得中，必定要授正經官職，就算名落孫山，怕是也會離開榮定縣。這縣丞一職，我們可以爭一爭。」

葉氏聽說涉及到官場的事情，搖了搖頭。「四弟，我一個鄉下婦道人家，哪裡懂這些，你只與他們兄弟二人商議就好。」

韓敬博繼續開口。「我與張縣尉合計過了，縣丞一職，朝廷有律法規定，非得有舉人功名才行。滎定縣也不是什麼大縣，縣丞職位只是個從八品，別說兩榜進士，同進士都看不上，一般都是本地或附近州縣的人擔任。縣丞大人長子也有舉人功名，但他家已看不上滎定縣這塊小地方。明朗兄弟二人新晉舉人，由我和張縣尉使力，再走一走縣令李大人的路子，多送些禮，倒是可以爭一爭這個職位。現在有個問題，只能取他們兄弟其中一人。」

葉氏聽懂了最後一句話，忽然有些為難。

明朗主動對韓敬博拱手。「四叔，我是長子，理應在家侍奉阿娘，縣丞的事情，讓明盛去吧。」

明盛卻搖頭。「大哥，你如何說這糊塗話。」

眾人都看向明盛，他雖一向嘻嘻哈哈，對兄長卻頗敬重，頭次對明朗說這樣重的話。

明盛看向韓敬博。「四叔，我年不及二十，尚未娶妻生子，縣丞雖不是正經官職，也沒有讓一個小孩子來幹的，別說滎定縣百姓，縣衙門裡六房三班的人也不服氣。第二，我是張縣尉的女婿，若我做了縣丞，縣丞、縣尉和戶房書吏都是一窩子親戚，縣令大人定要不安。第三，我一直在讀書，從未接觸過世事，輕易做官，萬一哪裡出了紕漏，豈不連累眾人。」

韓敬博看著明盛，半天後忽然哈哈大笑。「好，好樣的，明盛，你倒是個實誠人，把這其中的利弊剖析得一清二楚。不過有件事情我也得告訴你們，我若能把你們兄弟二人其中一個推上去，我就要辭了這戶房書吏。」

葉氏大驚。「四弟，萬萬不可，別說縣丞，就是再大的官，也不能拿你的前程來換！」

韓敬博笑了。「三嫂不必驚慌，我雖不如兩個姪兒有才，卻還有一、二分上進心。若縣丞是咱們家的人，家族有人看護，我就不必死守著這個不入流的書吏了。等縣丞的事情落定，若是能如意，我預備外出讀書，說不定過個幾年，我也能中個舉人進士，不比做這勞什子的小小書吏好多了。」

葉氏這才放下心來。「四弟一心為公，真是咱們老韓家的頂梁柱！」

韓敬博擺擺手。「三嫂，縣衙裡不能沒人，既然明盛已經把話說透，我稍後帶著你們去拜訪張大人。張大人也不是不明事理的，曉得這中間的利害，定然也會同意明盛的看法。」

葉氏點頭。「那就勞累四弟了。」

一行人立刻備了份厚禮，一起去了張家，張大人和張太太親自接待了他們。

葉氏去了後院，拉著張三姑娘滿口誇讚，又誇張太太賢良淑德，會教導孩子。張太太也是滿口謙虛話，誇讚葉氏雖是鄉下婦人，卻教導出幾個出色的孩子，比那外頭多少富貴人家的太太都強多了。

張三姑娘小字婉柔，這是張太太見女兒性子潑辣，特意取的名，希望能壓一壓她。

張家兩個兒媳婦陪伴，葉氏與張太太說著客氣話，婉柔中間給二位長輩續了茶水。

前院書房裡，張縣尉也同意韓家的意見。

張縣尉又誇讚韓敬博。「韓老弟真是個大氣之人，推舉家中後輩不遺餘力。」

韓敬博謙虛道：「張大人過獎了，兩個孩子比我出色，沒道理繼續窩在鄉下讀書。他們年紀還小，等中進士還不知道要過多少年，不如先謀個出路，也為家族出些力氣。」

明盛在一邊開玩笑。「岳父，我大哥有差事了，我還是個吃白飯的呢！」

張縣尉哈哈笑了，他就喜歡這個女婿性子活潑，他拍了拍明盛的肩膀。「不要眼紅你大哥，你不曉得，做官最累了！你想做什麼，只要是榮定縣的，我都能給你出力！」

明盛笑嘻嘻的湊過腦袋。「岳父，我想在縣城裡開一家學堂，您看可行？」

張縣尉想了想。「倒是可以，只是做個教書匠，豈不委屈你這舉人老爺？」

明盛笑得瞇起了眼睛。「岳父，我是什麼老爺，不過是個連親都還沒娶的毛頭小子。人家說嘴上無毛辦事不牢，說的就是我這樣的。」

眾人都笑了起來，張縣尉嗔怪女婿。「也不必這樣妄自菲薄，我們都覺得你好得很。」

等前院幾個男人說完了正事，天都快黑了，張家人死活要留飯，葉氏想著今天是回不了平安鎮了，索性就留在張家吃飯。

葉氏回去後，把家裡的存銀都掏出來，還向梅香借二百兩，都交給韓敬博去打點。縣令李大人那裡頭一個需要打點，府城那邊也少不了。張縣尉和韓敬博帶著明朗一起四處奔走，張家是榮定縣大戶，關係錯綜複雜，張縣尉平時看著大大咧咧，實際於經營人際關係之道頗有心得。

韓敬博整日把明朗帶在身邊，跟他講解各處人脈。秦先生給女婿寫了一封長信，把自己這麼多年做縣丞的經驗傾囊相授，還送來了一些現銀，給女婿打點用。

等到四月初，縣城裡終於傳來好消息，前任縣丞金榜題名，高中進士，吏部重新授予他外地官職，榮定縣縣丞職位空缺。

張縣尉等人頻繁四處活動，葉氏給的那些銀子根本不夠用，張縣尉和韓敬博往裡面補貼了不少，但這個時候也顧不上說銀錢的事，姻親姻親，一榮俱榮，一損俱損，等事情辦成，這點銀子算什麼。

皇天不負有心人，端午節前後，明朗的任命書終於下來了，雖是微末小官，任命書上也加蓋了吏部的紅章。

葉氏再次喜極而泣，韓氏族人要求葉氏辦酒席，葉氏卻拒絕了。

葉氏親自與韓文富解釋。「七叔，他們兄弟二人去年才辦了流水席，這會子若再大張旗鼓，太過招眼。還有，四弟為了我們辭去書吏一職，我們內心正愧疚著呢，哪裡還有心思慶賀。」

韓文富點頭。「姪媳婦說的有道理，樹大招風，確實不宜太張揚。但敬博的事情姪媳婦不必往心裡去，這些年他在縣衙裡苦苦支撐，如今也該歇一歇了。讓他好生去讀書，也能圓一圓他的舉人夢。」

葉氏忙跟著說吉祥話。「四弟是咱們老韓家最有出息的，這些年為了大家耽誤了，如今他能專心讀書，七叔且等著看吧，幾年的功夫，咱們老韓家又要多個舉人了！」

從韓家崗回來之後，葉氏立刻把大兒子一家人打發去了縣城，並給了他一些盤纏。

明朗有些愧疚。「為了我的事情，把家底掏空了，阿娘和弟弟妹妹都要過苦日子，我反倒要一個人去縣城，不能侍奉阿娘照顧弟弟妹妹，兒子心中愧疚不已。」

葉氏笑著安慰兒子。「你做了縣丞，我們一家人臉上多有光。至於掏空家底，再沒有的事。我和你姊姊前兒才把這一季的收成分了，馬上就麥收了，又有些收成，你放心吧，我們家過不了苦日子的！」

明朗再三叮囑明盛。「我不在家裡，你好生孝敬阿娘，照顧姊姊妹妹。」

明盛笑著點頭。「大哥只管去吧，家裡不用你操心。」

玉茗原說留在家裡侍奉婆母，葉氏死活不肯，定要她跟著兒子一起去。「你們一家人分開了這幾年，讀書是大事，實在沒辦法，如今豈能讓你們為了我繼續分開過。」

明朗帶著妻兒去了縣城，韓敬博幫他租了間小院子，稍作安頓後，立刻走馬上任。沒過多久，明盛從梅香這裡偷偷借了五十兩銀子，去縣城裡把學堂辦了起來，他對葉氏說是岳父幫忙操辦的。

葉氏又開始發愁，年底要娶小兒媳婦，可兄弟倆在縣城裡連個宅子都沒有。可也不好把這些話說給梅香聽，她還欠女兒二百兩銀子呢！

白日漸長，夏日漸熱，日子過著過著，眾人都發現了不對勁。這老天爺快兩個月沒下雨了！可憐那小禾苗乾的，田地裡都張了口子，農夫們肩挑手提，到處弄水澆灌禾苗。

可天仍舊是一天比一天乾，各處百姓為了搶奪灌溉之水，大打出手，死傷皆有。

縣衙裡的官吏們也坐不住了，下鄉四處查看，帶著百姓們通溝渠，引水灌溉，努力多搶救一些。這邊幫著百姓搶救禾苗，那邊，李大人往上遞了奏摺，寫明榮定縣旱情嚴重的實情。

所有人的心都沈重起來，如葉氏和梅香家裡這樣的，雖然如今不在土裡刨食了，但周邊鄉鄰們遭災，誰不心痛？更何況，家裡的地都租給了佃戶，若是絕了收成，佃戶們要如何生活？家裡的收成也要少了許多！

梅香摸了摸自己的肚子，這個孩子可真是福星。

因梅香懷孕，上半年家裡的糧食沒來得及賣，說再等一等，這一等，竟等來了天旱。

黃茂林即刻把家中的糧倉仔細查看了兩遍，清點了所有的存糧，稻子、麥子、黃豆、油菜籽和其他芝麻綠豆等，有這些糧食，吃個兩、三年也沒問題。

但只是自己家裡有存糧，也不能讓兩口子完全放心。梅香天天也跟個老太太一樣對天祈禱，求老天爺趕緊下場雨。

黃茂林開始有意識的減少了每天磨豆腐的量，迎賓樓那邊，他讓張發財從鎮上糧店購買糧食，每日減少飯菜供應。家裡的喜饃鋪子早就停下了，這個時候，誰家也沒心思辦喜事。天災無情，那些年齡大的人心裡都清楚，到災荒年，糧食比金銀都值錢。

各家各戶，不管家裡餘糧多不多，都開始節衣縮食。

如梅香家裡，每天做飯的時候，梅香親自舀了米給張媽媽，雖不會餓肚子，再也不會像以前那樣煮多了，經常有剩餘的情況。

慧哥兒和青蓮不需要人吩咐，小孩子家最是敏感，察覺到了大人之間流傳的緊張氣氛，再也不敢剩碗底子。

眼見著禾苗變黃，農夫們快要絕望了，等到禾苗就要枯萎，正準備扶老攜幼外出討飯。也不知是老天忽然起了悲憫之心，還是不忍心釀造一齣人間慘劇，總算下起雨來了。

那一天，上午還晴空萬里。天太熱，梅香中午勉強吃了兩口飯，躺在涼席上翻來覆去睡不著。忽然，外面晴空一個炸雷，把梅香驚了一跳！

黃茂林立刻摟住她。「別怕！」

梅香反應過來之後，立刻欣喜的看向黃茂林。「茂林哥，是不是要下雨了？」

黃茂林也面帶喜色。「夏日驚雷，看樣子少說會有一場陣雨！」

兩口子都睡不著了，立刻跑起來站到廊下。

才剛萬里無雲的天，忽然間烏雲密佈，驚雷陣陣。梅香抬起頭看天，內心不斷的祈求，老天爺，下場雨吧！

打了一陣空雷之後，豆大的雨點開始噼哩啪啦往下砸！

梅香高興的用手去接。「茂林哥，你看呀，下雨啦！」

黃茂林也非常高興。「是啊，下雨了，有這場雨，今年就不會絕收了！」

張媽媽最虔誠，跪在廊下對天磕了三個頭。

梅香正想讓張媽媽起來，忽然覺得肚子一陣疼痛。生過兩次孩子的梅香立刻意識到，她要生了！梅香見大家都沈浸在下雨的欣喜之中，也就沒有吱聲，這才剛開始呢！

暴雨越來越急，地上很快就有了積水，順著水溝往院子外面流。

鎮上的街坊們都站在家裡拍手稱快，老天爺總算開眼了。鄉下的農夫們，更是激動的涕淚橫流。

這一場暴雨，直下了小半個時辰。田裡，地裡，水溝，池塘，河流，全部喝滿了水。

那已經快要變黃了的秧苗，忽然間又煥發了生機，雖然頭頂是黃的，農夫們根據經驗也能判斷得出，秧苗根是活的，葉子只黃了一半，還有希望！

暴雨過後，烏雲褪去，天上留下一道彩虹。青蓮長這麼大第一次看見彩虹，高興得在廊上又笑又跳。

等暴雨帶來的欣喜平靜之後，梅香面帶微笑看向黃茂林。「茂林哥，我要生了。」

梅香的語氣很平靜，黃茂林卻忽然呆住了，差點把懷中的青蓮扔到地上。

等反應過來之後，黃茂林把女兒輕輕放在地上，轉身就喊：「張媽媽，燒熱水，貴仁，去叫我大娘，細月，去通知青蓮的阿奶和外婆！」

說完，黃茂林立刻緊張萬分的過來拉著梅香的手。「妳怎麼樣？疼不疼？」

梅香笑著搖頭。「我還好著呢，這會不怎麼疼。等張媽媽燒了熱水，我先洗個澡。」

黃茂林把梅香扶進屋。

這一進去，直到第二天天大亮，梅香才生下次子。

慧哥兒放學後就衝進產房，看了看弟弟。「阿娘，弟弟好小！」

梅香摸了摸慧哥兒的頭。「這些天阿娘顧不上你了，你自己要好生讀書，不要搗蛋。」

慧哥兒拍了拍胸脯。「阿娘放心，我會好生讀書，看著妹妹。」

青蓮趴在一邊看弟弟，聞言對慧哥兒說：「我才不用大哥看呢！」

黃茂林看著一屋子的孩子，內心高興不已，對梅香說道：「老天爺旱了這麼久，昨兒忽然下一場雨，這孩子就出生了，可真是個有福氣的孩子。」

梅香摸了摸小兒子細軟的頭髮。「可不就是，這孩子命真好，你說，給他取個小名兒叫泰和怎麼樣？」

黃茂林品了品，覺得這名字不錯。「好，康泰和順，希望他一輩子都能這樣好命，遇難呈祥，逢凶化吉。」

第八十一章　吃乾醋成人之美

沒過多久，韓家兄弟在縣城買了棟宅子，把葉氏和蘭香接走了。葉氏把油坊給了女兒，黃茂林重新蓋了幾間屋子做油坊，請韓明輝來做掌櫃。

梅香問他。「茂林哥，你是不是也準備搬到縣城裡去？我看你把產業都尋了合夥人，隨時都能抽身走人的樣子。」

黃茂林摸了摸她的頭。「平安鎮雖說比以前好多了，但畢竟比縣裡還是差遠了。咱們家在平安鎮算是富有的了，慧哥兒能見到的，也就是眼前這些東西。等過幾年他們兄弟大了，我想讓他們見到更多更好的東西。」

梅香幽幽嘆了口氣。「可不就是，若光我們兩個，大黃灣的舊房子住得就很滿足了。」

黃茂林輕聲笑了。「等以後他們兄弟各自娶妻成家，咱們倆再回大黃灣住。」

梅香吃吃笑了。「我才不要回去呢，我要在縣城裡做十指不沾陽春水的老太太，找一群丫鬟服侍我。」

黃茂林捏了捏她的耳朵。「那我再給妳買兩個丫頭行不行？有人端茶倒水，有人梳頭換裝，還有人給妳看孩子。」

梅香在黃茂林大腿根那裡擰了一把。「想得美，買幾個丫頭在家裡，你整日飽了眼福是吧？我才不要買丫頭，我要買幾個俊俏的小廝，比貴仁還好看的那種！」

黃茂林在黑暗中瞇起了眼睛。「貴仁很好看嗎？」

梅香點頭。「可不就是，這孩子長得真不賴，可惜了。」

黃茂林幽幽的問梅香。「貴仁比我還好看嗎？」

梅香意識到了不對勁，立刻湊到黃茂林耳邊輕聲說道：「貴仁是好看，可是你中用！」

黃茂林聽到中用二字，立刻感覺心中開始冒火，腹中有了異樣感，一個翻身而起，直奔主題。

轉天早晨，磨過了豆腐之後，黃茂林盯著貴仁仔細看了看。

只見貴仁長了一雙招人的桃花眼，雙眼皮，睫毛長長的，臉型有些女氣，嘴唇有些薄，紅紅的。皮膚白得很，仔細一看，比梅香還要白。清瘦清瘦的，十指雖然經常做粗活，仍舊白皙得很。現在還小，等他長大了，必定是個光豔奪目的美男子。

黃茂林有些懊惱，當時為啥要挑了貴仁？是因為他長得好看？他識字？還是比較懂規矩？

黃茂林也不記得了。

貴仁被黃茂林看得心裡墜墜的，鼓起了勇氣問他。「大爺，可是我哪裡做得不對？」

黃茂林尷尬的笑了笑。「沒有，你做得很好。」

說完，黃茂林轉身走了。

貴仁確實做得很好，勤快、有眼色、不多嘴、不貪吃。自己總不能因為他長得好看，就容不下他吧。

再說了，自己和梅香之間的感情，十個貴仁來了也沒用。院子裡，貴仁摸了摸臉，這張臉太招人了，遲早又要惹禍。

角落裡的細月目睹了一切，她心裡說不上是什麼滋味。等貴仁走了，細月心裡又唾罵自己，醜成這樣，別作白日夢了！

以前細月從來不在意自己的長相，醜就醜吧，能吃飽飯穿暖衣就是好日子了。可自從貴仁來了之後，細月看到他第一眼就呆了。

天哪，一個男孩子，怎麼長得這麼好看！

細月回去後偷偷打了盆水，仔細照了照，頓時羞愧不已。這還是個女孩子嗎？連貴仁一根腳指頭都趕不上！

細月越發自卑，見了貴仁連頭都不敢抬。她一向不言不語，也沒人發現她的變化。有一回，細月在暗處偷偷看貴仁，無意中被貴仁發現，她立刻扭臉就跑了，貴仁卻若有所思。

醜嗎？大福說細月太醜了，可能這輩子都嫁不出去。貴仁對此不置可否，好看不好看的，不過是一副臭皮囊罷了。細月老實勤快，人又溫柔，哪裡不好了。

因青蓮越來越大了，梅香就不讓貴仁和大福輕易到後院來，並讓他們都搬到前院去住。

每天吃飯的時候，讓細月給二人送飯。

細月接到這個差事之後，心怦怦跳個不停。這些日子以來，細月總覺得貴仁看她的眼神有些不對勁，但她又說不出個所以然，只能躲著他。

如今要一日三餐往前院送飯，細月想躲也沒法躲了。

大福眼尖，感覺貴仁和細月之間有些不正常。

這一日，他私底下偷偷問貴仁。「兄弟，你可是對細月有什麼想法？」

貴仁抬眼，面無表情的看向大福。「你覺得我會有什麼想法？」

大福一拍大腿。「兄弟，細月好歸好，只是在相貌上，你們實在是不匹配！」

貴仁眼神倏地變得銳利起來。「大福哥如何說這樣膚淺的話，什麼匹配不匹配的，不要壞了細月的名聲。」

大福嘿嘿笑了。「是我的不是，我就是問問。」

正說著話，細月來送晌午飯。

大福看向貴仁，又嘿嘿笑了。「兄弟，我這邊招呼客人，你去接飯。」

貴仁走到門口，接過細月手裡的托盤。「辛苦妳了！」

細月聲音低如蚊蚋。「不辛苦，都是大奶奶吩咐的。」

說完，細月轉身就走了。貴仁直等細月進了垂花門，才轉身進屋。

吃了飯之後，細月又來收拾碗筷，仍舊是貴仁端給她的，二人又重複了前面的對話。

就這樣，一天三次，每一天二人這樣見六次面，說六句同樣的話。

細月每天過得異常痛苦，送飯和收拾碗筷的時候，她懷著一顆激動的心往前院去，和貴仁說著重複的話，偶爾鼓起勇氣抬頭看他一眼，只見貴仁面含微笑看著她，細月又慚愧的低下了頭，然後落荒而逃。

梅香也發現了細月不對勁，每到吃飯的時候，她好像特別興奮，有時候又恍恍惚惚的，喊了半天才回應。

梅香告訴黃茂林，哪知黃茂林哈哈大笑。「這有什麼，貴仁長得好看，招女孩子喜歡也是常理。咱們不要管，且看看後頭如何。」

梅香嗔怪他。「哪能不管，細月都著了魔，再讓她這樣下去，這孩子心神憔悴，怕她受不住。」

黃茂林一把摟住梅香。「我的好乖乖，妳光知道細月心裡苦，可知道當初我心裡有多苦。當日我們沒有名分，我整天只能遠遠的看著妳，連給妳幫忙都要偷偷摸摸的，怕壞了妳的名聲。」

梅香心裡異常感動。「我都知道了，今兒晚上我好生補償你。」

黃茂林頓時心飛了起來。「果真？那可要聽我的！」

梅香頓時有些不好意思。「這裡說細月的事呢！」

黃茂林言歸正傳。「咱們先不管，讓他們自己先打磨打磨心智，小孩子家家的知道什麼叫喜歡不喜歡，沒有一起經歷風雨，沒受過煎熬，光喜歡值個屁！」

細月這樣痛苦煎熬了一陣子之後，心裡勸自己，不要再想了，早些撂開手吧。

正當細月準備強壓著自己再也不去想，哪知貴仁卻來主動撩撥細月。

這一日吃過了晚飯，細月去收碗筷，她接了托盤就要走，哪知托盤底下，貴仁卻忽然死死拽住她的手。

細月大吃一驚，使勁掙脫卻沒掙脫開！

貴仁看了一下四周無人，輕聲問她。「細月，妳願意和我好嗎？」

細月雙臉通紅，瘋狂的搖頭。「不，我不願意！」

說完，細月一把搶走托盤，轉身就跑了。

等夜深人靜的時候，她自己躺在床上翻來覆去睡不著。貴仁如何要問這樣的話？難道是他看上自己了？細月立刻又唾棄自己，呸，也不看自己長成什麼樣！

是了，貴仁定然是戲弄她的！自己可不能上當，萬一當真，那就丟臉死了。

第二天，貴仁又在托盤底下拉住了她的手。「細月，我想和妳好。」

細月立刻抬頭看向他。「貴仁，你不要戲弄我！」

貴仁搖頭。「我沒有戲弄妳，我是真心的！」

細月連腳趾頭都不相信。「我不管你真心不真心，我不同意。」

貴仁知道細月的心思，他手腳麻利地從懷中掏出一條帕子，塞到細月手裡。「妳不要急著回絕我，這是我保存了好多年的一塊帕子，送給妳。」

說完，貴仁不等細月拒絕，自己先轉身走了。細月的心忽上忽下的，他這到底是什麼意思？

梅香見他二人這樣，實在是看不下去了。她乾脆直接問細月。「妳和貴仁到底是怎麼回事？」

細月如同聽到一聲炸雷，嚇得立刻跪下了。「大奶奶，什麼事都沒有。」

梅香把細月扶起來。「妳不要害怕，妳的心思我都知道。咱們女兒家，到了年紀後，有心上人也是常理。妳仔細告訴我，別怕，我不會怪罪妳的。」

細月抬頭看了梅香一眼，又低下了頭。「大奶奶，您別問了，我和貴仁什麼事都沒有。他今兒強行塞給我一條帕子，我明兒就還給他。」

梅香忽然笑了。「他為甚要給妳條帕子呢？」

細月的臉突然紅了。「大奶奶，貴仁他定然是在戲弄我。」

梅香笑得意味深長。「細月，妳怎麼會覺得貴仁戲弄妳？貴仁怎麼就不能是真心的？」

細月的臉白了白。「大奶奶，我長得醜，配不上他。」

梅香拉過細月的手。「胡說，妳哪裡醜了。妳又勤快又能幹，性子又好，我和你們大爺都喜歡妳，張媽媽也滿口誇讚妳。」

細月忽然掉下了眼淚。「大奶奶，我明兒就去把帕子還給他。以後大爺大奶奶家業越來越大，家裡的丫頭定然也會更多，大奶奶指一個漂亮的給貴仁做媳婦。」

梅香拍了拍細月的手。「妳不要擔心，我來問貴仁。」

細月連忙搖頭。「大奶奶，真的不要問了。」

梅香又問細月。「細月，先不管貴仁如何想的，妳真心實意告訴我，妳可喜歡貴仁？」

細月吭哧了半天，想說喜歡，又覺得羞恥，想說不喜歡，又不敢對大奶奶撒謊。

梅香如何不知道細月的小心思。「既然喜歡，如何不去爭取一下？妳想一想，若是貴仁也真心喜歡妳，你們兩個一起和和美美的過日子，多好啊！」

細月被梅香說得有些心動了，唏哩糊塗的，也不知如何反駁。

梅香打發走細月，把貴仁叫了來。「你為何要去撩撥細月？」

貴仁立刻跪下了。「大奶奶，小的有一事相求。」

梅香點頭。「你說。」

貴仁磕了個頭。「求大奶奶把細月許給我！」

梅香頓時有些瞠目結舌。「可不能胡說！」

貴仁又磕了個頭。「我不敢欺瞞大奶奶，我喜歡細月，細月、細月她也喜歡我，求大奶奶成全我們。」

梅香沈默了一會才開口。「你想讓我把細月許給你，得你自己讓她點頭，我不能幹強行許婚的事情。」

貴仁高興的應下了。「大奶奶放心，等我辦妥了，再來求大奶奶。」

得了梅香的首肯，貴仁終於放開手腳。只要細月出了二門，他就立刻蹭過去，幫細月幹活，陪她說話。

細月的帕子還沒還給貴仁呢，貴仁又強行塞給她許多其他小玩意。

細月心裡又高興又害怕，鼓起勇氣問貴仁。「你真的沒有戲弄我？」

貴仁輕聲對細月說道：「我怎麼會戲弄妳呢？妳如何會有這種想法？」

細月低下了頭。「我長得不好看。」

貴仁眼神複雜，半晌後對細月說道：「長得好看有什麼用呢，我就因為長得好看，父母去世後，被黑了心的族人賣到了戲班子，前幾年受盡凌辱，好不容易才逃脫了出來。妳如何說，之前都還是乾乾淨淨的農家女子，不像我，才從戲班子那個大染缸裡跳出來，渾身都是黑的。」

細月立刻抬頭，有些心疼他。「你別難過，都過去了。」

貴仁點點頭。「妳相信我，我是真心的。」

說完，貴仁悄悄看了眼四周，確定大福沒有在偷看，飛快的在細月臉上親了一口。「在我心裡，妳可好看了。」

細月頓時感覺天旋地轉，立刻變得結結巴巴。「你，你，你怎麼……」

細月說不下去了，雙頰爆紅，扭頭就跑了。

細月才一走，門後傳來一聲爆笑，先是隱忍，而後是放肆的大笑。

貴仁轉身進屋，踢了房門一下。「非禮勿視！」

大福笑得直要打滾。「我又沒讀過書，哪知道什麼叫非禮勿視！哈哈哈哈哈，貴仁，你小子也忒壞了，毛都沒長齊，就知道唐突人家姑娘了！」

貴仁紅了紅臉。「關你屁事，我們兩情相悅。」

大福又忍不住笑了起來。「貴仁，說真的，你真要娶細月？你若是為了討好師娘，以後家裡還會有其他丫頭的。」

貴仁看了看大福。「你懂什麼，再好看，過個幾十年，不都是糟老婆子！」

大福嘖嘖起來。「兄弟，你可真有魄力。就細月，不吹燈我可下不去嘴！」

貴仁突然一腳把旁邊的小凳子踢飛了。「你以後不許再對細月說三道四，細月哪裡不好了？整日送飯給你吃，都餵到狗肚子裡去了？」

大福忽然意識到自己失言，趕忙起身作揖。「好兄弟，都是我的不是。細月是個好姑娘，都說娶妻娶賢，論起賢慧，有幾個能比得過細月呢。我在鄉下過了十來年，整日聽的都是一些混帳話。兄弟你可千萬別跟我這吃屎的嘴計較，我保證，以後再不說細月一句閒話。等你們成親，我送一份大禮！」

貴仁哼了一聲。「知道錯就好，細月以後是我的人，你再敢胡亂嚼舌根子，看我不收拾你。」

大福連忙狗腿的搬了個凳子請貴仁坐下。「兄弟你可真有本事，這才多大，就給自己尋了個這麼賢慧的屋裡人，我比你還大兩歲，現在仍是個光棍呢。」

貴仁又說他。「什麼屋裡人，大奶奶還沒點頭，你別瞎說。」

大福嘿嘿笑了，心想你小子可真虛偽，都親上了，還這樣矯情。

貴仁在前院和大福說話，細月沒頭沒腦跑進後院，一頭埋進屋裡，羞得半天都緩不過氣來。

貴仁唐突了這一回之後，怕嚇著細月，不敢再隨意動手動腳，只每日說一些甜言蜜語；什麼細月妳的眼睛雖然小看起來卻很溫柔、細月妳的頭髮真黑、細月妳幹活真麻利。

貴仁在戲班子待了好幾年，口齒伶俐，又懂人心，巧妙的避開了細月的缺點，只揀著她的優點誇，細月不吭聲，心裡卻甜滋滋的。

細月忽然從前一陣子掉了魂似的變成現在整日傻笑，張媽媽和梅香都看得出來。

梅香問張媽媽。「您看他二人如何？」

張媽媽笑得臉上起了褶子。「大奶奶，這兩情相悅的事兒，看對了眼，哪裡還管什麼美醜。」

梅香笑了。「我就擔心貴仁以後反悔，那細月不就可憐。」

張媽媽忽然鬼祟了起來。「大奶奶，老婆子說句粗糙的話。細月能嫁個這樣的美男子，先把他摟到自己被窩裡睡幾年，生幾個孩子，就算以後他反悔了，這輩子也值得了！」

梅香立刻哈哈大笑。「張媽媽，您老一向穩重得很，居然也會開這種玩笑！」

張媽媽也笑了起來。「美男子誰不喜歡呢，我要是細月，還矯情什麼，趕緊點頭讓大奶奶許親。難得貴仁一心一意，說真的，就算嫁個醜男人，還真不一定有貴仁好。大奶奶不知道，有一些長得醜的男人，自己不照照鏡子，就曉得嫌棄女人醜。」

梅香點頭。「張媽媽說的是，您老活的歲數長，知道的道理也比我多一些。」

張媽媽不好意思的擺擺手。「我知道的都是一些粗話，不像大奶奶，知書達禮，又通文墨。」

晚上睡覺的時候，梅香又絮絮叨叨跟黃茂林說細月和貴仁的事。

黃茂林一想到他二人的事情就忍不住想笑，誰也想不到，這樣一個美男子和長相一般的細月能配在一起。

第八十二章　做道場楊氏落寞

轉年，黃茂林把家裡的產業都託付給合夥人，請葉氏幫忙買了棟宅子，一家子搬到縣城去了。

韓家漸漸在縣城也成了一股勢力，葉氏終於不再操心孩子們的事情。見到兒女們都日子美滿，她又想起了去世多年的韓敬平。

葉氏與兒子們商議，要給亡夫做個陸上道場。韓家兄弟皆表示贊同，並把日子定在了過年期間。

梅香與黃茂林說了要給韓敬平做道場的事情，黃茂林正色說道：「咱們到時候多送兩個花圈，多燒些紙。」

梅香看了看黃茂林。「要不要給阿娘也做個道場？」

黃茂林神情有些恍惚，半晌之後嗯了一聲。「阿娘去世二十多年了，如今有兩個孫子一個孫女，也該好生給她做一場。」

梅香又問他。「那咱們什麼時候做？」

黃茂林看向梅香，眼神有些濕潤。「先看看岳父的日子，既然是阿娘先提出來的，咱們排在後面。就用同一班人，多預備些東西就是了。」

梅香點頭。「你放心吧，我預備了不少東西。」

初八那一天，梅香帶著黃茂林和孩子們一起回了韓家崗。整整一天，韓敬平的墳前沒有清靜過，哭聲，念經聲，悲樂聲，催人淚下。

等做完了一天的道場，娘兒幾個都哭累了，辭別族人後，一起回到鎮上。

黃茂林已經提前與做道場的人商議好，十二那一天，再去黃家做一場。

今兒一場痛哭，勾起了以前的許多回憶。回到家之後，梅香洗洗就準備睡了，連飯都沒吃。

夫妻二人相擁而眠，梅香想到黃茂林兩歲就沒了親娘，頓時心中更加心疼。

「茂林哥，我以後會對你更好的。」

黃茂林把她摟得緊緊的。「我也會對妳好的。」

到了十二那一天，黃茂林一大早就帶著兩班人去了郭氏的墳前。墓地前兩天已經打理過了，今兒又有許多族人過來幫忙，等準備工作都做好之後，一樣的流程又開始了。

黃茂林帶著梅香跪在墳前，一家子都穿著孝服。後面跟著的是黃茂源夫婦，再後面是慧哥兒兄弟和青蓮以及方孝俊夫婦，楊氏跪在後面。

泰和因為太小，被細月抱在懷裡跪在一邊。平日調皮搗蛋的他，也感受到了不一樣的氣氛，老老實實待著，並不敢搗蛋。

這個位置排序，是黃知事安排的。

那日黃茂林乍一提要給郭氏做道場，家裡人都沈默了。

黃炎夏只說了一句話。「我對不住你阿娘，這件事情就交給你操辦吧。」

等黃茂林走後，楊氏輕聲問黃炎夏。「當家的，我要去嗎？」

黃炎夏看了楊氏一眼。「妳自然要去，茂源和淑嫻都要去。」

楊氏當時點了點頭。「我曉得了。」

按照黃知事的安排，黃茂林是郭氏親生子，他們兩口子自然是跪在最前面。楊氏是填房，在黃茂林後面也不違規矩。後面依次是黃茂源、慧哥兒兄弟以及淑嫻夫婦。

哪知楊氏卻拒絕了，她要求跪在最後面，眾人雖有些詫異，也沒難為她，讓她排在最後面。

楊氏心裡清楚，這種場合，郭氏以及郭家人最不想看見的就是她了，索性跪在最後面，一來全了禮節，二來也不招眼。

黃茂林這個時候根本想不起楊氏的事情，他看著郭氏孤獨的墳墓，內心異常悲痛。

他連郭氏長什麼樣子都不記得，兩歲前的記憶一片空白，唯一略微有些印象的就是那溫和的聲音，以及自己哭鬧時溫暖的懷抱。

所有人成年後都會忘記幼年時的經歷，但那種被親娘呵護的感覺，能刻到一個人骨子中，永生永世都不會消滅。

在這方面，黃茂林是缺失的。梅香的愛意只能讓他忘卻傷痛，卻永遠填不平他心中的那個坑。

黃茂林摸郭氏的墓碑，一句話都沒說，在震天響的悲樂中默默燒紙。

梅香被這哀傷的氛圍感染，又止不住流下了眼淚。她和黃茂林命運相似，最能體會他的心境。

梅香一哭，後面紅蓮和淑嫻等人也跟著哭。但這哭聲和哭聲也有不同，前者為悲痛，後者為禮節。

黃炎夏今天穿了一身素服，一直默默的站在一邊，他想到了二十多年前自己剛成親的時候，夫妻恩愛，日子和美。可老天總是這樣捉弄人，郭氏一朝病故，他最終又續了弦。

黃炎夏忽然感覺內心一陣愧疚。他已不是他，以後有何顏面再見郭氏。

黃茂林雙眼通紅，熬了許久之後，終於忍不住落下淚來。

正月的天，仍舊寒風凜冽。風颳在臉上，如刀割一般。北風捲起墳前還帶著火星的紙錢，漫天飛舞，最後打著旋落在眾人身上。

如黃炎夏，覺得這是郭氏在責怪他。如黃茂林，覺得這是郭氏看見兒孫心裡高興。如梅香，覺得這是婆母在託付她，讓他們以後好生過日子，白頭偕老。如楊氏，見那火星掉在自己身上，心中一個寒顫，趕緊悄悄拍掉了。

風愈緊，悲鳴聲愈大。

給郭氏做完道場之後，黃茂林萎靡了好幾天。

這期間，家裡孩子們異常聽話，梅香也每天和他形影不離，靜靜的陪著他，照顧他的起居。

等過了元宵節，黃茂林想到家裡妻兒還要靠著自己，一大攤子的事情等著他去做，他還想再給孩子們多攢些家業呢。

有了目標，黃茂林頓時清醒過來。

他先給梅香道歉。「這幾日我糊裡糊塗的，倒讓你們擔心了。」

梅香溫和的看向他。「不妨事，我也沒做什麼。我曉得你心裡的感受，總得熬幾天。」

黃茂林心中湧過一陣愧疚。「妳才給妳阿爹做完道場，心裡必定也不痛快，我只顧著自己，真是不應該。」

說完，他把梅香摟進懷裡。

梅香輕聲安慰他。「都過去了，我阿爹和婆母都已往生，逝者不可追，咱們把日子過好，就是對他們的孝敬了。」

黃茂林點點頭。「妳說的對，二十多年了，我阿娘說不定早就投胎到富貴人家去了。希望她來生順順利利、長命百歲。」

梅香想了想。「我阿爹肯定還沒投胎，他定然等著我阿娘呢。」

黃茂林摸了摸她的頭髮。「岳母值得岳父等待。」

兩口子都陷入了沈默，互相摟在一起汲取溫暖。

從悲傷中走出來後，黃茂林開始實施自己下一步計劃。

他計劃先帶家人一起回到縣城，黃炎夏知道後，跑來與黃茂林商議。「如今幾個學徒都能上手了，我就不去了吧。」

此前，黃茂林在縣城開了一家更大的豆腐坊，請黃炎夏去做大師傅，幫忙教授徒弟。那一日給郭氏做道場，黃炎夏心中觸動極大。回來之後，他病了一場。

楊氏和黃茂源要給他請大夫，黃炎夏堅決不肯，他覺得這是郭氏在懲罰他，自己做得不好，活該受罰。

熬了幾天之後，黃炎夏漸漸恢復了一些。但他上了年紀，這樣身心兩頭煎熬，忽然間就喪失了精氣神，整個人看起來極為頹廢。

黃茂林仔細看了看他。「阿爹可是哪裡不舒服？」

黃炎夏搖頭。「沒有，想來是過年整日吃吃睡睡，無事可做，少了些精氣神。」

黃茂林也不戳破他。「阿爹，兒子還需要您的幫忙呢。年後兒子想去幹些別的，沒有太多精力去照顧水玉坊。」

黃炎夏抬頭問兒子。「你又想要去做甚？」

黃茂林沒有直接回答他，先起身把梅香叫了過來。「我正想與你們說呢，我想在縣城開家糧店。」

梅香詫異的看向他。「如今家裡幾處產業已經夠你忙活了，一年也能掙不少銀子，又想著去開糧店？」

黃茂林想了想，斟酌著回答。「民以食為天，不管什麼時候，糧食都是最重要的，也是利潤最大的。自己開家糧店，咱們幾家的糧食有了出處。說句不吉利的話，就算什麼時候外頭糧食短缺了，三五個月內也不用擔心餓著肚子。再者，有了糧食產業，在縣城裡才能真正站穩腳跟。」

梅香不置可否。「你願意去幹，那就去吧。只一樣，咱們家做買賣一向規規矩矩，我聽說外頭許多人做糧食買賣門道極多，那些坑害人的事情可千萬不能做。」

黃茂林點頭。「妳放心，我只開家小店試試水，暫時折騰不出什麼浪花。」

黃炎夏問他。「我聽說縣城裡幾個大糧商都是有來頭的，你往裡面插一腳，會不會遭人報復？」

黃茂林看了看外頭，下人們都不在，輕聲回答黃炎夏。「阿爹，趁著明朗還在任上，我得把家業做大一些。那幾個糧商，裡頭也都連著官家。明朗上任一年多了，一直規規矩矩，他不好插手，我倒是可以試一試。阿爹放心，我不會幹有違法度的事情。」

黃炎夏多少也明白中間的一些竅門，也不再勸說。「既然這樣，那我還替你看著水玉坊，你有空也去查看查看。我年紀大了，精力不夠，水玉坊裡夥計和徒弟們一堆，我總會有看不過來的地方。」

黃茂林點頭。「那就辛苦阿爹了。」

黃炎夏坐了一會就走了，走的時候臉色稍微好一些。覺得他多替兒子做一些事情，郭氏總能少責怪他一些。

等黃炎夏走了，梅香問黃茂林。「你和明朗商議過了嗎？」

黃茂林輕輕點頭。「我不光和他商議過，還請他入股。但對外只說是我一個人的，我定期給他分紅。」

梅香斜睨了他一眼。「郎舅兩個偷偷商議這麼大的事情，居然還瞞著我。」

黃茂林拉過梅香的手。「前一陣子妳和阿娘忙著給阿爹做道場，心裡都不大痛快，我就沒和妳說。前幾天我又恍恍惚惚的，要不是今兒阿爹來問，我還想不起來呢。」

梅香笑了。「我跟你開玩笑呢，並沒怪你。你給明朗分多少錢？」

黃茂林伸出五根手指頭。「我原說給七成的，他不要，最後就給五成。他還給了我一些銀子，算是本錢。」

梅香點了點頭。「這樣也好，我聽說開糧店賺頭大得很，比賣豆腐掙得多。」

「可不就是，過幾年他們兄弟二人還要去京城趕考，家裡孩子也越來越多，花銷越來越大，可不就得想想辦法。」

梅香抱起小兒子。「茂林哥，我想去我阿娘那裡坐一坐，你去不去？」

黃茂林看了看外頭的天。「那就一起去吧。」

夫妻二人便帶著三個孩子一起去了韓家。

黃茂林帶著慧哥兒去找兩個小舅子說話，梅香帶著女兒與泰和去了後院。

葉氏正和兩個兒媳婦商議過幾日回縣城的事情，見女兒一家子來了，連忙讓人給他們搬凳子。

梅香偷偷說了糧店的事情。

葉氏點了點頭。「這事兒我知道，妳弟弟跟我說過了。讓茂林只管去做，只要不坑害人，正經的買賣，誰做不是做。」

梅香這才放下心來。「有阿娘這句話我就不管了。」

葉氏溫和的看向女兒。「妳不要管，讓他們男人家去操心，妳只管把孩子帶好就行。」

二十多歲的梅香風華正茂，皮膚白嫩，面容姣好，日子順遂顯得人心寬氣和，年少時那股隨時準備出鞘的銳氣漸漸被時光磨圓，身上也多了一些溫暖和從容。

母女兩個說了一陣子閒話，梅香就回去了。

第三天早上，兩家人一起浩浩蕩蕩往縣城裡去了。

黃炎夏和家裡夥計徒弟們坐在一輛車上，這回，他沒有帶楊氏。

楊氏剛開始聽說黃炎夏不讓她去縣城的時候，很是震驚。「當家的，我去照顧你吃喝不好？」

黃炎夏當時搖頭。「妳年紀也不小了，就在家裡跟著茂源享福，不用跟著我外出奔波。妳放心，我會時常回來，把工錢都給妳。」

楊氏急了。「當家的，我如今又不缺錢花，哪裡是為了要你的工錢。」

黃炎夏看了她一眼。「妳在家和紅蓮一起好生照看榜哥兒，茂源就這一個孩子，他平時不在家，我也不在，光指望紅蓮一個怎麼能行。」

黃炎夏的理由冠冕堂皇，楊氏不知該如何反駁，內心卻有些失落。

年輕的時候，楊氏覺得兒子才是最重要的，為了兒子她什麼都能做，哪怕遭人唾罵。如今年紀大了，她忽然依賴起黃炎夏來。

這個死死的管束了她幾十年的丈夫，從不讓她掌管錢財，也不讓她當家。楊氏原來是有些怨恨的，所以當初分家的時候，她拚著損失錢財，也要和兒子住在一起。

果然，分家後的日子剛開始讓楊氏很滿意。丈夫和兒子都是她的，兒子掙了錢都交給她，兒媳婦聽話，孫子可人疼。

連黃炎夏也覺得自己對楊氏來說已經變得可有可無，所以他經常長時間住在如意坊，後來又常住縣城。要不是黃茂林提及，他中途也不會想把楊氏接過去。

他知道楊氏一輩子喜歡錢，自從分家以後，黃茂林給他的工錢多，黃炎夏大部分都給了楊氏，他以為這樣會讓楊氏高興。

黃炎夏曾經也苦惱過，在這個婆娘的心中，他還比不上錢重要。後來他也釋懷了，隨她去吧。

可隨著黃炎夏外出的時間越久，楊氏的內心越加空蕩。

黃茂源雖然不如黃茂林掙得多，但幾年拚搏下來，也小有資產，大部分都在楊氏手裡管著。紅蓮怕娘家人來打秋風自己招架不住，從來不提管錢財的話。

楊氏自己又不怎麼花錢，人沒有錢的時候，每多一兩銀子都能非常開心，可隨著她手裡的銀子越來越多，慢慢的，家裡的錢就變成了一個簡單的數目。

錢財並沒有給楊氏帶來夢想中的幸福感，有再多的錢，她也是一日三餐。

楊氏忽然發現了黃炎夏對她的重要性，可黃炎夏已經住到縣城去了。黃茂源整日不在家，紅蓮對她只有恭敬，她不光要忍受孤獨，還要忍受鎮上人的風言風語。

去年中秋節，黃炎夏和黃茂林的相邀，對楊氏來說無異於喜從天降。她高高興興的搬到縣城，至於黃茂林沒有請她住到自己家裡，楊氏一點都不在意。

水玉坊裡有些擁擠，但她和黃炎夏有間單獨的屋子，夫妻二人睡一張床，一個被窩。

黃炎夏年紀越大，包容性越強。年輕的時候，只要楊氏不犯大錯，黃炎夏也從不對她大聲說話。如今老了，他更是把楊氏看作小孩一樣。

楊氏在水玉坊裡如魚得水，黃炎夏慣著她，夥計們和徒弟們敬重她，爭相來討好她。連附近的街坊們，知道她和縣丞大人家裡連著親，也經常來奉承她。

楊氏過得好不快活，誰知黃炎夏卻忽然不讓她去了。楊氏心裡異常落寞，黃炎夏卻覺得自己是為了楊氏好。

恰巧在這個時候，紅蓮終於又懷上了。

這下不光是黃炎夏，連黃茂源都想讓楊氏留下來照顧紅蓮。

黃炎夏直接拍板。「妳留下照顧紅蓮，若是忙不過來，雇個人幫忙或是買個丫頭都可以，家裡也不是養不起。茂林給我的工錢厚，妳不用擔心錢的問題。榜哥兒這麼大了，終於又要有弟弟妹妹，妳不是念叨了好幾年茂源孩子少，這回終於能如願了。」

楊氏笑得很勉強。「可不就是，總算又有了。我不在縣城，當家的要照顧好自己。」

黃茂源有些不好意思。「阿爹阿娘好容易聚到一起，為了兒子的事情又要分開了。」

黃炎夏擺擺手。「不妨事，等你大哥那邊能忙得開，我還回來住的，你們有事了記得往那邊傳話。」

黃炎夏收拾了幾件衣服，跟著黃茂林走了，楊氏悵然若失留下來照顧紅蓮。好在這個理由倒是不錯，她不用再聽外面的風言風語。

車隊吱吱呀呀，不急不緩的往縣城裡去了。

第八十三章 中金榜一家團聚

在明朗的庇護下，黃茂林的糧店一步步開了起來。

剛開始，黃茂林只能收到以平安鎮為中心的三、四個鎮的糧食。等站穩了腳跟後，他開始以縣城為中心，將張家、常家這些關係親近的大戶人家的糧食都收了過來，同時往許多合作的酒樓裡送糧食，又拿著明朗的帖子，和府城裡的大糧商搭上了關係。漸漸的，他從一個一天賣出幾十斤糧食的小商人，成長為榮定縣數一數二的大糧商。

黃、韓兩家的家業越來越豐厚，田產、鋪面，一樣樣置辦起來，慢慢成了榮定縣數一數二的富庶人家。

黃茂林在忙碌生意的同時，也沒忘了注意孩子們的功課。

慧哥兒經明盛親自教導，後順利考上了秀才，在大舅母玉茗的牽線下，娶了秦玉璋的女兒錦屏。

青蓮被父母送到韓家附學。韓家請的李先生出生省城，因娘家家道中落，丈夫去世，遭人迫害，帶著獨子孟長俊到榮定縣避難，因緣際會成了韓家的女先生，同時教導清溪和青蓮表姊妹兩個。

青蓮得李先生教導好幾年，深得李先生喜愛。

長俊和慧哥兒是同窗，時常去黃家玩耍，與青蓮感情日漸深厚。長俊考上功名沒多久，李先生娘家兄長起復，母子二人得以奪回家業，她親自去黃家提親，聘青蓮為兒媳。

明朗做了幾年縣丞後，崔氏忽然去世，他只得辭了官，帶著弟弟在家一邊守孝，一邊讀書。等孝期一滿，兄弟二人和秦家兄弟一起，參加春闈去了。

日子一眨眼就到了四月中，韓家兄弟終於從京城回來了。

同行來的還有府城衙門裡報喜的人，一路敲鑼打鼓，一直到了韓家大門口。

梅香當時正在屋裡閒著，家裡下人趕緊來報。「太太，太太，二位舅老爺回來了！」

梅香立刻站了起來，抬腳就往外走。「去叫你們大奶奶，跟我一起去。」

下人又去叫了慧哥兒屋裡人錦屏，婆媳二人一起去了韓家。

一進門，只見整個韓家人山人海。

下人們給梅香行禮。「姑太太回來了，恭喜姑太太、賀喜姑太太，大老爺和二老爺都中了，這會都在老太太院子裡呢。」

梅香笑著點頭，帶著錦屏進了內院。

葉氏正激動的拉著兩個兒子的手。「好、好孩子，你們真給阿娘爭氣。」

明盛掏出帕子給葉氏擦了擦眼淚。「阿娘，既是喜事，咱們都高高興興的，明兒再去告訴阿爹，讓阿爹也跟著高興高興。」

葉氏一邊哭一邊笑，狠狠點了點頭。「我兒說的對！」

梅香一來，立刻滿嘴好話。「恭喜韓大老爺，恭喜韓二老爺，金榜題名，名揚天下！」

明盛哈哈笑了。「姊姊真是的，連報喜人的紅包都要搶！」

梅香又問他們。「你們都考了多少名？秦家兄弟可中了？」

明朗先開口。「我掛了個二榜尾巴，大舅兄在我前頭十幾名，二舅兄沒中，明盛考得最好，二榜十三名。」

梅香笑著點頭。「中了就好。阿娘，咱們家又要辦酒席了。」

葉氏笑著答應。「可不就是，要好生辦一場！」

明朗連忙阻攔。「阿娘，清溪要出嫁了，不如我們把兩件事併在一起辦了。我們的時間不多，還要再回京城呢，家裡這麼多事情都要處理，若是一樣一樣辦酒席，怕是來不及。」

葉氏表情凝重。「才剛打發走報喜的人，我還沒來得及問你們呢，這考中了之後要怎麼辦？」

明朗雖然考得沒有明盛好，但他是老大，這種大事一般都是他先開口。「明盛這個名次，說不定可以去翰林院。到時候讓弟妹帶著孩子在京城陪著他，租個小院子就夠了。像我這樣的，若是好好打點，說不定能外放做個一縣父母官。」

葉氏忽然擔憂起來。「咱們家在京城又沒有親眷，這要如何打點呢？」

明盛開口了。「阿娘不用擔心，我們走之前，青蓮的婆家舅父李大人讓我們放心，大哥做過縣丞，如今年紀也不大，想謀個縣令難度不大。像我這樣的，留在翰林院先熬幾年，過幾年再說。」

葉氏連忙拉起梅香的手。「咱們家又沾了妳的光了，要不是青蓮嫁到省城，後面的事情哪有這麼順利。」

梅香安慰葉氏。「阿娘不要放在心上，雖然我不懂，但我聽慧哥兒他們說，官場上誰不想多兩個自己人呢。兩個弟弟名次又不差，李大人若能幫著籌謀，以後等兩個弟弟都長成了，再慢慢回報也不遲。」

葉氏點了點頭。「妳兩個弟弟總是得妳的照顧。」

梅香笑了。「阿娘反過來想一想，我兩個弟弟都中了進士，我的腰桿子更硬一些。」

黃茂林聽到風聲也趕了過來，剛才一直坐在一邊，梅香的話一落，他在一邊開玩笑。「可不就是，如今妳是家裡的老大，妳說上東牆，我們絕對不敢上西牆！」

梅香抬手拍了他一下。「淨胡說！」

一屋子的人都笑了。

葉氏火速讓人往各家送信，又著人回平安鎮收拾屋子，一家人要回去給韓敬平上墳。

頓時整個韓家崗都沸騰了，以前眾人覺得一個秀才就很了不起了，如今覺得秀才真不算個什麼。

等葉氏帶著孩子們回來上墳那一天，所有族人都聚集在青石橋上等候。

明朗兄弟二人帶著登哥兒騎著馬，黃茂林也帶著慧哥兒隨從，女眷們坐了兩輛車。

韓敬堂先迎了過來，兄弟二人連忙下馬，黃茂林也帶著兒子下了馬。葉氏帶著女兒媳婦們從馬車裡出來，與族人相見。

韓敬奇要把葉氏等人往自己家裡引，韓敬杰也跟在一邊搶。「二哥，讓三嫂和姪兒們去我家裡吧。我把家裡都打掃乾淨了，請三嫂和姪兒們去看看。屋子和三哥以前在的時候一模一樣，一點也沒變。」

葉氏眼中忽然就要掉淚。「多謝敬杰兄弟。二哥，我去敬杰兄弟家裡坐坐。」

韓敬奇不再相爭，陪著他們一起去了。

回到老宅，葉氏感到一股親切的熟悉感。從她嫁進韓家，在這裡住了整整十多年，看顧孩子長大。

柴氏把葉氏扶了進去。「三嫂，不要傷心，妳的好日子來了。三嫂要好生活著，把三哥那份福氣一起享了。這宅子永遠都會是這樣，三嫂想什麼時候回來都行。三哥的墳，我當家的經常去看，墓邊的松樹已經長得好大了，墳頭上一棵雜草都沒有，上面的土都緊得很，下再大的雨都不用害怕。」

葉氏拍了拍柴氏的手。「多謝弟妹。」

坐了一陣子之後，一家子上了墳山。

韓敬平的墳墓被韓敬杰和韓敬奇打理得很好，葉氏帶著孩子們跪了下來。「當家的，兩個兒子都中了進士，給咱們爭光了。過一陣子我就要跟著明朗走了，什麼時候回來我也不知道。你放心，等我百年之後，一定讓孩子們把我送回來，咱們倆葬在一起。頭先我不是跟你說過，天上一天，地上一年。你多等一、二十天，就能等到我了。你放心，我會好生過日子的。」

明朗兄弟二人給韓敬平燒了許多紙，最後，兄弟姊妹們帶著孩子們一起給韓敬平磕了頭。

葉氏這回沒有哭，看過了韓敬平之後，葉氏跟族人辭別，帶著孩子們回縣城去了。

回到縣城之後，韓家人開始全力準備清溪出嫁的事宜。

就在清溪出嫁前兩天，梅香卻意外的迎接到兩位客人。

說客人也不是客人，來的正是從省城趕回來的青蓮和丈夫長俊。

梅香喜從天降，拉著女兒的手連話都說不好了。「怎麼忽然就回來了，這，這也沒提前送個信，我什麼都沒準備。」

青蓮拉著阿娘的手。「阿娘，我想家了，回來看看。再者，姊姊要出嫁了，我出門子的時候姊姊給我送嫁，沒道理姊姊要出閣了，我卻不回來。」

梅香又高興的問長俊。「你們怎麼不把你阿娘也帶過來？」

長俊給岳父岳母鞠躬。「我阿娘都好，讓我代問岳父岳母好。阿娘說兩相交好，不在朝夕相守，請岳父岳母保重身體，來日再聚。」

梅香笑了。「你阿娘說話就是有學問。快坐，這一路累壞了。」
黃茂林一直靜靜的站在一邊，目不轉睛的盯著女兒。
青蓮梳了婦人頭，身上穿著考究，舉止得體。長俊站在她身邊，小夫妻二人行動默契，舉手投足間都含著情意。
他忽然笑了，自己真是白操心，孩子們這樣好，若是自己仍舊不放心，孩子們得操心自己了。
等送了清溪出嫁之後，長俊小夫妻一直沒走，便接到了李先生的信。
李先生信中主要提兩件事，第一，讓長俊和青蓮早日回家；第二，問慧哥兒願不願意到省城衙門裡做個刀筆吏，歷練一番。自然，李先生也給長俊尋了份差事。
長俊一接到信，立刻拿給岳父岳母看。
黃茂林不大懂，問長俊。「這刀筆吏是做甚的？」
慧哥兒先開口解釋。「所謂刀筆吏，就是給衙門裡大人們打雜的。起草文書，接待外客，跟著大人們一起到各衙門裡辦事。雖然職位不高，明面上的俸祿也少，但可以見識到許多官場裡的事情，熟悉各衙門裡辦事流程，還能認識不少人。」
黃茂林想了想，問慧哥兒。「你想不想去？」
慧哥兒有些猶豫。「兒子不放心阿爹阿娘還有泰和。」
黃茂林揮揮手。「你想去就去，不用擔心我們。我聽你大舅舅說，若是中進士之前能在衙門裡歷練一番，以後中了進士，授官也更容易一些。你只管去，把你媳婦也帶上。你們自己租個地方住，錢的事不用擔心。」

長俊連忙道：「岳父，讓大哥住到我家裡去吧。」

黃茂林搖搖頭。「住到你家裡容易，若是三五天也就罷了，長年累月的，我知道你們母子自然是樂意的，但你們孟家族人眾多，保不齊就有人嚼舌根子。」

梅香也開口解釋。「長俊，你大哥就算沒住你家裡，也不會和你們生分了。他們去了省城，就算住在外面，許多地方也還是需要你們幫手。」

長俊想想也對，不再勸，到時候多照看他們一些。

長俊是大家族嫡系子弟，慧哥兒雖然是大哥，但他年紀比長俊小，閱歷也差一些，長俊很多時候都會主動照顧慧哥兒。

慧哥兒臨行前，黃茂林塞給他一千兩銀票。「租房子畢竟不是長久之計，你把這錢拿著，先隨意租個地方住，再找合適的小宅子買下。這裡到省城太遠，我也不敢給你帶太多，怕遭賊人惦記。要是買宅子不夠，先找你妹夫借一些，回頭阿爹再給你。」

慧哥兒接下銀票。「兒子長這麼大，沒有給家裡掙過一文錢，如今都娶妻成家了，還要阿爹養著。」

黃茂林拍了拍慧哥兒的肩膀。「男子漢大丈夫，不要糾結這些小事。如今你不也有差事了，我這幾天也出去打聽了一些，聽說衙門裡的刀筆吏雖然明面上俸祿不多，但其實油水厚得很。你要記住了，你去省城衙門，目的是為了歷練，一不為撈錢，二不為升官。以後你還要考進士的，千萬不要為了一些蠅頭小利蒙蔽了雙眼，咱們家不缺那點銀子。」

慧哥兒點頭。「兒子知道了，多謝阿爹教誨。」

錦屏本來說留在家裡伺候公婆，當初姑媽玉茗也是這樣做的。

梅香二話不說就攆她走。「我不用妳伺候，我身子骨比妳還好呢。妳姑媽當初是無奈，那時候我娘家不寬裕，若是妳姑媽和清溪也跟過去，到府城花費大，家裡供不起。如今不一樣了，別說妳和慧哥兒是去府城，就是去京城，我和妳阿爹也能保證你們過普通的日子。」

郎舅二人聽了長輩們一籮筐的囑託，逗留兩日之後，帶著妻室一起去了省城。

慧哥兒夫妻在省城住了近一年，往家裡寫了封信，說是姑嫂二人同時有了身子。

黃茂林和梅香接到信之後，歡喜得差點跳起來。

梅香立刻就要收拾行李。「茂林哥，不管你去不去，我要去省城看媳婦和女兒。」

黃茂林立刻攔住她。「急什麼，再等等。」

梅香看向他。「你難道有什麼計劃？」

黃茂林讓她坐下。「兩個孩子才有了身子，我們這會去，她們又要迎接我們，不免勞累。咱們不在，媳婦和慧哥兒倒沒有那麼多規矩，輕鬆自在。妳若真想去，再等一等吧，等孩子穩了再說。」

梅香聽黃茂林這樣一說，頓時止住了腳步。是啊，兒媳婦的性子，再不肯錯一點，自己去了，反而給她添麻煩。

黃茂林拍了拍她的手。「慧哥兒才買了宅子，手裡定是空了，咱們託可靠的人多送些錢過去，比什麼都好。妳再等一等，最多明年，妳要是想去，咱們搬到省城去也行。」

梅香雙眼發亮。「咱們也搬過去？家裡怎麼辦？」

黃茂林笑了。「泰和也大了，為了泰和的前程，咱們也不能再留在這裡了。妳給我一些功夫，我把家裡的事情處理好。」

有了這個保證，梅香再也不急著去了，夫妻二人往省城那邊送了信和錢，囑咐孩子們好生照顧身體。

時光悠悠，來年初夏，青蓮先生下個女兒，錦屏後生了個兒子，兩個孩子只差了半個月。

慧哥兒本來還怕妹妹生了女兒孟家不喜，等看到李先生和長俊整日抱著孩子不撒手，這才放下了心。

慧哥兒在省城也認識了許多同僚，他家在異地，衙門裡一些關係好的人都上門來慶賀他喜得貴子，長俊也跟著跑前跑後張羅。

梅香接到信後，把那信翻來覆去看了一遍又一遍。真好啊，她有外孫女了，也有孫子了。

梅香摸了摸自己的臉，在鏡子中照了照，頭髮仍舊烏黑，臉上一條褶子也沒有，兩隻手白嫩得很，略微有些肉肉，手指中間還有淺淺的小梨渦。

很多人都說，梅香長了一雙有福氣的手，看她腰肢纖細，雙手卻有肉，一看就是享福之人。

梅香忽然笑了，黃茂林正好回來了。「笑什麼呢？」

梅香把信給他。「你有外孫女和孫子了。」

黃茂林欣喜的接過信，一目十行看完，眼中又有了些水光。

他放下信，拉著梅香的雙手。「家裡的事情我都安排得差不多了，咱們下個月就走。」

梅香問他。「要不要先送信過去？」

黃茂林笑著搖頭。「不送，省得孩子們為咱們破費準備東西。」

過年的時候，因為錦屏肚子大了，不能奔波，小倆口沒回來。黃茂林去了信，已經和兒子媳婦透露了自己要去省城的消息，到底什麼時候去卻沒說。

過了幾日，黃茂林帶著梅香回了平安鎮，先去看望黃炎夏。

慧哥兒中了舉人之後，黃炎夏就搬回了平安鎮。他已經快六十了，頭上添了許多白髮，但人卻非常有精神。楊氏也老了，身上看不到一丁點爭強好勝的氣質。

黃茂源熱情的招待了哥哥嫂子，聽說他們要搬去省城，一家人都愣住了。

黃炎夏最先反應過來。「好，好，去吧，你比我有出息，能去省城，咱們老黃家在平安鎮算是頭一份了。」

黃茂源也跟著高興，並再三保證。「大哥大嫂只管去，平安鎮這邊的事情我替你們看著。」

在平安鎮逗留了三五天，總算把各處親友都拜訪了一遍，並把家裡的產業都託付給可靠的人。家裡的事情都處理妥當後，就要準備出行的事情了。

臨行前，梅香把家裡仔細轉了兩遍。

她出嫁後好像一直在搬家，先從韓家崗搬到大黃灣，沒兩年搬到鎮上，然後又到了縣城。現在，她要搬去省城了，她忽然感覺有些不捨。

但一想到從此黃茂林會全心全意陪著她，她也能和孩子們在一起，她的心裡又多了一分安定，沖淡了搬家帶來的離愁。

當天夜裡，梅香親自下廚做了一桌酒菜，把泰和打發去做功課，兩口子在屋裡一起吃酒。

梅香給二人各倒了杯酒，又往黃茂林碗裡夾了些菜。

黃茂林笑咪咪的看著她。「今日有什麼喜事不成？」

梅香端起酒杯。「茂林哥，我要多謝你。」

黃茂林也端起酒杯。「咱們是夫妻，說這些做甚。」

梅香喝了口酒。「茂林哥，我要多謝你當年的堅持。要不是你堅持，說動家裡來提親，我退了親之後，可能就要等著被人挑挑揀揀，還不知最後去了誰家，更不會有這二十年的暢快日子。我還要多謝你的包容，人家都說我是母老虎，只有你一直縱容我，從咱們成親後，我過得比在娘家還快活，我想做什麼就做什麼，想怎麼做就怎麼做，你從來沒說過我一句不是。我要多謝你，給我的自由。」

黃茂林聽後有些感動，他也喝光了杯中酒。「梅香，我也要感謝妳，從我看到妳第一眼起，用他們讀書人的話說，妳就像那大雪裡的梅花一樣，不管寒冷霜凍，妳就一直立在那裡，不彎腰，不折頭，多少男兒都不及妳。我就喜歡妳這個樣子，王家不知好歹，我撿了個大便宜。自從和妳在一起，我感覺自己也多了一分勇氣，什麼都敢去闖一闖。若不是妳在背後撐著我，我哪裡能折騰出這麼多事情。我要多謝妳，教會我什麼叫勇氣。」

梅香笑。「人家都說你吃了一輩子軟飯，他們哪裡知道，這家裡的每一樣，不是你胼手胝足拚出來的。」

黃茂林哈哈笑，自己倒了杯酒喝了。「我吃軟飯怎麼了，我樂意吃，我吃得高興，關他們屁事，咱們兩個好就行了，他們就是妒忌我。」

說完，他用一隻手攬著梅香。「是不是要搬家了，妳心裡不捨得，我看妳這幾天悶悶不樂的。」

梅香嘆了口氣。「不捨得是有的，但有你和孩子們在呢，你們去哪裡，我就去哪裡。」

黃茂林夾了口菜餵給她吃。「別想太多，等去了省城，我帶妳去逛逛，妳想幹什麼就幹什麼，就跟之前一樣。」

梅香吃了一口菜，感覺胃裡面都是溫暖。「茂林哥，有你在，去哪裡我都不怕。」

黃茂林用額頭蹭蹭她的頭髮。「乖乖，以後的日子會越來越好的。」

夫妻之間，多了交流，就能互相理解和包容，感情也會越來越好。

梅香和黃茂林兩個一邊吃酒一邊說閒話，絮絮叨叨了個把時辰，把自己的想法都倒個一乾二淨，兩顆心靠得越發緊密。

經過一場交心，梅香頓時對搬家後的日子充滿了期待，收拾行李更加用心。

五月底的一個早晨，夫妻二人租了幾輛車，帶著兒子和幾個僕人，趁著天剛矇矇亮，為了不驚動旁人，靜悄悄的出發了。

才走沒多遠，忽然聽見有人一直喊：「姊姊，姊姊。」

梅香從車窗裡往外看，見蘭香坐了一輛車，快速往這邊趕來。

姊妹二人相擁著哭了一陣子，梅香安撫妹妹。「妹妹，以後我們不在家，妳要是有了難處，及時給我們送信。若有急難之事來不及告訴我們，可去找張縣尉。妳別難過，我以後會時常回來的。」

蘭香點頭。「姊姊，我不難過，姊姊去和兒女們團聚，我替姊姊高興呢。姊姊、姊夫去了，要保重身體，家裡的事情，我會替姊姊看著的。」

梅香給妹妹擦了擦眼淚，彷彿她還是那個膩在自己懷裡要糕點吃的小妹妹。「好乖乖，別哭，姊姊走了。」

蘭香停住了淚水，和姊姊說了許多送別的話，姊妹辭別後，梅香又上了車，從車窗裡對著妹妹揮了揮手。

黃茂林一打馬鞭，帶著妻兒往省城去了。

天邊，太陽又升起來了，黃茂林看向省城的方向，心裡有些激動。他要離開這個地方了，這個他生活了三十多年的榮定縣。他在這裡長大，在這裡遇到心愛的人，在這裡成家立業。

他想起十三歲初遇梅香時，她正努力用稚嫩的肩膀扛起家業，他拚盡了全力，和她一起度過許多難關；等二人成婚後，小夫妻無話不說，一起攜手擴大家業，養育兒女；忙碌了二十年，多少夫妻到了這個年紀已經無話可說，他們卻始終恩愛如初。

他們是知己、是同袍，是最親近最可信的人。

想到這裡，黃茂林內心感覺被一股濃濃的幸福感包圍著。他直接棄了馬，鑽進馬車。

梅香笑問他。「怎麼進來了？」

黃茂林拉著她的手，有些感慨。「梅香，我真高興，妳一直在我身邊。」

梅香明白他的意思，眼底多了一絲水光。「茂林哥，我也高興，你一直在我身邊。」

夫妻二人相視一笑，千言萬語盡在不言之中。

番外　奈何橋魂魄相依

葉氏自從離開滎定縣以後，就再也沒回去過。

明朗二十年游宦生涯，她跟著天南海北跑了二十年。剛開始的時候，一個地方住三年，再換一個地方，等換了五、六個地方後，她去了京城，從此在那裡定居。

早些年的時候，老家若有重大事情，比如韓文富和韓文昌去世，她都是派孫子回去。

葉老太太去世的時候，葉氏掙扎著要回家，但她當時離老家一千多里路，老家的信送過來的時候，估計葉老太太都下葬好幾個月了。再者，連她自己當時都已年過六旬，兒孫們如何放心讓她回家，不說一路顛簸苦，到家後見到老母墳塋，更會痛斷肝腸。

葉厚則送信來時已經囑咐妹妹，老母親無疾而終，活了快九十歲，是喜喪。在遠方哀悼即可，不必回家。

老母親一去世，葉氏就更加斷了回家的念想。只經常送信回家，讓韓敬奇和韓敬杰代為照看韓敬平的墳墓，並囑咐女兒女婿們，若回老家，定要去掃墓。

這個不用她囑託，黃茂林每次回滎定縣，必定要去岳父和生母的墳墓上看一看。

葉氏七十歲時，明朗調任京城，做了四品京官，葉氏從此跟著兒子定居京城。小兒子、孫子、外孫和外孫女婿們來來去去，四處游宦，葉氏這裡，像一座堅固的大本營。

為了不耽誤兒孫們的前程，葉氏用心保養身體，並不一味的大吃大喝，平日裡時常找些事情做。手裡稍微有些錢，就接濟窮苦人家，自己吃穿都很簡單。

正如當初她所言，她健健康康，活到了八十四歲。

那一年，明朗已經六十五歲，官居戶部侍郎。明盛已經六十一歲，官居左都御史。兄弟二人毗鄰而居，共同奉養老母。

梅香年紀就更大了，一直住在省城。

葉氏和她老母親一樣，也是無疾而終。晚上，她只略微喝了兩口稀粥，她一向注重養生，吃得少，兒孫們並不勉強她。

睡到半夜，她自己坐起來，讓身邊的老嬤嬤把兒孫們都叫了過來。如她這個年紀，隨時都有可能駕鶴西歸，後人們早就做好準備。兒子、孫子、重孫子、玄孫子全來了，擠滿了一大屋子。

葉氏拉著兩個兒子的手，氣若游絲。「我剛才夢見你們阿爹了，他說他等了我好久，讓我早些過去。」

兩個兒子緊緊拉著她的手。「阿娘！」

葉氏微笑。「我這輩子，活得真值。雖然年輕時受了些苦，但這後半輩子順風順水，兒孫們孝順，再沒有什麼遺憾。你們別難過，阿娘都這把年紀，也該走了。以後你們兄弟還要和以前一樣，照顧好你們姊姊妹妹，別讓阿娘擔心。等阿娘去了，你們一定要把我送回家，和你阿爹葬在一起。」葉氏說完，有些疲憊疲憊，閉上了眼睛。

明朗頭上已經有了許多白髮，拉著老母親的手輕聲說話。「阿娘放心，兒子會照顧好弟弟的。姊姊和妹妹在省城也都好得很，過些日子還說到京城來看阿娘呢。阿娘還有什麼心願，只管跟兒子說，兒子定會遵從。」

明盛拉著葉氏的另外一隻手。「阿娘，我會聽大哥的話的。」

葉氏臉上露出一些笑容。「好孩子，阿娘放心得很。」

說完這話，葉氏嚥下最後一口氣。

兩個兒子等了半天，不見她回音。明盛伸手探了一下，立刻嚎哭起來！

剩下的後人們都明白了，全部跪地痛哭。

明朗兄弟二人最為傷心，老母親守寡把他們帶大，母子情分深厚。老母親在，他們還有來處，老母親一去，他們年過花甲，只剩歸途。

老太太在世時溫和慈善，疼愛兒孫，憐貧恤老，從不與人爭執，常做善事，在京城是出名的善人。連宮裡的娘娘們聽說葉氏青年守寡，帶著女兒供二子讀書，也都大加誇讚。

葉氏感覺自己身體越來越輕盈，彷彿掙脫了某種束縛一般，在空中慢慢飄蕩起來。

她睜開眼，發現自己站在床邊，兒孫們跪在地上痛哭，再一看，她的屍身還躺在床。

耳畔，哀悽的哭聲越來越重。家裡搭起了靈棚，來祭奠的賓客越來越多。兩個兒子一身重孝，跪在棺木前，守了三天三夜。

兄弟二人年紀大了，中途好多次撐不住，兒子孫子們強行把他們架回去歇息。

梅香雖然年紀大了，但她身體好，接到消息後，連夜帶著妹妹趕了過來。

兄弟姊妹四個一起辦完了喪禮，扶棺歸故土。

葉氏忽然明白，自己要去了。

她有些難過，跪在地上的全是她的後人，花白了鬍子的兒子，鼎盛之年的孫子，青年有為的重孫，活潑可愛的玄孫。但葉氏知道，她該走了，若再留下去，兒孫們不得安寧。

葉氏有些迷茫，不知該往何處去。她一動，就感覺自己的身子如風一般飄蕩起來。

正當她尋找出路的時候，忽然，面前出現兩道影子，一黑一白。

穿白衣的先開口。「妳的時辰到了，跟我們走吧。」

穿黑衣的拿出一個本子，在上面勾畫了兩筆，一邊勾畫一邊說道：「此鬼生前不作惡，行善較多，可入輪迴。」

葉氏忽然明白了。「煩勞二位差爺，可能容老婦人再等一等。」

白衣鬼差搖搖頭。「不可，妳家中丈夫已等候妳多年，他的期限早已過去。因他一直滯留，且執念頗深，魂魄日漸虛弱，須得妳去解救。」

葉氏一聽說，立刻心如刀絞。「請二位差爺帶我去！」

黑衣鬼差要給葉氏上鎖，白衣鬼差搖搖頭。「罷了，又不是惡鬼，不必上鎖，走吧。」

兩位地府鬼差讓葉氏閉上眼睛，一陣風吹過，葉氏感覺天旋地轉，再一睜開眼，到了一座橋邊。

橋這邊是一個老媽媽坐在那裡，面前放了一個大桶，桶裡一支長勺，旁邊有一只碗。橋的那頭模模糊糊的看不清楚，橋底下是一條河，河水黑黢黢的。有許多魂魄被鬼差押著，輪著喝那桶裡的湯，依次走過橋的那邊，沒入黑暗中。但總有魂魄不願過去，那些執念太深的，鬼差們也不勉強，全部關押在一個籠子中，放在橋邊。

等的時間越久，魂魄越虛弱，鬼魂們會非常難受，有熬不住的，自己會要求過去。

黑白二位鬼差已經走了，橋邊又有別的鬼差接手。

葉氏跑到那鐵籠子旁邊，一邊繞著看一邊喊：「當家的，當家的你在哪裡？」

忽然，籠子邊角有個模糊的身影抬起頭，葉氏努力辨認，發現正是青年時期的韓敬平。

葉氏的淚水立刻流了下來，旁邊的鬼差奇怪。「鬼也會流眼淚，倒是少見。姓韓的，你婆娘來了，你可以走了，再不走，當心你魂飛魄散。」

說完，鬼差打開牢籠大門，放出了韓敬平。

那道身影緩緩站了起來，鑽出籠子，走到葉氏身邊，輕輕拉起了她的手。「芳萍，妳來了。我等了妳好久，就怕等不到妳。」

葉氏看著眼前的丈夫，還是年輕時的模樣，只是臉色有些蒼白，她再也忍不住撲到他懷裡。「都是我不好，都是我的錯，我該早些來的。」

韓敬平摸了摸她的頭髮。「沒有的事，妳的壽命有這麼長，若為了我強行剝奪，更會折損我的陰壽，還會報應到來世。」

葉氏非常擔心韓敬平。「他們說你虛弱得很，你感覺怎麼樣了？」

韓敬平笑著安慰她。「也沒有那麼嚴重，早些年是弱得很，後來妳一直做善事，有些福報落到了我頭上，也能滋養我的魂魄。再者，妳每年給我上了很多貢，我拿去孝敬鬼差們，也能得一些陰間的供養。」

葉氏摸了摸他的臉。「傻子，既然這麼難熬，怎麼不早些走，白受這份煎熬。」

韓敬平也摸摸葉氏的臉。「我不想一個人走，我想等妳一起。我聽前面留下來的鬼魂們說，夫妻一起過奈何橋，再一起投胎，若是執念重，說不定下輩子還能做夫妻。我撇下妳先走了，眼見妳和孩子們受苦，我卻無能為力，如何忍心一個人先走。也不甘心我倆緣分就這麼淺，多等一等，說不定就能等到了。上輩子不能陪妳到老，下輩子我一定要陪著妳。」

葉氏又痛哭了起來，哭了一陣子後，她忽然不好意思起來。「當家的，你還這麼年輕，我，我卻成老太婆了。」

韓敬平笑了。「誰說的，妳現在的樣子，不是老太婆。」

葉氏奇怪，跑到河邊往河水裡看，驚奇的發現她居然又變回了年輕時的模樣，看這樣子，大概也就是韓敬平去世時候的年紀。

葉氏高興的跑了回來。「當家的，我又變年輕了。」

韓敬平笑著點頭。「成了鬼魂，沒有軀體束縛，就會變成妳想要的樣子。」

葉氏明白了，她一見到丈夫，就想到丈夫臨終前的事情，她也變成那時的模樣。只要不是白髮蒼蒼的老太婆，葉氏就很高興。自己變年輕了，站在丈夫身邊也很相稱。

高興完了之後，葉氏問鬼差。「差官大人，我丈夫魂魄虛弱，可會影響投胎？」

鬼差也不瞞著她。「自然是會有影響的，虛弱的魂魄，再投胎重新為人，怕是身子骨弱，陽壽也不長。」

葉氏頓時著急起來，撲通一聲跪下。「求差官大人指點迷津，我要怎麼做才能救他？」

韓敬平去拉她。「芳萍，妳起來，我沒事的。」

那鬼差想著韓敬平等了葉氏這麼久，難得見這麼真心的鬼魂，好心對葉氏說道：「他魂魄雖虛弱，妳的魂魄卻很強壯，若是以妳的魂魄滋養他，可以讓他變強一些，但妳就沒有現在這麼壯了。」

葉氏急忙點頭。「我要如何滋養他？」

鬼差微笑。「妳只要心裡想著這件事情，寸步不離他，想得越深，作用越大，你們一起喝孟婆湯，一起過奈何橋，到閻王大人面前受審，再一起投胎，到時自會有效果。去吧，他不能再等了。」

葉氏連忙起身，謝過鬼差，拉著韓敬平就去喝湯。

韓敬平先喝了湯，喝完之後，好像變得不認識葉氏了，整個鬼渾渾沌沌的。

葉氏心中大驚，都說這孟婆湯會讓人喪失記憶，萬一自己喝了，會不會不記得當家的了？若忘了他，他這麼虛弱，豈不遭人欺負。

葉氏問那坐著的老媽媽。「姊姊，是不是喝了湯就把前程往事都忘了？」

老媽媽微笑。「自然都會忘的，也有那執念深的，就算忘了，也會記得一些事情，但看妳執念夠不夠。」

葉氏看了看四周，把自己手上那只名貴的鐲子擼了下來，塞到老媽媽手中。「姊姊，這只鐲子給妳玩耍，我，我能不能不喝這湯？」

老媽媽收了鐲子，卻笑著搖頭。「不行，湯妳要喝。這樣，妳喝湯之前抓著他的手。我見過許多執念深的鬼，喝湯前抓住什麼東西，喝了之後也不會鬆開。妳看妳男人，是不是還抓著妳的手？」

葉氏低頭一看，韓敬平雖然傻了，卻仍舊死死抓著她的手。

葉氏橫了橫心，接過老媽媽遞給她的湯碗，一飲而盡。湯水剛入腹中，葉氏感覺自己的腦子越來越迷糊，就像要睡著了一般。她拚命咬住自己的舌頭，可鬼是不知道疼痛的，腦袋仍舊越來越迷糊，葉氏只能在腦袋徹底迷糊掉之前，死死抓住韓敬平的手。

兩隻鬼都變得渾渾沌沌的，雙眼迷茫，卻緊緊拉著彼此的手，一起慢騰騰的走上橋，沒入對面的黑暗中。

等葉氏再次清醒的時候，她發現自己站在一面大鏡子前面，再一看，韓敬平還在身邊，卻仍然迷糊著。葉氏鬆了一口氣，總算沒有丟掉他。韓敬平陽壽短，明鏡臺一照，平生無功無過。葉氏行善頗多，福報很厚，來世仍舊榮華富貴一生。

明鏡臺旁邊坐了兩個鬼差，葉氏聽見他們的判詞後，又撲通一聲跪了下來。「二位差爺，我願將自己的福報轉到丈夫頭上，保佑他來生平安到老。」

鬼差有些為難。「若轉給他，妳來世就沒有榮華富貴了。」

葉氏搖頭。「只要我二人能一起廝守終生，我不要榮華富貴。求二位差役，讓我丈夫來世身體強壯，無災無難活到老，把我的陽壽給他也行。」

差官陷入了猶豫，就在這當口，葉氏頭上忽然又多了幾道金光。

另一位鬼差打開陰陽鏡一看，發現是葉氏臨終前做的幾樣善事得了福報。

韓敬平的事情在整個地府都很有名，從來沒見過哪個能在奈何橋邊等那麼久。葉氏自願轉福報，也沒損傷別的鬼，二位鬼差抬抬手，把葉氏的福報都落到了韓敬平頭上。

夫妻二鬼下了明鏡臺，葉氏身上的金光越來越少，韓敬平的魂魄也越來越強壯，神思也越來越清明。

過了一會兒，葉氏變成了一隻普通的鬼，韓敬平的魂魄終於到了正常水準。

等韓敬平徹底清醒之後，他明白葉氏做了什麼，眼中含淚看著葉氏。「芳萍，妳把福報都給了我，來世要做普通人了。」

葉氏很高興。「做普通人就做普通人，咱們一起過普通日子，就像以前在韓家崗一樣，你榨油，我操持家務，再養幾個孩子，一起白頭到老，比做什麼二品誥命強多了。沒有你，我一個人有再大的福氣也不快活。」

韓敬平把她摟入懷中。「好，下輩子，我一定陪妳到老。」

兩位鬼差趕緊攆他們走。「快去，既然沒做惡事，趕緊去入輪迴重新做人，莫要耽誤工夫。」

夫妻二鬼高興的辭別鬼差，被投入輪迴隧道時，韓敬平仍舊拉著葉氏的手。「芳萍，等著我，我會去找妳的。」

暮春三月，草長鶯飛。在江南某個小鎮上，張裁縫的婆娘昨兒生了個大胖小子，足足六斤九兩。張裁縫夫妻兩個高興壞了，前面連生了兩個女兒，這回終於有個兒子了。

這孩子生下後哭得響亮，能吃能睡。稍微長幾歲後，小張裁縫開始跟著他爹學習手藝。等到了十七歲，小張裁縫娶了不遠處劉貨郎家的小女兒。

二人恩恩愛愛，小張裁縫給人家做衣裳，劉氏一邊給他打下手，一邊養孩子做家務。

日子悠悠，炊煙嫋嫋，一雙手、一把剪刀，養活了一家老小。一簞食、一瓢飲，匯聚了前世今生濃濃的情意。

——全書完

2020年8月出版

農華似錦

文創風 875～877

人人常說「榮華富貴」，她的名字寓意雖好，卻沒沾到半點喜氣，
不但年紀輕輕就香消玉殞，穿越到又窮又苦的農家，
想要讓一家子活下去還得鋌而走險，人生真的好難啊！

農門秀色，慧黠情真／琥珀糖

榮華因為一場空難意外，穿越成桃源村小農女，
雖有個村長爹，還有個經年在外的將軍作未婚夫，
卻沒有為她的日子帶來田園風光的美好，
反而充斥著挨餓受凍、雞飛狗跳的苦難……
怪只怪生逢亂世，想要吃飽穿暖都是一種奢望，
這家都窮得要命了，還要供養一窩極品親戚，
她好不容易重獲新生，可不能就此坐以待斃啊！
本想死馬當活馬醫，冒著殺頭的風險在邊境走私，
孰料竟拚出一條活路，將窮鄉僻壤翻身成黃金寶地？
不只一家人得以溫飽，連鄰里鄉親都能一起脫貧致富，
而今再藉著天時地利，徹底擺脫那些好吃懶做的親戚，
人生剛迎來好盼頭，無奈「財」「貌」兼具卻引人覬覦，
這縣令好大的官威啊，想要強娶她？先問過她的未婚夫吧！

文創風 889

娘子不給吃豆腐 3 完

國家圖書館出版品預行編目資料

娘子不給吃豆腐 / 秋水痕著. --
初版. -- 臺北市 : 狗屋, 2020.10
冊 ; 公分. --（文創風）
ISBN 978-986-509-146-0（第3冊：平裝）. --

857.7　　109012752

著作者　秋水痕
編輯　黃暄尹
校對　周貝桂
發行所　狗屋出版社有限公司
地址　台北市104中山區龍江路71巷15號1樓
電話　02-2776-5889～0
發行字號　局版台業字845號
法律顧問　蕭雄淋律師
總經銷　知遠文化事業有限公司
電話　02-2664-8800
初版　2020年10月
國際書碼　ISBN-13　978-986-509-146-0

本著作物由北京晉江原創網絡科技有限公司授權出版

定價260元
狗屋劃撥帳號：19001626
網址：love.doghouse.com.tw　E-mail：love@doghouse.com.tw